THE
QUEEN
OF
CRIME
繁體中文版
20 週年
紀念珍藏

謀殺啟事

著——阿嘉莎・克莉絲蒂
譯——何克勇

A Murder Is Announced

通俗是一種功力

吳念真（導演、作家）

通俗是一種功力。絕對自覺的通俗更是一種絕對的功力。

這樣的話從我這種俗氣的人的嘴巴說出來，大概很多人要笑破褲底了。不過，笑完之後請容我稍稍申訴。這申訴說得或許會比較長一點，以及，通俗一點。

小時候身材很爛，各種遊戲競爭完全任人宰割，唯一隱遁逃避的方法是躲起來看書或聽大人瞎掰。那年頭窮鄉僻壤的小孩能看的書不多，小學二年級時最喜歡的是超大本的《文壇》，老師借的。看著看著，某天老師發現我的造句竟出現：「捧著：朝陽捧著一臉笑顏為群山剪綵」這樣亂七八糟的文字，就拒絕再讓我看那些超齡的東西了。

老師的書不給看，我開始抓大人的書看。一種是厚得跟磚塊一樣的日文書，對我來說那完全是天書，但插圖好看，經常有限制級的素描。另一種書是比較薄的，通常藏得很嚴密，只是裡面有太多專有名詞、重複的單字和毫無限制的標點，比如「啊啊啊」、「……！！！」

老讓我百思不解。有一天，充滿求知欲地詢問大人竟然換來一巴掌後，那種閱讀的機會和樂趣也隨著消失了。

所幸這些閱讀的失落感，很快從大人的龍門陣中重新得到養分。講到這裡，我似乎先得跟一個村中長輩游條春先生致敬，並願他在天之靈安息。

我所成長的礦區，幾乎全是為著黃金而從四面八方擁至的冒險型人物，每人幾乎都有一段異於常人的傳奇故事。這些故事當事人說來未必精采，但一透過游條春先生的嘴巴重現，有時連當事人都聽得忘我，甚至涕泗縱橫，彷彿聽的是別人的故事。

條春伯沒當過日本兵，可是他可以綜合一堆台籍日本兵的遭遇，一如連續劇般從入伍、受訓、逃亡荒島，面對同鄉同袍的死亡，並取下他們的骨骸寄望帶回故鄉，乃至骨骸過多搞不清哪是誰的等等，讓聽的人完全隨他的敘述或悲或笑，彷彿跟他一起打了一場太平洋戰爭。此外他也可以把新聞事件說得讓一個三、四年級的小孩，到現在仍記得當時腦中被觸動的畫面。例如當年瑠公圳分屍案的凶手做案之後帶著小孩到安東街吃麵（這讓我一直以為台北的安東街是條專門賣麵的街道），還有甘迺迪總統被暗殺、賈桂琳抱住她先生、安全人員跳上飛快的車子保護賈桂琳……當然，這記憶全來自條春伯的嘴巴而不是報紙。我的記憶全是畫面，有畫面，是因為條春伯說得精采，說得有如親臨他至死都還搞不清地理位置的達拉斯命案現場。

於是這小孩長大後無條件地相信：通俗是一種功力，絕對自覺的通俗更是一種絕對的功力。透過那樣自覺的通俗傳播，即使連大字都不識一個的人，都能得到和高階閱讀者一樣的感動、快樂、共鳴，和所謂的知識、文化自然順暢的接軌。也許就是因為這些活生生的例子，俗氣的自己始終相信：講理念容易講故事難，講人人皆懂、皆能入迷的故事更難，而能隨時把這樣的故事講個不停的人，絕對值得立碑立傳。

條春伯嚴格地說是有自覺的轉述者，至於創作者，我的心目中有兩個。一個是日本導演山田洋次，一個是推理小說家阿嘉莎・克莉絲蒂。

山田洋次創造了寅次郎這個集合所有男人優點跟缺點的角色，在以《男人真命苦》為名的系列下，總共完成百部左右的電影。它們的敘述風格、開頭、結尾的方法不變，唯一改變的是故事，是時代，是遍歷日本小鄉小鎮的場景。數十年來，看《男人真命苦》幾已成為日本人每年的一種儀式，一如新春的神社參拜。

數十年前訪問過山田導演，他說，當他發現電影已然有它被期待的性格時，電影已經不是導演自己的。他說：當所有人都感動於美人魚的歌聲時，你願意為了讓她擁有跟你一樣的腳，而讓她失去人間少有的嗓音嗎？

人間少有的嗓音與動人的歌聲，都來自山田導演絕對自覺的通俗創造。

再如阿嘉莎・克莉絲蒂，如果我們光拿出她說過的故事和聽過她故事的人口數字，就足以嚇死你。五十多年的寫作生涯，她總共寫出六十六本長篇推理小說，外加一百多篇短篇小說和劇本。其中有二十六本推理小說被改編，拍了四十多部電影和電視劇集。作品被翻譯成一百零三種文字的版本，銷量超過二十億本。

夠了。你還想知道什麼？知道二十億本的意義是什麼嗎？二十億本的意義是全世界平均三個人就有一個人讀過她的書，聽過她說的故事。

說來巧合，她和山田洋次一樣，創造出個性鮮明的固定主角（當然，前前後後她弄出來好幾個），然後由他（或是她）帶引我們走進一個犯罪現場，追尋真正的罪犯。

故事就這樣？沒錯，應該說這是通常的架構。那你要我看什麼？不急，真的不急，克莉絲蒂會慢慢冒出一堆足夠讓你疑惑、驚嚇、意外，甚至滿足你的想像力、考驗你的耐心和智商的事件來。

推理小說不都是這樣嗎？你說得沒錯，大部分是這樣，不一樣的是……對了，她像條春伯，像山田洋次，她真會說，而且她用文字說。

文字的敘述可以讓全世界幾代的人「聽」得過癮、「聽」個不停，除了聖經，也許就是克莉絲蒂。她不是神，但她真的夠神。

數十年前，台灣剛剛出現她的推理系列中譯本，那時是我結婚前，常有同齡的文藝青年來我租住的地方借宿，瞄到我在看克莉絲蒂，表情詭異地說：「啊？你在看三毛促銷的這個喔？」

我只記得他抓了一本進廁所，清晨四點多，他敲開我的房門說：「幹，我實在很討厭那個白羅……再拿一本來看看，我跟你說真的，要不是你的書，我真的很想把那個矮儸壓到馬桶吃屎！」

我知道他毀了，愛吃又假客氣，撐著尊嚴騙自己。克莉絲蒂再度優雅地撕破一個高貴的知識份子的假面具，她的手法簡單，那手法叫通俗，絕對自覺的通俗，無與倫比、無法招架的功力。

昔日的文藝青年如今跟我一樣，已然老去，但不時還會看到他寫一些充滿理念和使命感極重的文章，在報紙和雜誌上出現。我知道他要說什麼，只是常常疑惑他想跟誰說；同樣，我記得他說過什麼，但轉眼間忘記他說了什麼。但請原諒我，幾十年前那個晚上，他在我家看完的那兩本克莉絲蒂的小說內容，我可還記得清清楚楚。

也許有一天再遇到他的時候，我會問他之後是否還看過克莉絲蒂其他的書，如果沒有，我會跟他說，想讀要趁早，因為你會老、會來不及。至於白羅那個矮儸，大概永遠不會消失。哦，對了，還有一個叫瑪波，你說不定會來不及認識……

瑪波小姐——洞明世事，仍不失對人情的寬諒

吳曉樂（作家）

瑪波小姐是阿嘉莎．克莉絲蒂筆下的兩名神探之一，名氣不若白羅響亮，支持者倒是挺死忠專情。她也是推理小說界「女偵探」的第一把交椅，至今仍無人能動搖其地位。瑪波小姐系列合計有十二本長篇、兩本短篇小說集。以及一篇收錄於《哪個聖誕布丁？》的小說〈葛林蕭的笑話〉。常有讀者受「小姐」二字所誘，誤信瑪波小姐是妙齡少女，但英文中，未婚女性一律以 Miss 稱之，實際上，瑪波小姐已六十好幾。按照蓋達克警官的形容，「她的模樣非常蒼老，頭髮雪白，粉紅的臉上布滿皺紋，一對藍色眸子柔和且真摯無邪」。

瑪波小姐亦是知名的「安樂椅神探」，她的歲數與支氣管炎等痼疾限縮了她奔走的範疇。大部分時間，瑪波小姐僅在英國村鎮裡穿梭，一邊喝茶，一邊傾聽案件相關的陳述。克莉絲蒂刻意將筆下兩位神探做出區隔，白羅是比利時難民，案件時常顯現壯闊的異國情調，瑪波小姐系列則洋溢著恬謐、悠哉的英國小鎮氛圍。瑪波小姐經手的案件，多半以某座莊

園、公館為中心，在傭人、園丁、廚師、仕紳與貴婦人等交織而成的人際網絡裡，一樁樁謀殺案就此鋪展。

瑪波小姐的經歷有些神祕，讀者只能從她談及自己的稀少橋段，拼湊出模糊的過往：她接受良好教育，曾待過佛羅倫斯的寄宿學校，一度從事過護理工作。再從瑪波小姐坐擁房產、生活講究等細節，我們不難勾勒她中產階級的出身。上述資訊，幾乎是我們能得知的全部了。

至於瑪波小姐的個性，我想徵用瑪波小姐首次登場《牧師公館謀殺案》的語句：「她是村子裡最壞的女人，總是知道每一件事，並且做出最悲觀的推斷。」「在英格蘭，任何偵探也比不上一個上了年紀又有很多閒暇的老處女。」「拿望遠鏡賞鳥的習慣也總是讓她別有收穫。」從這些褒貶相依的評價，我們首先歸納出一些結論：瑪波小姐有些好管閒事，城府也深，偏偏她的判斷比誰都趨近真相。

更細緻地分析，瑪波小姐「溫和無害，乍看糊塗」的表象，是最天然的保護色。與她搭話的人物，屢屢在輕敵的狀態下鬆懈心防，下意識就吐露原先拚命掩藏的犯案痕跡。其次，瑪波小姐認為人性並不複雜，若我們悉心諦視，必能察覺其中的「共性」。她的外甥雷蒙・衛司曾將聖瑪莉米德村喻為「一潭死水」，瑪波小姐則認定死水若放在顯微鏡底下，「其實生機盎然」，而她所謂的顯微鏡，或許指涉了鄉村背景。鄉村生活人情緊密，有助瑪波小姐近距離蒐集人性的不同臉譜。我個人認為，瑪波小姐最專長的辦案手法是「數據分析」，她常將案發現場的樣本扔入聖瑪莉米德村——她的「人性資料庫」，進行搜尋和比對，一旦辨識出相似的行為態樣，接下來她將安坐椅上，預估其發展。是以瑪波小姐一再「後發先至」，她抵達現場的時間總是不無「遲到」的味道，不過待她釐清人物之間的譜系和利害關係，旋即能夠盤整出一些關鍵，為案件帶來重大突破。

瑪波小姐以閒談獲取的情報，都顯得那麼普通、不起眼，她卻能如同手上的編織活，這一針那一線巧妙地穿引，後續再輕輕一扯，將線索行雲流水地組織起來。瑪波小姐深諳自往昔的歲月萃取珍貴的經驗，舉例來說，有一回，她以「聖靈降臨節過後的週一，園丁必不上班」為由，輕易識破一則謊言；也有一回，她從「發音方式」捕捉到講述者的故弄玄虛。

初識瑪波的讀者，我建議以短篇小說《十三個難題》為前菜，篇幅短小，清爽不占空間，品嘗的餘韻足夠引發興致。至於長篇，我心儀《殺人一瞬間》，此作推理成分相對清淡，架構上更接近「豪門恩怨肥皂劇」，序幕即嵌入一場駭人的畫面，將讀者牢牢地鉤入劇情。辦案過程中，瑪波小姐另聘慧黠迷人的露希小姐，潛入疑雲重重的鹿瑟福。兩位小姐的視角頻仍轉換，前場後場的調度十分緊湊，讓讀者捨不得輕易暫停。克莉絲蒂向來很節制「愛情」的著墨，但在此作，她給露希小姐點綴了幾許風花雪月，時至今日，露希小姐情歸何處，是海內外讀者樂此不疲的謎題。而在《死亡不長眠》中，步履蹣跚的瑪波小姐擔憂一對年輕夫婦，不惜啟程遠行，讓我們見到她慈幼的一面。《加勒比海疑雲》也帶給我相當的樂趣，見瑪波小姐與毒舌老富翁拉斐爾搭檔，完成第一次在國外大展長才的紀錄，很是過癮。續作《復仇女神》，拉斐爾已逝，留下一封報酬頗豐的委託，瑪波小姐積極走入謎團，讀者可以看清她心中晃蕩不止的漣漪。瑪波小姐追憶拉斐爾的絮語，我認為是全系列裡罕有的「情愫」展現。

瑪波小姐還有項令人歆羨的本事：她的才華普遍獲得男性同儕的認同。亨利爵士稱她「本人絕無僅有，四星級睿智的紅粉知己，老太婆中的超級老太婆」。尼勒警官如此形容她：「為人正直，具有無可指摘的正義感。」時間跨幅長久的蓋達克警官更是五顆星好評：「瑪波小姐能夠用最大限度的鎮靜來思考謀殺、猝死，以及各種真實罪案。」

按照出版年代，《瑪波小姐的完結篇》是瑪波小姐最後一次現身。若以氛圍而言，我認為《破鏡謀殺案》裡瑪波小姐的自述，更適切地傳達出這位天才神探正緩緩邁向遲暮，「人必須面對現實：聖瑪莉米德昔日風貌不再。當然，從某種意義上說，沒有一樣東西能一如往昔。你可以怪罪戰爭（兩次世界大戰），怪罪年輕這一代，或者出去工作的女人，或者原子彈，或者政府，但其實你真正不滿的只是一個簡單的事實：你正在變老」。瑪波小姐信任的傭人凋零，外甥為她聘請的女傭竟把她視為昏聵無知、需要悉心呵護的老人家。萬幸的是，摯友荷大克醫師捎來了慰藉，他認為瑪波小姐最合適的藥方就是：一場謀殺案。這舉止點醒了讀者，縱使低調不鋪張，瑪波小姐依然、無庸置疑地對辦案懷有莫大熱情。

文章的尾聲，我要再次回到瑪波小姐的人性觀，她雖堅稱「最無情的猜測往往都會被證實為真」，倒也不吝坦承「我總是對人性抱著希望」。這位英國小姐的魅力自然流淌，她洞明世事，仍不失對人情的寬諒。

獻詞

阿嘉莎．克莉絲蒂是世界讀者最眾，也最廣受喜愛的女作家。
身為克莉絲蒂的孫兒，我相信奶奶會非常樂見這次出版，
因為她極以自己作品中的趣味與娛樂為豪。
歡迎所有喜歡本系列的台灣新讀者參與這場饗宴！

——馬修．培察（Mathew Prichard）

01 謀殺啟事

除了星期日外，每天早上七點半到八點半，喬尼．巴特總是騎著腳踏車在奇平村裡繞上一圈，同時一邊大聲吹著口哨，把家家戶戶和鬧街文具店老闆托特曼先生所訂的早報，一一塞入他們的信箱。伊德布上校夫婦訂的是《泰晤士報》和《每日郵報》；司威頓太太家送的是《泰晤士報》和《工人日報》；辛珂芙小姐和莫加璐小姐要《每日電訊報》及《新編年史》；扔到布萊克小姐家的是《電訊報》、《泰晤士報》和《每日郵報》。

每逢星期五，他都要給這些訂戶（其實是包括了村裡每戶人家）投遞一份《北本罕新聞》及《奇平村消息報》，當地人把後者簡稱為《消息報》。

於是每個星期五上午，大部分的村民在匆匆瞄過頭版後（國際局勢危急！聯合國今召開會議！金髮打字員被害，警犬大舉尋凶！三座礦坑閒置。海濱飯店發生食物中毒，二十三人不幸罹難云云），便會迫不及待地翻開《消息報》，一頭栽進地方新聞裡。十之八九的訂戶在飛快瞥完通訊欄後（鄉村生活刻骨銘心的愛恨情仇在此一目了然），便會直搗簡訊欄。簡訊欄是個大雜燴，裡頭什麼亂七八糟的消息都有，有賣東西的、買東西的、急徵家庭幫傭、無數與狗相關的介紹、家禽及園藝器材介紹，此外還有各式小村居民感興趣的花絮。

十月二十九日的這個週五一如往常，並無特殊之處。

§

司威頓太太將額上一小綹漂亮的灰色鬈髮往後順整。她打開《泰晤士報》，眼神呆滯地瞟了左頁版面，斷定《泰晤士報》照例寫不出什麼刺激的消息；接著她看看出生、結婚啟事和訃聞，尤其是後者；看完此欄，報紙就算看完了。司威頓太太放下《泰晤士報》，然後興奮地抓起《消息報》。

稍後待她兒子艾德蒙走進來時，她已津津有味地在拜讀私人簡訊欄了。

「早安，親愛的，」司威頓太太招呼道，「席米萊家要賣掉他們的戴姆勒耶，一九三五年產的，那是很久以前了，對吧？」

艾德蒙嘀咕一聲，逕自倒了杯咖啡，拿了兩片醃鯡魚，在餐桌旁坐下，然後打開《工人日報》，並把報紙擱在麵包架上。

「獒犬幼犬，」司威頓太太讀出聲說，「我真搞不懂，現在那些人是怎麼養大型狗的，簡直想不透……呃，席琳娜．勞倫斯又在登廣告找廚子了。我得找個時間跟她說，這年頭登廣告只是在浪費時間。她沒登地址，只有郵政信箱號碼，這可大錯特錯。我早該提醒她，僕人一定會要求知道工作地點，他們都喜歡挑好地點的人家做事。假牙……真不明白這玩意怎麼會這麼流行。超低價……特選美術燈泡。聽起來滿便宜……這兒有個女孩想找一份『有趣的工作，願意出差』。天哪！誰不想去出差旅行哪……德國小獵犬……我呢，從來就沒有真正喜愛過德國小獵犬。絕不是因為牠們是德國產的，而且我們吃了德國人太多苦頭……我就是不喜歡，如此而已。什麼事，芬奇太太？」

門開了，一位表情嚴肅、頭戴天鵝絨貝雷帽的老婦探進半個身子。

「早安，夫人，」芬奇太太說，「我可以清理了嗎？」

「不行，我們還沒吃完，」司威頓太太說道，「還沒完全吃飽。」她用討好的口吻補了一句。

芬奇太太瞥了瞥艾德蒙和他手中的報紙，輕哼一聲便退去。

「我才剛剛開始呢。」艾德蒙說。

這時他母親開口了。

「希望你別老看這種可怕的報紙，艾德蒙，芬奇太太一點兒也不喜歡。」

「我不懂我的政治觀點和芬奇太太有什麼關係。」

「確實沒關係，」司威頓太太鍥而不捨地說，「因為你不是工人。什麼工作也沒有。」

「這根本不符合事實，」艾德蒙憤憤地表示，「我不正在寫書嗎？」

「我指的是一份正職，」司威頓太太說道，「芬奇太太可重要了，要是她討厭我們，不肯來幫忙，我們還能去找誰？」

「那就去《消息報》登廣告嘛。」艾德蒙咧嘴笑道。

「我剛剛才跟你說過，登報是沒用的。唉，這年頭除非家裡有老奶媽，否則誰會下廚房、整理家務？人家不來我們就完了。」

「那我們家為什麼沒有找個老奶媽呢？我小時候你從來沒幫我請過奶媽，真是不負責任。你那時是怎麼想的啊！」

「你有個印度女傭啊，親愛的。」

「真是缺乏遠見。」艾德蒙咕噥說。

司威頓太太再度沉迷於私人簡訊欄裡。

「二手電動割草機廉售。要賣多少……天哪，這是什麼價格！又是德國獵犬……『請來信或直接聯絡，絕望的沃格爾。』這小名太蠢了吧……西班牙長耳獵犬……艾德蒙，還記得我們那隻可愛的蘇西嗎？牠真的好有靈性喔，講什麼都懂……出售薛萊頓餐櫃，正宗家傳古董。聯繫人：達雅斯園的盧卡斯太太……那女人是個大騙子！是薛萊頓的才有鬼……」

司威頓太太嗤之以鼻地哼了一聲，接著又往下唸。

「一切是誤會，親愛的，無盡的愛，星期五照常。呼，八成是情人吵架；要不就是竊賊的暗號，你看呢？又是德國獵犬！真是的，我看大家養德國獵犬都養瘋了。我是說，還有別的狗呀。你叔叔西蒙以前養過曼徹斯特犬，多優雅啊。我喜歡腿長的狗……出國在即，女士出售藏青套裝兩件……尺寸或價錢都沒寫嘛！結婚啟事……不！是謀殺啟事。什麼？真怪，聞所未聞！艾德蒙，艾德蒙！你聽聽這個：『啟事：十月二十九日，星期五晚間六點三十分，小圍場將發生謀殺案。朋友們務請接受邀請，不再另行通知。』真不尋常！艾德蒙！」

「什麼？」艾德蒙從報紙裡抬起頭。

「十月二十九日星期五……咦，不就是今天嗎？」

「讓我看看。」兒子從她手裡接過報紙。

「這究竟是什麼意思？」司威頓太太十足好奇地問。

艾德蒙一臉狐疑地揉著鼻子。

「我猜是某種聚會吧，謀殺遊戲之類的玩意兒。」

「哦，」司威頓太太半信半疑。「這種方式似乎也太詭異了吧，居然登出這樣的啟事。一點也不像麗迪亞．布萊克的風格，我一向認為她是個聰明的女人。」

「也許是她家裡那些自作聰明的年輕人登的。」

「通知得那麼急，就是今天耶。你覺得我們該去嗎？」

「啟事上說：『朋友們務請接受邀請，不再另行通知。』」她兒子指出。

「得啦，用這種標新立異的方式邀請，實在很無聊。」司威頓太太斷然表示。

「好吧，媽，你就別去了。」

「好。」司威頓太太同意。

雙方沉默片刻。

「最後那片吐司你真的還要吃嗎，艾德蒙？」

「我認為把自己餵飽，比方便那個老巫婆收拾餐桌更重要。」

「噓……親愛的，她會聽見的……艾德蒙，謀殺遊戲該怎麼玩呀？」

「我也不清楚。他們大概會在你身上別幾張紙之類的……不對，好像大家先抽籤，有人當被害人，有人扮偵探，然後大家把燈全關掉，接著有人拍你肩膀，你就尖叫一聲，然後躺在地上裝死。」

「聽起來很刺激。」

「搞不好會無聊透頂，我才不去。」

「胡說，艾德蒙，」司威頓太太主意已定，說道，「我決定要去，你非陪我不可。就這麼說定了。」

§

「艾濟，」伊德布太太對丈夫說，「你聽聽看。」

伊德布上校充耳不聞，因為《泰晤士報》上的一篇文章令他忍無可忍，氣得鼻孔噴氣。

「這些人的問題就在於，」他說，「他們對印度的當務之急根本毫無所知！根本就沒有概念嘛！」

「我知道，親愛的，我知道。」

「如果有的話，就不會寫出這種狗屁不通的文章了。」

「是啦，我知道。艾濟，你聽一下嘛。『啟事：十月二十九日，星期五晚間六點三十分，小圍場將發生謀殺案。朋友們務請接受邀請，不再另行通知。』」

她得意地停下來，上校遷就地望望她，卻一臉興趣缺缺。

「是謀殺遊戲。」他說。

「哦。」

「不過是場遊戲罷了。但是，」他依舊不感興趣。「如果籌畫得好，倒是可以很好玩，只是得靠高手精心組織。大家抽籤，其中一個是凶手，但別人不知道是誰。燈一關，凶手就開始選擇受害者。被害人要數到二十才能尖叫。然後由選中的偵探接手，開始詢問每個人。謀殺發生時大家都在何處、做些什麼，以便找出真凶。是呀，這是個很好玩的遊戲……要是那個偵探，呃，對警察的工作有所了解的話。」

「就像你呀，艾濟。以前你在管區裡辦過好多案子。」

伊德布上校寵溺地對老婆笑了笑，自得地拈著臉上的小鬍子。

「沒錯，蘿拉，」他說道，「我想本人應該可以給他們一兩點提示。」

接著他挺直了雙肩。

「布萊克小姐應該請你去幫她張羅。」伊德布太太說。

上校輕哼一聲。

「噢，對了，她家有個小鬼跟她住呢，八成是小朋友的主意，好像是她外甥什麼的。不過這麼登在報紙上，倒是很有意思。」

「登在私人簡訊欄裡，我們很可能看不到哩。這應該算是邀請吧，艾濟？」

「可笑的邀請。有一點我可以告訴你，別把我算在內。」

「噢，艾濟。」伊德布太太提高嗓門哀求道。

「通知時間太短了，再說他們也知道我可能很忙。」

「可是你又不忙，對吧，親愛的？」伊德布太太壓低聲音堅持說，「艾濟，我覺得你真的應該去……就算是去幫布萊克小姐的忙吧。我相信她很期望你去幫忙把活動辦好。我是說，你對警務工作和程序那麼熟悉，要是你不去幫忙把事情搞定，整個活動就沒看頭了。再說，我們總得與人為善呀。」

伊德布太太側著染金的頭髮，張著一雙大大的碧眼。

「好吧，既然你這麼說，蘿拉……」

伊德布上校煞有介事地摸摸自己的灰色小鬍子，滿眼溺愛地望著嬌小迷人的老婆。伊德布太太至少比丈夫年輕三十歲。

「既然你都這麼說了，蘿拉。」他說道。

「我覺得你責無旁貸，艾濟。」伊德布太太正色說。

§

《奇平村消息報》也送到了礫石山莊。原本三間各具風姿的小木屋，被辛珂芙小姐和莫加璐小姐合建為一。

「辛珂芙？」

「什麼事，莫加璐？」

「你在哪兒？」

「在雞棚裡。」

「噢。」

莫加璐小姐邁著矯健的步伐，穿越長長的溼地，朝好友走去。辛珂芙身著燈芯絨褲和軍裝外衣，不斷將一把把的穀粉拌進冒著熱氣、盛滿了熟馬鈴薯皮和捲心菜頭的盆子裡。

辛珂芙朝老友轉過頭。她的頭髮剪得跟男人一樣短，一張臉滿是風霜的雕痕。

圓胖可親的莫加璐穿了件花格子呢裙，以及一件變了形的亮藍色套衫。此姝一頭鬈灰髮凌亂有若鳥巢，而且似乎有點喘不過氣來。

「《消息報》上登的，」她氣喘吁吁地說，「你好好聽著……這到底是什麼意思？『啟事：十月二十九日，星期五晚間六點三十分，小圍場將發生謀殺案。朋友們務請接受邀請，不再另行通知。』」

唸畢，她停下來，上氣不接下氣，等待對方定奪。

「真愚蠢。」辛珂芙小姐說道。

「是啊，但你覺得這是什麼意思呢？」

「總之，就是要喝一杯的意思。」辛珂芙小姐說。

「你認為這是在邀請嗎？」

「去到那裡就知道是什麼意思了，」辛珂芙小姐說道，「我看拿出來的雪利酒一定很差。你最好別踏在草地上，莫加璐，你還穿著拖鞋，會浸溼的。」

「哦，天啊。」莫加璐小姐懊悔地瞧瞧自己的腳。「今天有幾個蛋？」

「七個。那隻該死的母雞還在孵，我得把牠關進籠子裡。」

「你不覺得登這種啟事很滑稽嗎？」

艾梅．莫加璐又提起《消息報》上的通知，一副欲罷不能的樣子。

可惜辛珂芙是個嚴肅而心無旁騖的人，既然已決心對付那幫不受管教的家禽，即便再荒天謬地的報紙啟事，也無法令她分心。

她重重地踏過泥地，猛打一隻身上泥斑點點的母雞，母雞嚇得滿場亂叫。

「要是養鴨子啊，」辛珂芙小姐說，「麻煩就少多了……」

§

「啊，太棒了！」哈蒙太太對坐在餐桌對面的丈夫朱利安．哈蒙牧師說，「布萊克小姐家要發生謀殺了耶。」

「謀殺？」她丈夫略微吃驚地問道，「什麼時候？」

「今天下午……今晚六點半。噢，真討厭，親愛的，今晚你要準備按手禮，真不巧。可是你又那麼喜歡謀殺案！」

「我真不明白你在說些什麼，圓圓。」

哈蒙太太渾身滾圓，一張大臉有如圓月，所以她洗禮時取的名字「戴安娜」，早已被「圓圓」的綽號取代了。圓圓把《消息報》遞到餐桌另一頭。

「在那兒，登在二手鋼琴和假牙那邊。」

「好奇怪的啟事啊。」

「可不是嗎？」圓圓大樂。「不覺得布萊克小姐會喜歡謀殺或謀殺遊戲之類的玩意兒，是吧？我猜應該是年輕的西蒙斯兄妹慫恿她登的。茱莉亞一定覺得謀殺很殘忍。不過反正都登出來了，親愛的，我認為你不去就太不應該了。我一定會去，回來再一五一十地說給你聽吧，不過我大概也無法盡興啦，因為我真的不喜歡摸黑玩，太嚇人了，而且我希望我不是被謀殺的那一個。如果有人突然把手搭到我肩上，並小聲對我說『你死了』，搞不好我真的會心臟病發、一命嗚呼哩！你覺得這可能嗎？」

「放心吧，圓圓，我想你一定會長命百歲，變成老太婆……和我一起白頭偕老。」

「而且還同年同月同日死，合墓而葬。那就太完美了！」

一想到愉快的未來，圓圓變得容光煥發。

「你好像非常快樂，圓圓？」她丈夫微笑道。

「任何人換成是我們，能不快樂嗎？」圓圓一臉天真地問，「你、蘇珊和愛德華，大家都這麼愛我，又不嫌我傻……還有燦爛的陽光！況且我們又住在這麼漂亮的大房子裡！」

朱利安．哈蒙牧師環視著陳設簡陋的大飯廳，不甚同意地說：「也許有人會認為，住在這樣又大又亂、四壁透風的地方很委屈。」

「但我喜歡寬敞的屋子，在屋子裡可以吸納所有野外的芳香氣息，而且東西隨便亂擺亂堆，也不會妨礙到你。」

「可是沒有電器用品或中央暖氣設備，這表示你會很辛苦哪，圓圓？」

「噢，朱利安，沒有的事。我六點半起床，把開關一開，之後就像機器一樣忙到八點，工作也就都做完了。而且我整理得很好，對吧？我用蜂蠟打光，還用大罐的秋葉裝飾。整理大房子，並不會比操持小屋子難到哪兒去。拖地抹桌的動作也可以快得多，因為身後不太會撞到障礙物，但小房子就不一樣了。再說，我喜歡睡在涼爽的大房間裡，可以舒舒服服地躺下來，想像天堂有多美。不管房子是大是小，反正要削的馬鈴薯、該洗的盤子還是一樣多。還有，讓愛德華和蘇珊在寬闊的大房間裡玩多好啊，他們可以把玩具鐵軌和茶會玩具留在地上，根本不用收，而且又有幾間空房能讓別人來住。否則吉米·塞姆斯和喬尼·芬奇就得住在岳父岳母家了。你要知道啊，朱利安，和岳父母住在一起一點也不好玩。你雖然很孝順媽媽，但結婚後也不想和爸媽同住啊。我也是，否則會覺得自己像個小女孩。」

朱利安對她微微一笑。「你還是很像個小孩子，圓圓。」

對一個年滿六十歲的人而言，朱利安·哈蒙簡直是大自然的模範，他看起來比實際年齡年輕了二十五歲。

「我知道自己很傻……」

「你不傻，圓圓，你很聰明。」

「不，我一點也不聰明，雖然我盡力要……我真的很喜歡聽你談論書籍、歷史等話題。不過我覺得晚上讀吉本的作品給我聽，好像不是很好的做法，因為如果外頭天寒地凍，屋裡的爐火又暖烘烘時，吉本的作品還真的很有催眠作用哩。」

朱利安哈哈大笑。

「但我真的很喜歡聽你唸書，朱利安，再說一次老牧師講亞哈隨魯[1]的故事吧。」

「你快聽到都會背了，圓圓。」

「再給我講一次嘛，求求你。」

她丈夫沒辦法，說道：「有個叫斯奇摩的老牧師。某天有人去他的教堂，他正靠在講壇上，拚命對兩名打雜的老婦布道。他對老婦搖著一根指頭說：『啊哈！我知道你們在想什麼。你們以為今天第一段經節中的亞哈隨魯王是亞達薛西王二世，對不對？錯！』然後他大獲全勝般地說：『他是亞達薛西王三世。』」

朱利安從不覺得這個故事特別好笑，但圓圓每聽必笑。

她那清脆的笑聲已然飄出。

「可憐的老傢伙！」她叫道，「我想有一天你一定會變得和他一樣，朱利安。」

朱利安似乎頗不自在。

「我知道，」他謙卑地附和道，「我自己也覺得，我做事不夠簡單俐落。」

「如果是我，就不擔心，」圓圓說，一面站起來將早餐盤疊到大托盤裡。「巴特太太昨天說，以前從不上教堂、以無神論者自居的巴特，現在每週日都專門到教堂來聽你布道。」

她唯妙唯肖地模仿巴特太太誇張的聲調說：「『有一天哪，夫人，我們家巴特還對從小沃斯代來的堤金先生說，我們奇平村是個真正有文化的地方。不像小沃斯代的格羅斯先生，對教民說話的時候，好像把他們當成沒受過教育的孩子。巴特說，『文化素養』就是我們奇平村的優勢。我們的牧師是受過高等教育的紳士……人家讀的是牛津，不是其他亂七八糟的學校。他上通古今，學貫東西，並且對教民傾囊而授，連他家的貓都是用亞述國王的名字取的呢！』所以說，這可是你的榮耀啊。」圓圓得意洋洋地結束了她的話。「天啊，我得去忙了，要不就做不完了。走吧，帝拉佩斯，我餵你吃魚骨頭去。」

圓圓推開門，嫻熟地用腳抵住門，然後端著裝滿餐具的托盤，一溜煙走了，同時還邊走邊不成調地唱著自己編造的歌：

今天是謀殺的好日子，
天氣就像五月般溫和。
村裡的警察全跑光，

水槽裡一陣亂響，掩去了以下的幾段歌聲。然而當朱利安．哈蒙離家之際，卻聽見最後一句凱旋式的唱詞：

今日我們將一起赴一場謀殺！

1 亞哈隨魯（Ahasuerus），《聖經》中的波斯國工。

02

小圍場的早餐

小圍場家的人同樣也在吃著早餐。

六十開外的布萊克小姐是小圍場的屋主，此刻她就坐在餐桌首位，身穿鄉村流行的呢服，脖頸上掛著一串由假珍珠製成、極不搭調的短項鍊。布萊克正在讀《每日郵報》上諾科特街的活動消息；茱莉亞・西蒙斯百無聊賴地翻著《電訊報》；派屈克・西蒙斯在核對《泰晤士報》上的拼字遊戲答案。朵拉・邦妮小姐則全神貫注地看著地方週報。

布萊克小姐竊竊發笑，派屈克則咕噥道：「應該是 adherent 而不是 adhesive，我就是這裡填錯了。」

突然間，邦妮小姐像隻受了驚嚇的老母雞一樣，「咯」地叫了一聲。

「麗迪……麗迪[2]，你看到這個了嗎？這究竟是什麼意思？」

「怎麼了，朵拉？」

「很怪的一則廣告，裡頭清楚地指明是小圍場。但這到底是什麼意思呢？」

「我看看，親愛的朵拉……」

邦妮小姐順從地把報紙遞到伸長脖子的布萊克小姐面前，並用食指顫顫巍巍地指著那則消息。

「你看，麗迪。」

布萊克小姐開始看。她蹙著眉，飛快地掃了圍桌而坐的眾人一眼，然後大聲讀出那則啟事：「啟事：十月二十九日，星期五晚間六點三十分，小圍場將發生謀殺案。朋友們務請接受邀請，不再另行通知。」

然後她厲聲問道：「派屈克，這是你的主意嗎？」

她那銳利的目光停留在餐桌另一端的年輕人臉上，那是一張連惡魔見了也會愛憐不已的俊美面容。

派屈克．西蒙斯當即斷然否認。

「不，絕不是，麗迪阿姨。你怎麼會認為是我做的？我怎麼會知道有這檔事？」

「我不是故意罵你，」布萊克小姐正色道，「我以為可能是你在開玩笑。」

2 麗迪是麗迪亞的暱稱。

「開玩笑？絕對沒有。」

「你呢，茱莉亞？」

茱莉亞一臉不耐地說：「當然沒有。」

邦妮小姐低聲說：「你看會不會是海默斯太太……」

她望著一個空位，海默斯太太原本應該坐在那裡用餐。

「啊，我認為妃麗柏不會幹這種事，也不會開這種玩笑，」派屈克說，「她那個人嚴肅得要命。」

「那麼這究竟是怎麼回事？」邦妮小姐打著呵欠問，「這究竟是什麼意思？」

布萊克小姐緩緩說道：「我想……是某種無聊的騙人把戲吧。」

「那是為什麼？」朵拉．邦妮驚呼道，「有什麼目的呢？簡直是無聊透頂，而且很沒格調耶。」

她那鬆軟的臉頰因憤怒而顫抖，一雙近視眼也隨胸中的怒火熠熠發亮。

布萊克小姐衝她微微一笑。

「你就別操心了，邦妮。」她說，「不過是有人在開玩笑罷了，我倒很想知道那是誰。」

「上面說是今天，」邦妮小姐指出，「今晚六點三十分。你們看會發生什麼事？」

「死亡！」派屈克沉著臉說，「可口死了。」

「住口，派屈克。」布萊克小姐說道。

邦妮小姐則發出一聲微呼。

「我指的是米姬做的那種特別的蛋糕嘛，」派屈克歉然地表示，「你知道我們一向稱之為『可口死了』的呀。」

布萊克小姐心不在焉地微微一笑。

邦妮小姐則不肯罷休。

「可是，麗迪，你究竟覺得如何……」

布萊克小姐平靜地打斷她說：「關於六點三十分要發生的事情，至少有一點我是知道的，村裡有一半的人都會蜂擁到這裡，而且個個好奇十足。家裡最好準備點雪利酒吧。」

§

「你很擔心，對吧，麗迪？」

布萊克小姐嚇了一跳。她一直坐在寫字檯前，在吸墨紙上心不在焉地畫著小魚。她抬起頭，望著老友焦慮的臉龐。

她不確定該對朵拉．邦妮說什麼。不能讓邦妮為這件事情煩心，布萊克小姐默默沉思了半晌。

她和朵拉．邦妮曾是同學，那時邦妮還是個容貌清麗、頭髮秀美、藍眼明眸、傻乎乎的少女。不過她傻歸傻，卻無傷大雅，由於她生性樂觀活潑，加上容貌姣美，十分得人喜歡。布萊克小姐曾經認為，她應該嫁給一位正直的軍官，要不就是鄉村律師。邦妮有那麼多優點，熱情、無私、忠誠，然而命運對她並不仁慈。她得自己討生活。她是如此地努力，但所為之事往往力不從心。

這兩位朋友很久沒見面了。六個月前，布萊克小姐忽然接到邦妮一封混亂、令人鼻酸的信。邦妮身體日衰，獨居在斗室之中，靠著養老金勉強度日。她努力給人做女紅，手指卻因為罹患風溼而變得僵硬。她在信中談到兩人的同窗歲月——自此之後，她們即因生活而各奔東西——不知老友能否幫她一把？

布萊克小姐立即回信，可憐的朵拉，可憐、漂亮的朵拉，傻氣而心軟的朵拉。布萊克小姐義無反顧地帶走朵拉，將她安頓在小圍場裡，並藉口安撫她說：「家務太多了，我自己做不來，需要找個人幫我管家。」醫生告訴過她，朵拉來日無多，但有時布萊克小姐不免覺得，將可憐的老朵拉接過來實在有點不智。朵拉把什麼都弄得一團糟，像是把請來的幫傭氣到跳腳、數錯送洗的衣服、丟失帳單和信件，有時還把能幹的布萊克小姐氣到七竅生煙。然而糊塗的老朵拉偏偏那麼忠誠，那麼樂於助人，她常為自己能有所貢獻而感到高興與自豪……可惜她實在一點用處也沒有。

布萊克小姐很快表示：「我沒有，朵拉。我不是叫你……」

「噢，」邦妮小姐面帶愧色。「我知道，我忘了。可……可是你很擔心，對吧？」

「擔心？沒有啊。」布萊克小姐老實地又加了一句：「真的沒有很擔心，你是指《消息報》上那則愚蠢的啟事嗎？」

「對。就算是開玩笑吧，我覺得似乎也……太惡毒了一點。」

「惡毒？」

「對呀，我覺得滿惡毒的。我的意思是，這不像個善意的玩笑。」

布萊克小姐望著她朋友柔和的眼神、長而倔強的嘴、微翹的鼻子。可憐的朵拉，這麼糊塗又如此熱心，實在令人頭痛。朵拉是個愛大驚小怪的傻大姐，而且有一堆奇怪的價值觀。

「我想你說得對，朵拉，」布萊克小姐表示，「這不是個善意的玩笑。」

「我一點也不喜歡，」朵拉．邦妮小姐以異於平時的強硬語氣說，「我覺得很恐怖。」她又突然加上一句：「你也覺得害怕吧，麗迪。」

「胡說。」布萊克小姐大聲說。

「這很危險哪。真的，就像有人把炸彈裝進包裹寄給你一樣。」

「親愛的，不過是某個蠢蛋在鬧著玩罷了。」

「這哪能鬧著玩？」

的確是不能鬧著玩……布萊克小姐的表情道出了她的心意，朵拉於是乘勝追擊說道：

「瞧，你也這麼認為！」

「可是朵拉，親愛的……」

她戛然而止。門口出現一名年輕女子，女子身著緊身針織衫，裡頭裹著發育良好的胸部，下半身是一條鮮豔的裙子，頭上纏著一條油兮兮的黑辮子，深色的眼眸閃閃發光。

女子急切地說：「我能和你談談嗎，可以嗎，拜託你？」

布萊克小姐嘆了口氣。

「當然可以，米姬，怎麼啦？」

有時候，她寧可自己一個人包辦所有的家事及三餐，也不願被這位「難民淑女」打擾，因為這簡直是一種永無止境的精神折磨。

「我告訴你——希望這種做法沒錯，先通知你，然後才走——我要馬上離開！」

「為什麼？誰惹你生氣了？」

「是，是有人惹我生氣，」米姬激動地說，「我不想死啊！我從歐洲逃出來，我家人都死了，全被殺害了……我母親、小弟弟，還有可愛的小侄女，全部、全部都被殺害了。可是我逃出來了，還藏起來。我到英格蘭做工，做我在自己家鄉絕不會……絕不會幹的粗活，我……」

「這些我都知道，」布萊克小姐很快地說，這些話米姬時常掛在嘴上。「可是，你為什麼現在就要離開呢？」

「因為他們又要來殺我了！」

「誰要來殺你？」

「我的敵人，納粹！也許這次是布爾什維克黨。他們發現我在這兒，他們要來殺我。我看到消息了，是的，就在報紙上！」

「哦，你是指登在《消息報》上的啟事啊？」

「在這兒，都寫在這兒哪。」米姬把藏在身後的《消息報》拿出來。「你看，上面說有謀殺，就在小圍場。那就是這兒，對吧？今天晚上六點半。啊！我可不想坐著等死，絕對不要！」

「那不一定是指你呀，我們認為這只是個玩笑而已。」

「玩笑？殺人可不是什麼好笑的事。」

「不，當然不是。不過親愛的，如果有人想殺你，何必在報上登出來？」

「你覺得不會是殺人嗎？」米姬似乎有點動搖了。「你認為他們根本不打算殺人？說不定他們要殺的是你哪，布萊克小姐。」

「我才不相信有人要謀害我，」布萊克小姐輕描淡寫地說，「而且說真的，米姬，我也不懂為什麼有人要害你，沒有理由嘛。」

「因為他們都是壞人……很壞很壞的人。告訴你，我媽媽、我的小弟弟、我可愛的小侄女……」

「是的，是的，」布萊克小姐巧妙地堵住她的話。「可是我真的不相信有人會謀害你，米姬。當然，如果你想馬上離開，我也攔不住你。但我覺得你要是走了就太傻了。」

就在米姬遲疑不決之際，布萊克小姐又堅決地說道：「午餐我們把肉鋪老闆送來的牛肉燉了吃，肉質看起來挺有韌性的。」

「我來做燉牛肉，特製燉牛肉。」

「你要這樣稱呼也行啦。你不妨把那塊硬邦邦的起司全用掉，做點起司棒。我想今晚可能會有人來喝幾杯。」

「今晚？你說的今晚是指什麼時候？」

「六點半。」

「報上寫的不正是那個時間嗎？誰會那個時候來？他們為什麼要來？」

「來參加葬禮啊，」布萊克小姐頑皮地說，「就這樣了，米姬，我現在很忙，你出去時把門帶上。」她斬釘截鐵地說。

滿臉狐疑的米姬關上門後，布萊克小姐表示：「這樣算是暫時把她安撫下來了。」

「你好有效率喔，麗迪。」邦妮小姐一臉敬佩地說。

03 六點半

「好啦，一切都已就緒了。」布萊克小姐滿意地環視她的雙房客廳說。

客廳靠牆有張桌子，桌上鋪了玫瑰圖案的印花布，上面擺著兩缽青銅色的菊花、小花瓶裝的紫羅蘭和銀質菸盒。桌子中央還放了裝酒杯的托盤。

小圍場是一棟中等大小、維多利亞早期風格的宅邸，有個窄長的陽台和幾扇綠色的百葉窗。由於陽台加了屋頂，使得客廳不那麼明亮。客廳一端原有兩道門，通往一間有著凸窗的小屋。上一代屋主拆掉了那兩道門，以天鵝絨的門帷取代。布萊克小姐撤掉門帷，使兩個房間合而為一。客廳的兩端各有一座壁爐，雖然屋裡瀰漫著暖意，但兩座壁爐裡都沒生火。

「你開了中央暖氣嗎？」派屈克問。

布萊克小姐點點頭。

「近來潮氣重，房子裡又溼又冷。我讓艾文斯離開之前打開暖氣。」

「是用那種非常非常珍貴的煤炭嗎？」派屈克以譏諷的口吻問道。

「你說得沒錯，珍貴的煤炭，不過它之所以珍貴還有另外的原因。你知道，燃料局除了每週的配給額度外，一丁點都不肯多給，除非我們真的沒辦法燒飯。」

「以前大家都有很多煤和焦炭嗎？」茱莉亞像聽到天方夜譚似地好奇問道。

「是啊，而且很便宜。」

「任何人都可以想買多少就買多少，不用填單子，而且又無短缺的問題嗎？當時是不是有很多煤？」

「各種各樣的都有，不像我們現在用的那麼差。」

「那時候的生活一定很棒。」茱莉亞羨慕不已地說。

布萊克小姐微微一笑。

「現在回想起來，確實如此。不過啊，我已經是個老太婆囉，偏愛自己的青春時代是很自然的。你們年輕人就不該這樣想。」

「我要是活在那個年代，就不需要工作了，」茱莉亞說，「只需待在家裡，弄點花兒、寫寫信什麼的……以前的人為什麼要寫信？又都寫給誰呀？」

「寫給你們現在打電話的對象啊，」布萊克小姐眨眨眼說，「你大概連信都不會寫吧，茱莉亞。」

「至少我是不會按那天找到的那本《書信大全》的模式去寫，天哪！那本書居然教你如何適切的拒絕一名鰥夫的求婚。」

「我才不相信你會如你所想的高高興興待在家裡。」布萊克小姐說道，「維持一個家庭是有很多工作、責任的，」她冷冷地說，「可惜我所知不多。」她疼惜地看看朵拉．邦妮，微笑道：「我和邦妮很早就出來工作了。」

「啊，沒錯，的確如此。」邦妮小姐附和道，「我永遠忘不了那些調皮得要命的孩子。當然啦，麗迪很聰明，她以前是職業婦女，是一位大金融家的祕書。」

門開了，妃麗柏．海默斯走進來。她身材修長，面容清麗而祥和。她吃驚地環視房間。

「哈囉，」她說，「今天有派對嗎？怎麼沒人告訴我。」

「真是的，」派屈克大聲說道，「妃麗柏竟然不知道。我敢打賭，她是奇平村唯一不知道這消息的人。」

妃麗柏不解地望著他。

「你瞧瞧這兒，」派屈克揮動手臂，誇張地說，「這就是謀殺現場！」

妃麗柏．海默斯有些困惑。

「你看，」派屈克指著那兩大缽菊花。「這是葬禮用的花圈，而這幾盤起司棒和橄欖則代表喪宴用的烤肉。」

妃麗柏一頭霧水地望著布萊克小姐。

「這是在開玩笑嗎？」她問，「我向來聽不懂笑話。」

「這是個無聊的玩笑，」朵拉．邦妮強調說，「我一點也不喜歡。」

「把啟事拿給她看吧，」布萊克小姐表示，「我得去把鴨子關起來。天黑了，這會兒牠們也該到了。」

「讓我去吧。」妃麗柏說。

「不行，親愛的，你已經做完今天的工作了。」

「我去吧，麗迪阿姨。」派屈克自告奮勇說。

「不，你別去，」布萊克小姐堅持說，「上次你沒把門閂好。」

「我去，麗迪，親愛的，」邦妮小姐叫道，「真的，我願意去。我這就去換高筒鞋……咦，我把羊毛背心放哪兒了？」

布萊克小姐已經微笑著離開房間了。

「算了，邦妮，」派屈克說道，「麗迪阿姨做事俐落得很，而且不喜歡讓別人幫忙。她真的什麼事都寧可親自動手。」

「她喜歡工作。」茱莉亞說。

「我怎麼沒見你自告奮勇幫忙呀。」她哥哥說。

茱莉亞懶洋洋地笑了笑。

「你剛才不是說麗迪阿姨喜歡自己忙嗎，」她指出道，「再說，」她伸出一條裹著透明長襪的美腿。「我穿了我最漂亮的長襪呢。」

「穿絲襪者死！」派屈克高聲說。

「絲襪你個頭……是尼龍啦，白癡。」

「這麼叫滿難聽的。」

「誰行行好跟我說一下吧，」妃麗柏大聲哀求。「大家幹嘛一直談什麼死不死的？」

一群人爭相告訴妃麗柏，偏偏找不到《消息報》給她看，因為米姬把報紙拿到廚房了。

幾分鐘後，布萊克小姐回來了。

「好啦，」她輕快地說，「弄好了。」她瞥了一眼時鐘。「六點二十分。馬上有人要到了……除非我錯估了我們的鄰居。」

「我不懂怎麼會有人來？」妃麗柏大惑不解地問。

「是嗎，親愛的？我敢說你是不懂。因為大部分的人都比你好事。」

「妃麗柏對什麼也不感興趣。」茱莉亞相當惡毒地說。

妃麗柏沒有答腔。

布萊克小姐環視著客廳。米姬在屋子中央的桌上擺了雪利酒和三碟橄欖、起司棒及一些稀奇古怪的糕點。

「派屈克，麻煩你把托盤——連同桌子——從牆角移到隔壁房間的凸窗那裡，畢竟我不是在開派對！我也沒邀請任何人，不希望別人一眼看出我在期待人們出現。」

「麗迪阿姨，你是想掩飾自己未卜先知的能力嗎？」

「說得好，派屈克。謝謝你，親愛的孩子。」

「現在我們大家可以好好表演一番，假裝成平常在家的樣子。」茱莉亞說，「等有人現身時，就裝出一副吃驚的樣子。」

布萊克小姐拿起那瓶雪利酒，狀甚猶豫地握著酒瓶。

派屈克安慰她說：「還有大半瓶。應該夠了。」

「啊，是的，是的……」她遲疑地說。接著，她臉微紅地表示：「派屈克，餐具室的碗櫃裡還有一瓶沒開過……你可不可以把它拿過來，順便帶開瓶器過來。我……我們還是喝沒開過的吧。這……這瓶已經開過一段時間了。」

派屈克二話不說，馬上去執行任務。回來時，他拿了那瓶新酒和開瓶器。他一邊將酒放到托盤上，一邊好奇地回頭打量著布萊克小姐。

「你很有把握，是不是，阿姨？」他小聲問道。

「啊。」朵拉・邦妮驚叫道，「麗迪，你不會真的……」

「噓，」布萊克小姐飛快地表示，「鈴聲響了。你們看，果然不出我所料！」

§

米姬打開客廳的門，讓伊德布上校夫婦進來。米姬通報客人的方式十分特別。

「伊德布上校和夫人來看你了。」她用閒話家常的語氣宣布說。

率直活潑的伊德布上校難掩尷尬。

「希望你們不介意我們來訪，」他說（茱莉亞突然忍俊不住笑出聲來），「我們剛好順路經過……呃，今晚夜色不錯。我發現你們已經開暖氣了，我們家的還沒開呢。」

「你們家的菊花好漂亮啊，」伊德布夫人討好地說，「真是美極了！」

「其實它們都滿纖弱的。」茱莉亞說。

伊德布夫人分外客氣地與妃麗柏打招呼，以示自己理解妃麗柏並非真的務農出身。

「盧卡斯太太的花園整理得如何？」她問，「那個園子戰時荒蕪了這麼久，你覺得還能恢復嗎？而且只有一個糟老頭奧休在打理，除了掃幾片葉子、種幾棵捲心菜外，他什麼也不會做。」

「慢慢可以恢復吧，」妃麗柏說，「不過得花點時間。」

米姬又打開門說道：「礫石山莊的女士們到啦。」

「晚安，」辛珂芙小姐大步走上前，一把抓住布萊克小姐的手說，「我對莫加璐說：『我們去小圍場串門子吧！』我想問問你們家鴨子下蛋的情況如何。」

「現在天黑得好快，對吧？」莫加璐小姐慌張地對派屈克說，「好漂亮的菊花！」

「還不夠肥呢！」茱莉亞道。

「你幹嘛不順著她的話說？」派屈克低聲責怪茱莉亞。

「你們開暖氣了呀，」辛珂芙小姐不以為然地表示，「太早了點吧。」

「這房子每年到這個時候就變得非常潮溼。」布萊克小姐說。

派屈克揚起眉毛示意。

「要上雪利酒了嗎？」

但布萊克小姐表示再等等。她問伊德布上校：「你今年有從荷蘭進口燈泡嗎？」

門又開了，司威頓太太面有愧色地走進來，後面跟著愁眉苦臉、垂頭喪氣的艾德蒙。

「我們來了！」司威頓太太愉快地說，一面不掩好奇地仔細打量周圍。這時她突然有點不自在，便接著說：「我只是想順道進來問問你要不要養小貓，布萊克小姐？我們的貓就要……」

「就要被送到公貓的床上去繁衍後代了，」艾德蒙說道，「結果一定很恐怖。別說我沒警告過你！」

「牠可是抓鼠能手啊。」司威頓太太急忙表示，又補上一句：「多可愛的菊花啊！」

「你們開暖氣了，是吧？」艾德蒙發現新大陸似地說。

「難道沒人喜歡唱片嗎？」茱莉亞嘀咕道。

「我不喜歡最近的新聞，」伊德布上校對派屈克說，一副逼他接話的樣子。「一點也不喜歡。據我看，戰爭勢不可免，絕對無法避免。」

「我從來不看新聞。」派屈克說。

門再次打開，哈蒙太太走了進來。

她的後腦勺上黏了一頂皺巴巴的帽子，想裝時髦，卻俗氣到無以復加，而且還將平日所穿的上衣換成皺皺的褶邊罩衫。

「哈囉，布萊克小姐，」圓臉的哈蒙太太容光煥發地喊道，「我來得不算太晚吧？謀殺什麼時候開始？」

§

眾人驚喘一聲。茱莉亞讚許地笑出聲來，派屈克皺了眉，布萊克小姐則對著最後這位訪客笑了笑。

「朱利安很氣自己沒辦法來，」哈蒙太太表示，「他好喜歡謀殺案啊。就是因為這樣，他上個禮拜天的布道才會那麼精采……也許我不該這樣讚美自己的老公，不過真的是很精采，你們不覺得嗎？比他平常的布道棒多了。這都是拜《死神的把戲》所賜。你看過這本書嗎？布茨書店的小姐特地幫我留的，故事真是撲朔迷離。你自以為知道凶手是誰，可是整個情節突然急轉直下。結果竟然有四、五個凶手之多。後來，朱利安把自己關在書房裡準備布道的資料時，我把書留在裡頭，他隨手抓起書，就再也放不下了！結果只得匆匆忙忙把布道稿寫一寫，而且只寫了大綱。沒吊書袋，效果自然好多了。啊，親愛的，我說太多了。快告訴我，謀殺幾時開始？」

布萊克小姐看了看壁爐台上的鐘。

「如果會開始的話，」她愉快地說，「應該也快了。差一分鐘就六點半了，大家趁現在先喝杯雪利酒吧。」

派屈克輕快地走過拱道，布萊克小姐來到拱道邊的桌旁，菸盒就放在桌上。

「我想來點雪利酒，」哈蒙太太說，「但你剛才說『如果』是什麼意思？」

「噢，」布萊克小姐表示，「我和你一樣，對這件事也是一無所知。我不知道……」

突然間，壁爐上的鐘開始敲響，布萊克小姐停住話。那是一種悅耳的銀鐘之聲。眾人默不作聲，靜立原地，凝視著時鐘。

鐘聲從秒針所指的十五分位置開始響起，一直響到它走到三十分的位置。就在最後一聲鐘聲剛剛消逝時，燈光霎時全滅了。

§

黑暗中，只聞興奮的喘息與女士們嘖嘖的稱奇聲。「開始了。」哈蒙太太欣喜若狂地叫起來。朵拉·邦妮驚呼道：「噢，我不喜歡這樣！」其他聲音則說：「嚇死人啦！嚇死人啦！」「我全身都起雞皮疙瘩了。」「艾濟，你在哪兒？」「我怎麼辦呀？」「噢，天哪，我踩到你的腳了？真對不起。」

接著吱嘎一聲，門打開了。一道強烈的手電筒光束飛快地在屋中掃射。一個沙啞而帶著濃重鼻音的男人聲音（令人想起愜意的下午場電影）厲聲對眾人喝道：「手舉起來！」

「手舉起來，聽見沒！」那聲音狂吠。

大家高高興興地乖乖將兩手高舉過頭。

「好棒喔。」一個女人低聲說，「真刺激。」

就在此時，出乎眾人意料，響起了槍聲，而且一連兩次。屋中頓時一片錯愕，霎時間，遊戲已然變質，有人尖叫起來……

門口的那個身影猛然轉過身，然後猶豫了一下，接著第三記槍聲響起，那身影一個踉蹌，撲倒在地，手電筒隨之跌落地上，滅了。

又是一片漆黑。接著，客廳的門就像平常沒有關緊時的情況一般，它輕輕地晃了晃，然後喀的一聲，慢慢闔上了。

§

客廳一片混亂，大家七嘴八舌。「燈呢？」「你能找到開關嗎？」「誰有打火機？」

「噢，我不喜歡這樣，一點都不喜歡！」「那槍聲是真的耶！」「他拿的是真正的左輪槍。」「那是個竊賊嗎？」「噢，艾濟，我想離開這裡。」「拜託，誰有打火機？」

幾乎就在同時，兩支打火機啪啪響起，隱隱地燃著微弱的火焰。

所有人都眨著眼，面面相覷，眾人莫不驚懼。布萊克小姐靠著拱道的牆，手捂著臉。光線太弱了，只能隱約看見某種深色的東西從她指間流下來。

伊德布上校清了清喉嚨，挺身而出。

「試試開關吧，司威頓。」他命令道。

門邊的艾德蒙順從地上下撥動開關。

「總開關壞了，要不就是保險絲燒壞了。」上校說，「是誰在亂叫？」

一個女人的尖叫不斷從關著的門外傳來，這會兒聲音變得更尖了，還伴隨著拳頭擂門的聲音。此時，一直在暗暗啜泣的朵拉・邦妮衝口說道：「是米姬。有人在殺害米姬……」

「不會吧。」派屈克咕噥道。

布萊克小姐說：「拿點蠟燭來。派屈克，麻煩你……」

上校已經在開門，他和艾德蒙拿著打火機走進門廳，兩人差點被橫臥在地上的人絆倒。

「好像把他撂倒了。」上校說，「那個鬼哭狼號的女人在哪裡？」

「在飯廳。」艾德蒙說。

過了門廳就是飯廳。有人在捶打木板，又喊又叫。

「她被鎖在裡面了。」

艾德蒙說著彎下腰轉動鑰匙，接著米姬便像隻老虎般衝了出來。飯廳的燈依然亮著。光線映在米姬身上，只見她被嚇到失了魂，依舊沒命地尖叫。米姬原本在清洗銀器，因此手裡還拿了一塊麂皮和一大塊魚片。

「別叫了，米姬。」布萊克小姐說。

「住口。」艾德蒙說。

但米姬並未停止尖叫，於是艾德蒙走過去給了她一記清脆的耳光。米姬倒抽口氣，又噎了一下，終於安靜下來了。

「去拿蠟燭來，」布萊克小姐說，「在廚房的碗櫃裡。派屈克，你知道放保險絲的盒子在哪裡嗎？」

「在洗滌室後的走道上，對吧？好，我去看看能做點什麼。」

布萊克小姐已向前走到飯廳燈光能照得到的地方，朵拉．邦妮抽抽噎噎地倒抽一口冷氣。米姬則又發出了一聲慘烈的尖叫。

「血，血！」她失聲叫道，「你中彈了……布萊克小姐，你會失血而死的！」

「別傻了，」布萊克小姐厲聲道，「我沒事，只是擦到耳朵而已。」

「可是麗迪阿姨，」茱莉亞說，「那血……」

布萊克小姐的白上衣、珍珠項鍊和雙手，看來確實觸目心驚。

「耳朵本來就很容易流血，」布萊克小姐說，「記得小時候我還在理髮店裡昏倒過呢。

那男的才一割到我的耳朵，血好像馬上就流了一缸。我們非得弄點光來不可。」

「我去拿蠟燭。」米姬說。

茱莉亞陪著她，拿來幾根蠟燭插在碟子裡。

「現在我們來瞧瞧這個壞蛋吧，」上校說，「把蠟燭拿低一點，司威頓。盡量多拿些蠟燭來。」

「我到另一側去。」妃麗柏說，她穩穩地拿住兩碟蠟燭。

上校跪下身子。

橫躺在地的人身穿工人的連帽黑披風，臉上罩著黑面具，手上戴著黑色棉手套。那帽子向後翻開，露出一頭亂髮。

伊德布上校將他翻過來，摸摸脈搏、心臟……然後低吼一聲，抓起那人的手指細細打量，那手指又黏又紅。

「朝自己開了槍。」上校說。

「他傷得重嗎？」布萊克小姐問。

「嗯，只怕已經死了……可能是自殺，也可能被披風絆到，跌倒時射到自己。如果我當時能看得更清楚些……」

就在此時，所有的燈像變魔術般又全亮了。

站在小園場大廳恍若置身夢境的奇平村居民們，此時才意識到他們面對的是一場暴力與死亡。伊德布上校的手被染紅了，血沿著布萊克小姐的頸部滴到她的上衣外套，而闖入者的屍體就陰森森地躺在他們腳邊。

派屈克從飯廳走回來，說道：「似乎只有一根保險絲燒壞了……」他頓住了。

伊德布上校拉開闖入者小小的黑面具。

「現在來看看這傢伙是誰，」他說，「我想應該不是我們認識的人……」

他取下了面具。眾人引領前望，米姬打了個嗝，驚喘一聲，但其他人都很安靜。

「他很年輕哪。」哈蒙太太惋惜地表示。

朵拉．邦妮突然驚呼道：「麗迪，麗迪，他就是那位年輕人嘛，說從門登罕一家溫泉飯店來的，有沒有？他來向你要錢回瑞士，但被你拒絕了。我想他上回來只是個託辭，他其實是來窺探這房子的……噢，天哪，他差點就殺掉你了……」

為了控制局勢，布萊克小姐有條有理地說道：「妃麗柏，把邦妮帶到飯廳，給她倒半杯白蘭地。茱莉亞，你到臥室衣櫃裡拿些膠布來……這地方血流得和殺豬似的。派屈克，你能立刻打電話報警嗎？」

04
皇家溫泉飯店

米德郡警察局局長喬治·李斯泰是個沉默寡言的人，身材中等，濃眉下是一雙精明犀利的眼睛，他習慣洗耳聆聽，而非滔滔不絕，然後不動聲色地下達簡潔的命令，讓屬下執行。

此刻他正在聆聽警官戴蒙·蓋達克的彙報。蓋達克已正式負責此案，李斯泰昨夜才將他從利物浦召回來，後者原是被派到那裡調查另一件案子。李斯泰對蓋達克評價頗高，因為蓋達克不僅善用頭腦，富於想像，而且嚴於律己，辦事穩健，每一項事實都會反覆核查，在結案之前，始終保持開放的思維，李斯泰最欣賞的正是這點。

「是警佐萊格接的電話，局長，」蓋達克說，「他似乎處理得很得當，既果斷又明智。這件案子不好處理，十幾個人爭著說話，其中還包括一個中歐人，她一看到警察就躲得遠遠的，還一個勁地尖叫，簡直快把那地方震翻了。」

「死者的身分確定了嗎？」

「確定了，局長。是魯迪．謝爾茲，瑞士籍，門登罕一家皇家溫泉飯店的服務人員。局長，你若同意的話，我先去皇家溫泉飯店，再去奇平村看看。佛萊哲警佐已經過去了。他會去找公車站的人，然後去那棟宅邸。」

李斯泰贊同地點點頭。門開了，局長抬起頭。

「進來吧，亨利。」他說，「我們遇到了一點特殊狀況。」

亨利．克什林爵士是蘇格蘭警場前任廳長，他微微皺了皺眉頭，走進屋子。爵士個頭很高，是位儀表堂堂的老者。

「連你這種辦案辦到膩的老手，大概都會對它感興趣。」李斯泰接著說道。

「我從來沒覺得膩過。」亨利爵士不悅地說。

「現在的最新招數，」李斯泰說，「是先透過刊登啟事來宣布殺人。把那則啟事拿給亨利爵士看看，蓋達克。」

「《北本罕新聞》及《奇平村消息報》，」亨利爵士說，「妙極了。」

他看了蓋達克指給他的啟事。

「呵，沒錯，是有點不對勁。」

「誰登的這則啟事，有沒有線索？」李斯泰問。

「根據描述，局長，是魯迪．謝爾茲本人於星期三送去的。」

「沒有人提出疑問嗎？收件的人不覺得奇怪嗎？」

「老實說，收件的那個金髮瘦妞沒什麼大腦，她只是數了字數，然後收錢而已。」

「刊登啟事的目的何在？」亨利爵士問。

「引發當地人的好奇，」李斯泰分析道，「讓他們在特定時間趕到特定地點相聚，然後把他們扣押起來，搜光現金和細軟。這個點子其實滿有創意的。」

「奇平村是個什麼樣的地方？」亨利爵士問。

「是個居民星布、風景如畫的村子。有肉鋪、麵包房、雜貨店，還有一間相當不錯的古董店，再來就是兩間茶館。村子本身就很美，又是觀光客住宿吃飯的地點。以前農人住的小屋，現在都改裝給一些老小姐和退休夫婦住了。有不少建築大約是在維多利亞時期蓋的。」

「我明白了，」亨利爵士表示，「是老小姐與退休上校養老的地方。是的，若是這些人看到那則啟事，大概都會在六點半跑來打探一番。天哪，真希望我的那位老姑娘也在這裡，她一定會緊追不捨，這最合她的胃口了。」

「你那位老姑娘是誰呀，亨利？是位阿姨嗎？」

「不是，」亨利爵士嘆口氣說，「不是親戚。」他虔誠地表示，「她只是上帝創造出來最優秀的偵探，天賦異稟，渾然天成。」

他轉身對著蓋達克。

「可別瞧不起你們村裡的那些老小姐，孩子，」他說，「萬一這是個很有來頭的神祕案件——雖然我不這麼認為——不過記住喔，一位織衣種花的老小姐，可比任何警察都來得高明。她能告訴你可能發生了什麼、應該發生了什麼，甚至實際上發生了什麼，而且她還能告訴你為什麼會發生！」

「我會牢記在心的，長官。」

蓋達克警官正經八百地回答。絕對沒人會猜到這個蓋達克其實是亨利爵士的教子，而且他與教父的關係非常融洽親密。

李斯泰很快地對他朋友講了一下案情。

「眾人悉數在六點半露臉，這一點我可以向你保證。」他表示，「可是這個瑞士人確知他們會到場嗎？還有一點，村民有可能攜帶很多財物讓人來搶嗎？」

「幾枚老式胸針、幾小粒珍珠、一點零錢，也許一兩張紙鈔，不會更多了。」亨利爵士若有所思地說，「這位布萊克小姐家裡放了很多錢嗎？」

「她自己說沒有，長官。據我所知，只有五英鎊零鈔。」

「那算不了什麼。」李斯泰說。

「那麼你的意思是，這傢伙只是想演場戲而已……根本不是打劫，而是為了好玩來假裝打劫。像電影一樣，是嗎？很有可能。他是怎麼射到自己的？」亨利爵士問。

李斯泰把一份報告拿過來。

「法醫的初步報告說，左輪槍是在近距離發射的——燒焦了……嗯……無法證明是意外還是自殺。有可能是自殺，也有可能他絆倒時，手中的槍走火了。也許是後者吧。」他望著蓋達克。「你得仔細詢問證人，讓他們把目睹的一切原原本本說出來。」

蓋達克警官沮喪地說：「他們看到的都不一樣。」

「我一向對這點很感興趣……」亨利爵士說道，「人們在極度興奮和緊張時究竟會看到什麼。是的，在那種情況下，他們究竟都看到了什麼，而更有趣的是，他們沒看到什麼。」

「槍枝的報告呢？」

「是外國製的，在歐陸十分普遍。謝爾茲沒有持槍許可證，進入英國時也沒有報關。」

「這小子很不乖啊。」亨利爵士說。

「壞人到處都有。好啦，蓋達克，去皇家溫泉飯店看看查到什麼吧。」

§

蓋達克警官抵達皇家溫泉飯店後，直接被帶到經理辦公室。

經理羅朗森身材修長，面色紅潤，為人十分熱誠。他親切地接待了蓋達克警官。

「我們很樂意盡一切力量協助警方，」他說，「這件事太令人震驚了，真是千不該萬不該啊！謝爾茲是個討人喜歡的平凡年輕人，沒想到他竟然是那種打家劫舍的人。」

「他來這裡多久了，羅朗森先生？」

「你來之前我正在查紀錄。三個月多一點，他的資歷相當不錯，該有的都有了。」

「你對他滿意嗎？」

蓋達克不留痕跡地頓了一頓。

羅朗森答道：「相當滿意。」

蓋達克耍了一個過去頗為奏效的小技巧。

「不，不會吧，羅朗森先生。」他緩緩搖頭說，「事實不是這樣吧？」

「呃，呃……」經理有些吃驚。

「說吧，有些事不太對勁，是什麼呢？」

「是有些不對勁。但我不知道……」

「不過你覺得有些事怪怪的？」

「呃……是的，我是有想過……但又沒真憑實據。我不希望自己的臆測被記錄下來，最後倒過來指控我。」

蓋達克和顏悅色地微微一笑。「我懂你的意思，別擔心，我們只是得了解謝爾茲的為人而已。你懷疑過他……哪些地方？」

羅朗森不情願地說：「帳單的事，他出過一兩次問題。帳單上出現不該收取的項目。」

「你是說，你懷疑他收取某些費用，而飯店的紀錄裡並沒寫上，等客人付完帳後，他把差額吞了？」

「差不多吧……說好聽點，是他太粗心大意了，有一兩回牽涉的數目還挺大的。但老實講，我曾請會計查了他的帳，懷疑他……呃，做假帳。不過，數字儘管有些錯誤，不少帳目也報得馬馬虎虎，實際金額卻沒有短少。所以我想是我自己弄錯了。」

「如果你沒弄錯呢？假設他這裡那裡地挪用一些小錢，那他總會想辦法補上吧？」

「是的，如果他有錢的話。可是那些會去『挪小錢』的人，通常手頭都很拮据，所以錢到手馬上就用掉了。」

「因此，如果他需要錢來彌補虧空，就得靠搶劫或其他辦法籌措囉？」

「對。我在猜，這會不會就是他的動機……」

「可能吧。但這辦法實在很遜。他還能從什麼人身上弄到錢？他有沒有女人？」

「烤肉廳有位女侍，名叫默娜．哈里斯。」

「我最好和她談談。」

§

默娜．哈里斯是位漂亮的女孩，有一頭亮眼的紅髮和俏麗的鼻子。

她很戒慎，也很擔心，生怕警察找她談話有損她的名譽。

「我什麼都不知道，先生，一點也不清楚。」她抗議道，「我要是知道魯迪是那種人，就不會和他出去了。他在這兒的服務台工作，我當然以為他人不錯。我是說，飯店在雇人

——尤其是外國人——的時候，應該更謹慎才對。因為和外國人打交道時，很難摸清他們的底細。他是不是報上寫的那種黑道份子呀？」

「我們認為他是單獨行事。」蓋達克表示。

「奇怪……他看起來很木訥老實，真是想不到。儘管飯店裡丟過一些東西……現在我想起來了，是一枚鑽石胸針，還有一個金的錢幣收藏盒。應該沒錯，可是我作夢也想不到會是魯迪。」

「我相信你確實想不到，」蓋達克說，「人難免會受騙上當。你和他很熟嗎？」

「我不知道能不能算熟。」

「但你們算是朋友？」

「哦，是啊……不過也僅止於此，我們挺處得來，但沒什麼深交。我對外國人一向有戒心。他們總有自己的一套邏輯，很難說的，對吧？像一些戰時逃過來的波蘭人，甚至美國人也是！他們根本不提自己結過婚，等到非說不可時已經來不及了。魯迪很愛說大話，不過我總是會打點折扣。」

蓋達克留意到這句話。

「他愛說大話？這倒非常有意思，哈里斯小姐。我想你可以幫我們一個大忙，他愛吹噓哪方面的事？」

「比如說他家在瑞士多富有、多顯赫啦，但這和他缺錢的情況並不相符呀。他總是說，由於金融法規，他無法把錢從瑞士弄到這裡。我覺得那倒也可能，但是他的東西都不算昂貴，我是指他的衣著，根本不是名牌。我也覺得他以前跟我講的故事很多都是在吹牛，什麼翻越阿爾卑斯山、在冰川懸崖救人啦。結果呢，他光是沿著布爾特山脊走一段就頭昏眼花了，哼，還阿爾卑斯山呢！」

「你常和他出去玩嗎？」

「是的……呃，是的。他很有禮貌，而且很懂得……照顧女孩子，看電影時總是挑最好的座位，有時候還會買花給我，而且他的舞跳得一級棒，真的棒極了。」

「他跟你提過布萊克小姐嗎？」

「布萊克小姐有時會到飯店吃午餐，不是嗎？而且在這裡住過一次。不，魯迪從來沒提過她，我也不知道他認識布萊克小姐。」

「他提到過奇平村嗎？」

默娜的臉上似乎掠過一抹憂色，但蓋達克無法確定。

「應該沒有……他倒有一次問過公車路線，以及公車出發的時間。但我不記得到底是去奇平村還是別的地方。而且那不是最近的事。」

蓋達克再也問不出什麼了，魯迪．謝爾茲似乎沒有反常之處，案發前一晚，默娜並沒有見到他。她不知道，根本不知道——她特別強調這點——魯迪．謝爾茲是個騙子。

蓋達克想，也許這是實話。

05 布萊克與邦妮小姐

小園場與蓋達克警官想像的一樣，他看到鴨子、雞以及一個花期剛過的花壇，花壇中幾株殘花綻放著最後一抹豔紫，草坪與步道間則一副乏人照料的模樣。

蓋達克警官心想：「他們大概沒多少錢可以雇請園丁吧……主人很愛園藝花草，所以設計與砌邊的方式都很有風味。房子需要粉刷了，現在很多房子都這樣，小園場是個很可愛的宅邸。」

蓋達克的車剛剛在前門停妥，佛萊哲警佐便從房子一側走了出來。他看起來像名守衛，腰板挺直，頗具軍人風範，而且善用「長官」這個字眼表達幾種不同的意思。

「你在這兒啊，佛萊哲。」

「長官。」佛萊哲答道。

「有什麼要報告的嗎？」

「我們檢查過整棟房子了，長官。謝爾茲似乎沒有留下任何指紋，當然了，他戴了手套。門窗都沒有強行闖入的跡象。他似乎是搭公車從門登罕來的，六點鐘抵達。據我所知，邊門五點三十分便鎖上了，他應該是由前門進入的。布萊克小姐表示，前門通常在全家就寢前才會上鎖。但女傭表示，前門整個下午都鎖著……不過她常會亂講話。這人喜怒無常，好像是中歐來的難民。」

「她很難對付嗎？」

「長官！」警佐佛萊哲激動地說。

蓋達克笑了笑。

佛萊哲繼續報告說：「各處照明系統都正常，我們還查不出他是如何操縱燈光的。只有一條電路壞掉，是客廳和走廊的。當然啦，現在的壁燈和大燈不會共用同一根保險絲，但小圍場的電路裝備是老式的。不知道死者是怎麼在保險絲上動手腳，因為配電箱遠在洗滌室那邊，得經過廚房才行，可是這樣一來，女僕一定會看見他。」

「除非他們兩人是一夥？」

「很有可能。他們都是外國人，而且我一點也不相信她，一點也不。」

蓋達克注意到，前門窗口有對黑亮的大眼睛正驚恐地向外窺視，那張緊貼在窗玻璃上的臉幾乎難以辨識。

「那就是她嗎？」

「沒錯，長官。」

那張臉孔消失了。

蓋達克按按前門門鈴。等了半天後，門被一個相貌姣好的年輕女人打開了，她有一頭栗色秀髮，神色頗不耐煩。

「我是蓋達克警官。」蓋達克表示。

年輕女子冷冷瞪著他說：「請進。布萊克小姐正在等你。」

蓋達克發現，這裡的走廊很狹長，而且門扉多到匪夷所思的地步。

女子推開左邊的門，說道：「蓋達克警官來了，麗迪阿姨。米姬不願去開門，她關在自己的房裡，又在那邊鬼吼鬼叫。我看我們別想吃午飯了。」她又對蓋達克解釋道：「米姬不喜歡警察。」說罷便退出去，隨手將房門帶上。

蓋達克走上前去會見小圍場的主人。

他見到一名年約六旬、高大精明的女人。她灰色的頭髮自然微捲，襯得一張高貴聰慧的臉龐堅毅無比。布萊克小姐有對犀利的灰色眼睛和剛毅的方下巴。她未施粉黛，簡簡單單地穿了一套剪裁大方的呢服、裙子和套衫，頸子上突兀地戴了串老式的浮雕瑪瑙，似乎在緬懷維多利亞時代的遺風。

緊跟在布萊克小姐身邊的，是位年紀與她相仿的女人，圓臉，神色焦急，頭髮蓬亂無比。蓋達克一眼便認出她是萊格警佐報告中提到的「朋友——朵拉．邦妮」。據萊格私底下表示，此人「十分低能」！

布萊克小姐說話時聲調悅耳、極富教養。

「早安，蓋達克警官。這位是我的朋友邦妮小姐，她幫我管理家務。你請坐，我猜你不抽菸吧？」

「執勤時不抽，布萊克小姐。」

「真可惜！」

蓋達克飛快而仔細地打量了一遍這個房間，典型的維多利亞式雙併客廳。這一間有兩扇長窗，另一間有扇凸窗……椅子……沙發……中間的桌子擺了一大缽菊花，另一缽放在窗台上，都很新鮮悅目，但並無太多新意。唯一突兀之處，是通向內廳拱道邊桌上的一個小銀花瓶，瓶裡的紫羅蘭早已枯盡。蓋達克覺得布萊克小姐不是那種受得了屋裡有枯花的人，因此推想，此地曾發生過異常的事，以致打亂了原本的管理步調。

他說：「布萊克小姐，我想事情就是發生在這個房間吧？」

「是的。」

「你昨晚真該在現場看看，」邦妮小姐激動地大聲說，「簡直是一團亂。兩張小桌子被弄倒，還弄斷一支桌腳，大家撞成一團，還有人扔下一根點燃的香菸，燒壞一件最好的家具。那些人，尤其是年輕人，對這些東西一點也不懂愛惜……幸好沒有打壞瓷器……」

布萊克小姐和藹但堅決地打斷她說：「朵拉，這些事雖然煩人，但畢竟不足掛齒。我想我們還是只回答蓋達克警官的問題就好。」

「謝謝，布萊克小姐。我很快會問到昨晚發生的事。不過首先，我想請你告訴我，你最後一次見到死者魯迪．謝爾茲是在什麼時候？」

「魯迪．謝爾茲？」布萊克小姐微感詫異。「這是他的名字嗎？我好像記得……噢，算了，無關緊要。我第一次碰到他，是去門登罕的溫泉飯店買東西時，大約是……讓我想想看，三個星期前吧。我們——我和邦妮小姐——在皇家溫泉飯店吃午餐。飯後我們正要離開時，聽見有人叫我的名字，就是這個年輕人。當時他說：『您是布萊克小姐吧？』然後又表示我大概不記得他了，他說他是蒙特勒一家阿爾卑斯飯店老闆的兒子，戰時我和舍妹在那兒住了將近一年。」

「蒙特勒的阿爾卑斯飯店，」蓋達克重複道，「當時你記起他了嗎，布萊克小姐？」

「我……我沒想起來。事實上，我不記得以前曾見過他。飯店服務台的服務員個個都長得都一樣。我和妹妹在蒙特勒過得非常愉快，飯店老闆也極為熱心，因此，見到這小夥子，我也非常客氣地和他談話，並表示希望他在英國過得愉快。他說，他父親送他到英國半年學飯店管理，聽起來似乎非常合情合理。」

「那麼你們的第二次會面呢？」

「大約在……對了，是十天前沒錯，他突然跑到小圍場來。我見到他時非常詫異。他為自己的不請自來道歉，並說我是他在英格蘭唯一認識的人。他說他母親病危，所以急需路費趕回瑞士。」

「不過麗迪沒有給他。」邦妮小姐急急地插話道。

「他的說法毫無可信之處，」布萊克小姐振振有辭地說，「我判斷他絕非好人。需要錢回瑞士！根本是一派胡言。他父親大可發電報到英國安排一切，飯店界的人大都彼此認識。我懷疑他挪用公款或什麼的。」布萊頓小姐頓了頓，然後冷冷地說：「如果你覺得我鐵石心腸，那麼我告訴你吧，我為一名大金融家做過多年的祕書，對上門要錢的事非常審慎，這類事我看太多了。唯一令我訝異的是，」她若有所思地補充道，「他當下就放棄了，還二話不說立刻轉頭走人，彷彿壓根不指望能拿到錢。」

「回想當時的情形，你是否覺得他的目的是在探路？」

布萊克小姐使勁地點頭。

「現在我確是這麼想的。我送他出門時，他還對各個房間表示一些看法。他說：『你的飯廳很漂亮。』（事實上那房間又暗又窄。）其實只是想找藉口看看裡面罷了。然後他又搶到我前面，拉開前門的門閂，說道：『讓我來。』我想他其實是想看看門閂吧。實際上，奇平村這一帶的人不到天黑是不會鎖門的，任何人都進得來。」

「邊門呢？據我所知，有一道邊門通到花園？」

「是的。昨晚大夥到達前不久，我才從邊門出去關鴨子哩。」

「你出去的時候，門鎖上了嗎？」

布萊克小姐皺皺眉。

「記不得了……我想是吧。我進來時，確定把門鎖上了。」

「那差不多是六點十五分吧？」

「差不多。」

「前門呢？」

「通常要再晚一點才鎖上。」

「所以謝爾茲可以輕而易舉地從那兒進來，或者他可以趁你關鴨子時溜進來。他已經探過地形了，可能也留意過各個隱蔽之處，比如櫃子之類的。是的，一切似乎很顯而易見。」

「很抱歉，並非一切都很顯而易見，」布萊克小姐說，「為什麼有人要費那麼大的勁闖到這裡，搞一齣愚蠢至極的鬧劇呢？」

「貴府有存放很多錢嗎，布萊克小姐？」

「那邊桌子裡大約有五英鎊，我的錢包裡大概還有一兩英鎊。」

「珠寶呢？」

「一兩枚戒指和胸針，還有我身上戴的浮雕瑪瑙。警官，你一定同意我的看法，這整件事實在太匪夷所思了。」

「這絕不是搶劫，」邦妮小姐喊道，「我不是一直跟你說，麗迪。這是報復啊！因為你沒有給他錢，所以他故意向你開槍……而且還開了兩槍。」

「啊，」蓋達克道，「我們現在就來談昨晚的事吧，情況到底是怎麼樣，布萊克小姐？麻煩你用自己的話就所記得的盡量告訴我。」

布萊克小姐思索片刻。

「鐘響了，」她說，「就是壁爐台上的那一座。記得當時我說，如果有事發生，應該很快就會開始了，然後鐘就響了。我們大家靜靜聽著，只聽它敲到六點半，然後突然所有的燈全滅了。」

「燈原來是亮著嗎？」

「只有這兒和內廳的壁燈是亮的，落地燈和兩盞閱讀燈則是關的。」

「燈滅時是先出現閃光，還是先聽到什麼聲響？」

「好像都沒有。」

「我確信有看到閃光，」朵拉．邦妮說，「然後是嘎嘎的雜音。真危險哪！」

「然後呢，布萊克小姐？」

「門開了……」

「哪道門？這房間裡有兩道門。」

「哦，是這一道。另一個房間的門打不開，那是裝飾用的。門開了，他出現了，戴著面具，拿著手槍。因為實在太出乎意料，我還以為是在開玩笑。那男的說了幾句話，不過我忘了……」

「『舉起手來，要不然我開槍了！』」邦妮小姐繪聲繪影地接過來說。

「大概是諸如此類的吧。」布萊克小姐狐疑地說。

「然後你們都舉起手了？」

「啊，是的，」邦妮小姐說，「我們都舉手了。我的意思是，某些人。」

「我可沒有，」布萊克小姐斷然道，「我覺得太可笑了，而且整件事令我很不高興。」

「然後呢？」

「手電筒的光就射到我的眼睛了。我被照得頭暈目眩，後來，我竟然聽見子彈自我耳邊呼嘯而過，打在後面牆上。有人尖叫起來，而我只覺得耳朵一陣刺痛，接著就聽到第二聲槍響。」

「好恐怖。」邦妮小姐插話說。

「接下來又發生什麼了，布萊克小姐？」

「說不上來……我又驚又痛，連站都站不穩。那身影一轉，似乎絆了一下，接著又響起一聲槍響，他的手電筒滅了，然後大家開始相互推擠叫喚，全撞在一起。」

「當時你站在哪裡，布萊克小姐？」

「她站在桌旁，手裡還拿著那瓶紫羅蘭。」邦妮小姐上氣不接下氣地說。

「我站在這裡。」布萊克小姐走到拱道邊的那張小桌前。「事實上，我手裡拿的是菸盒。」

蓋達克警官察看她身後的那面牆，兩個彈孔顯而易見。子彈已經被取出，送去與左輪槍比對。

他平靜地說道：「你差點就送命了，布萊克小姐。」

「他真的朝她開槍啊！」邦妮小姐說，「是衝著她來的！我看見他了，他用手電筒照著大家，直到找到她為止，然後就瞄準她發射了。他想殺的是你呀，麗迪。」

「親愛的朵拉，你又在胡思亂想了。」

「他要射的是你，」朵拉執拗地重複道，「他想殺你，結果沒射中，只好朝自己開槍。一定是這樣！」

「我不認為他想朝自己開槍，」布萊克小姐說，「他不是那種會自殺的人。」

「告訴我，布萊克小姐，直到槍響之前，你一直認為這一切只是玩笑而已嗎？」

「當然啦，我還能怎麼想？」

「你認為這玩笑是誰策畫的？」

「本來你以為是派屈克。」朵拉．邦妮提醒她說。

「派屈克？」警員立即問道。

「我表弟，派屈克．西蒙斯。」被邦妮弄得有點惱火的布萊克小姐繼續說道，「我看到啟事時，的確想過可能是派屈克在鬧著玩，但他表示絕不是他幹的。」

「但後來你很擔心，麗迪，」邦妮小姐說，「你真的很擔心嘛，雖然表面假裝沒有。你的擔心是對的，報上的謀殺啟事，就是聲明要殺害你的啟事啊！若是對方沒失手，你就真的被害了，那我們該怎麼辦？」

朵拉邊說邊發顫，她皺著臉，一副隨時要哭出來的樣子。

布萊克小姐拍拍她的肩膀。

「沒事了，親愛的朵拉，別激動，這對你很不好。反正又沒怎麼樣，這經驗雖然不愉快，但已經過去了。」她又接著說：「為了我，你得振作啊，我還得靠你來持家，洗衣店的人是不是今天要來？」

「噢，我的天，麗迪，多虧你提醒我！不知道他們會不會把那個丟了的枕頭套還回來，我得把這件事記下來。我這就去處理。」

「把這些紫羅蘭也拿走吧，」布萊克小姐說，「我最討厭枯掉的花了。」

「真可惜。我昨天才摘的，竟然一點也不耐久……噢，真是的，我一定是忘記給花瓶加水了。我怎麼老是忘東忘西。我得去處理洗衣的事了，他們隨時都可能到。」

邦妮小姐匆匆離去，看起來又是一副開開心心的模樣。

「她的身體不是很好，」布萊克小姐說，「情緒激動對她不好。你還有什麼想了解的嗎，警官？」

「我想知道貴府一共有多少人，以及他們的一些情況。」

「好的，除了我和朵拉以外，小圍場現在還住了我的兩個表弟妹，派屈克和茱莉亞・西蒙斯。」

「是表弟妹？不是外甥嗎？」

「不是。雖然他們叫我阿姨，但實際上是遠房表弟妹。他們的母親是我的二表姨。」

「他們一直以小圍場為家嗎？」

「哦，不，他們是這兩個月才來的。戰前他們住在法國南部。派屈克進了海軍，茱莉亞好像在某個政府部門做事，在蘭迪德諾。戰爭結束後，她母親寫信問我，他們可否到我這兒做客，費用自付……茱莉亞在米徹斯特總院接受藥劑師培訓，派屈克正在米徹斯特大學攻讀工程學位。從米徹斯特搭公車到這兒只有五十英里，所以我很樂意讓他們過來。這房子對我來說是大了點。他們支付少許的食宿費，一切都安排得很順利。」她微笑著加了一句：「我喜歡家裡有年輕人。」

「據我所知，還有一位海默斯太太？」

「是的。她是達雅斯園，也就是盧卡斯太太家的助理園丁。達雅斯園的小木屋已經住了老園丁夫婦，因此盧卡斯太太問我是否能給她安排住處。海默斯太太是個好女人，先生在義大利陣亡了，有個在預備學校上學的八歲大兒子，我也安排他來這裡度假。」

「還有其他幫傭的人嗎？」

「臨時園丁星期二和星期五會來。村裡的哈金斯太太每星期五來個上午。另外還有一位外國難民在我這兒擔任廚子，她的名字很難唸。你大概會覺得米姬很難搞，因為她有被害妄想症。」

蓋達克點點頭。他想到萊格警佐的另一句評價……他說朵拉．邦妮「低能」，麗迪亞．布萊克「還可以」，對米姬則以「騙子」二字帶過。

布萊克彷彿看穿了他的心思，她說：「請別因為那可憐的人說謊，就對她心存偏見，我相信她和許多騙子一樣，在漫天謊言的背後都有一部分真話。我的意思是，儘管她講的故事誇張到幾乎所有的小說情節都發生在她或她親戚身上，但她確實受過極大的刺激，也目睹過親人被殺。我認為，不少這樣離鄉背井的人會以為他們的苦難能引起我們的注意和憐憫，因此才會予以誇大與捏造。」她補充道：「但坦白講，米姬瘋瘋癲癲的，常惹得大家生氣發怒，她疑心病重，成天繃著臉，永遠『千愁萬緒』，自認為受了屈辱。然而儘管如此，我還是真的為她感到難過。」她微笑道：「再說，只要她願意，她真的能燒出一手好菜。」

「我會盡量不惹她生氣，」蓋達克撫慰道，「為我開門的就是茱莉亞．西蒙斯小姐嗎？」

「是的。你想現在見她嗎？派屈克出門了。你可以在達雅斯園找到妃麗柏．海默斯。」

「謝謝你，布萊克小姐。如果可以的話，我想見見西蒙斯小姐。」

06 茱莉亞、米姬與派屈克

茱莉亞走進房裡，在麗迪亞・布萊克剛才所坐的椅子坐下來。她的沉著，不知怎地頗令蓋達克不悅。她平靜地注視著他，等著他發問。

布萊克小姐已藉口離開客廳了。

「請告訴我昨晚的情形，西蒙斯小姐。」

「昨晚？」茱莉亞面無表情地喃喃道，「噢，我們睡得跟豬一樣，我想是反作用吧。」

「我是指昨晚六點開始以後的情形。」

「噢，原來如此。對了，來了不少無聊人士……」

「有哪些人？」

她定定地望著他。

「你們不是都知道了嗎？」

「我是在問問題哪，西蒙斯小姐。」蓋達克和顏悅色地說。

「對不起。我一向覺得重複是件很乏味的事，不過顯然你不這麼認為……好吧，有伊德布上校和夫人、辛珂芙小姐和莫加璐小姐、司威頓太太和艾德蒙．司威頓，還有牧師的妻子哈蒙太太。他們是按我剛說的先後順序到達的。如果你想知道他們都說了些什麼……這群人只會輪流說：『你們家開中央暖氣啦』和『好可愛的菊花喲！』」

蓋達克咬住嘴唇。這小妞模仿得挺活靈活現的。

「只有哈蒙太太例外，她實在有夠逗，進來時帽子歪了一邊，鞋帶也沒繫，大剌剌地直接就問謀殺幾時開始。這話把別人弄得很尷尬，因為他們都是假裝順道過來。麗迪阿姨平靜地表示，應該很快就開始了。後來鐘敲響了，就在鐘聲結束時，燈滅了，門被猛然推開，一個戴面具的身影說『大家把手舉起來』之類的話，和大爛片演得一模一樣，實在有夠亂來。後來他朝麗迪阿姨開了兩槍，事情就突然好笑不起來了。」

「事發時，大家都在哪兒？」

「燈滅的時候嗎？嗯，大家就是隨便站吧。哈蒙太太坐在沙發上……辛芙，就是辛珂芙小姐，則站得像個男人，立在壁爐前。」

「你們都在這個房間裡嗎，還是在那頭的內廳裡？」

「我想，大多數的人都在這個房間裡，派屈克到另一間去取雪利酒。伊德布上校好像跟著他去了，但我不太清楚。我們大家……呃，就像我說的，只是四處站著。」

「你自己呢？」

「我想我站在窗邊，麗迪阿姨去拿菸了。」

「到拱道邊的那張桌子嗎？」

「對。然後燈就滅了，大爛片開始上演。」

「那男人的手電筒光線很強，他用手電筒幹了什麼？」

「哦，他用手電筒照我們，弄得我們頭暈目眩，拚命眨眼。」

「請你仔細回答這個問題，西蒙斯小姐。他的手電筒是靜止不動還是晃來晃去？」

茱莉亞考慮了起來，舉止不若剛才那般令人討厭。

「他晃著手電筒，」她緩緩說道，「就像舞廳的聚光燈一樣，先是直射我的眼睛，然後在房間裡遊走，最後槍響了，有兩記槍聲。」

「後來呢？」

「他轉過身……接著米姬開始像警報器般尖叫起來，然後他的手電筒熄了，跟著響起第三聲槍響。門關上了（是慢慢關上的，還發出伊伊呀呀的聲音，怪可怕的）。我們大家都陷在黑暗中，不知如何是好，可憐的邦妮只會尖聲怪叫，米姬則在走廊一頭狂喊。」

「你覺得那男的是故意朝自己開槍，還是絆了一跤，左輪槍走火所致？」

「我沒有半點概念。整件事就像齣戲一樣。實際上，當時我以為是場玩笑，直到我看見麗迪耳朵上的血。不過就算為了增加臨場感而真的開槍，也得小心地往離腦袋遠一點的地方打呀，對吧？」

「沒錯。你認為他看得清楚開槍對象嗎？我是說，布萊克小姐是否明顯被燈光照到？」

「不知道。我當時沒注意她，我在看那個男的。」

「我想問的是……你認為那男的是故意朝她射擊，專門瞄準她嗎？」

茱莉亞似乎有點被這番話嚇到了。

「你是說，他是蓄意瞄向麗迪阿姨嗎？噢，我不這麼認為……總之，他若想傷害麗迪阿姨，有的是機會。而且也沒有理由把朋友和鄰居全召到一塊，增加下手的難度呀！他可以隨便挑個日子，躲在樹籬後朝她開槍，然後逃之夭夭。」

蓋達克心想，茱莉亞的說法，與朵拉·邦妮暗示凶手是故意襲擊布萊克小姐的看法，倒是南轅北轍。

他嘆了口氣，說道：「謝謝你，西蒙斯小姐。我最好現在去見見米姬。」

「當心她的指甲，」茱莉亞警告說，「她可是個潑婦。」

§

在佛萊哲的陪同下，蓋達克在廚房找到米姬。她正在擀麵，看見蓋達克走進來，米姬抬起頭，疑心重重地看著他。她烏黑的頭髮懸在眼睛上方，神色陰鬱，身上的紫套衫與豔綠長裙與她蒼白的容顏格格不入。

「你們到我的廚房幹嘛，警察先生？你們是警察，對吧？沒完沒了，迫害永遠沒完沒了……唉！我現在早該習以為常了。他們說英格蘭不一樣……錯了，都是一個樣。你們是來折磨我的，對，來逼供的，可是我什麼也不會說。你們會拔掉我的指甲，拿火柴燒我……噢，沒錯，而且比這個更糟。不過我不會說，你們聽見了嗎？我不會說，什麼也不會說！你們會把我送到集中營，不過我不在乎。」

蓋達克看著她，一邊思索該採取什麼最好的辦法。最後，他嘆道：「好吧，去拿你的帽子和外套。」

「你說什麼？」米姬面露驚駭之色。

「拿帽子和外套跟我走。我沒帶拔指甲的工具和刑具，那些東西都放在局裡。手銬帶了嗎，佛萊哲？」

「帶了！」佛萊哲警佐五體投地說。

「我不去！」米姬尖聲叫著往後閃。

「那麼你就好好的給我回答問題，你要的話，可以叫律師到場。」

「律師？我不喜歡律師，我不要律師！」

米姬放下擀麵棍，用布擦了擦手，坐下來。

「你想知道什麼？」她繃著臉問。

「我要你詳述昨晚在此發生的事。」
「你很清楚發生了什麼。」
「我想聽聽你的說法。」
「我本來想逃走的。她跟你說了嗎？我看到報上的謀殺啟事時，本來想走掉的，可是她不讓我走。她真狠哪，一點同情心都沒有。她要我留下來，可是我知道……我知道一定會出事。我知道自己會被害死。」
「你沒被殺掉，不是嗎？」
「是沒有。」米姬勉強承認說。
「好了，告訴我發生什麼事情吧。」
「我很緊張，噢，真的很緊張，整晚都緊張得要命，我疑神疑鬼的，老聽見有人在走動。有一次我以為走廊裡有人溜進來，其實只是海默斯太太從邊門穿過走廊而已（她說這樣才不會弄髒前門的台階……才怪！）。她本身就是個納粹，那個金髮碧眼的女人，老是顯得高高在上，把我當垃圾看……」
「別管海默斯太太了。」
「她以為她是誰？她有和我一樣受過大學教育嗎？她拿過經濟學學位嗎？沒有，不過是個雇來的傭人而已，挖挖土，割割草，每週六竟然還領那麼多錢，還管自己叫淑女？」
「我說過，別管海默斯太太了。請繼續說。」

「我把雪利酒、酒杯和烤得很棒的糕點送進客廳，然後門鈴響了，我去應門。這樣一次又一次地跑去開門，實在有失我的身分，但我還是去了。然後我到餐具室去擦銀器，我覺得這樣比較安全，因為要是有人來殺我，我手邊就有大刀，而且都很銳利。」

「你真有遠見。」

「後來，突然間，我聽到槍聲。我想，終於來了，開始了。我跑過飯廳……另一道門打不開，我停下來聽了一會兒，隨即又一記槍響，然後有重物摔到地上，就在走廊那邊。我轉動門把，但門從外面鎖住了。我被鎖在裡面，我和掉進陷阱的老鼠一樣，害怕得快瘋了，我大喊大叫，捶打房門。終於，終於，他們轉動鑰匙，放我出來了。然後我去拿蠟燭，拿好多蠟燭。後來燈就亮了，我看見血……血！啊，天主啊！這不是我頭一回看見血，我以前見過血，我的小弟，我親眼看見他在我面前被殺……我見過街上的血，人們中彈身亡，我……」

「好了，」蓋達克警官道，「非常感謝你。」

「現在，」米姬誇張地說，「儘管把我抓起來送進牢房啊！」

「下次吧。」蓋達克警官表示。

§

蓋達克和佛萊哲穿過走廊來到前門，這時前門一下被推開，一名高大帥氣的年輕人差點與他們撞個滿懷。

「天啊，是警察呢！」年輕人叫道。

「你是派屈克．西蒙斯先生嗎？」

「沒錯，警官。你是警官，對吧，而另一位是警佐？」

「是的，沒錯，西蒙斯先生。我能和你談談嗎？」

「我是無辜的，警官，我發誓我是無辜的。」

「好了，西蒙斯先生，別鬧了。我還有很多人要見，不想浪費時間。這個房間是幹什麼的？我們能進去嗎？」

「這是所謂的書房，可是沒人看書。」

「有人告訴我說你去學校了。」蓋達克問。

「我發現自己無法專心上數學，於是就回家了。」

蓋達克照例問了對方的全名、年齡及戰時服役的細節。

「現在，西蒙斯先生，你能描述一下昨晚發生的事嗎？」

「我們盛大準備了一番，也就是說，米姬做了美味可口的糕點，麗迪阿姨開了一瓶新的雪利酒……」

蓋達克打斷他問：「新開一瓶？還有另外一瓶喝過的嗎？」

「對，剩半瓶。可是麗迪阿姨好像不喜歡。」

「當時她很緊張嗎？」

「啊，並非真的緊張，阿姨是那種極其理性的人。我覺得，倒是邦妮把她搞得很煩……邦妮整天都在預言災難即將降臨。」

「那麼邦妮小姐感到憂心忡忡囉？」

「啊，是呀，她是唯恐天下不亂。」

「她拿這個啟事當真嗎？」

「她都快嚇壞了。」

「布萊克小姐第一次看到啟事時，似乎認為和你有關。為什麼？」

「哦，是啊，反正這裡有什麼事都怪到我頭上！」

「你確實與此事無關嗎，西蒙斯先生？」

「我？絕對無關。」

「你是否見過或和魯迪・謝爾茲說過話？」

「我這輩子從未見過他。」

「不過，你有可能會開這類的玩笑吧？」

「是誰跟你這樣說的？就因為有一次我把蘋果派弄到邦妮床上，還有一回寄了一張明信片給米姬，說蓋世太保正趕來抓她，那也不表示……」

「跟我說說當晚的情形吧。」

「我去小客廳拿酒，然後說時遲那時快，燈就滅了。我轉過身，看見門口站了個傢伙，他喝道：『手舉起來！』大夥叫成一團。我正在想我能不能突襲他時，他就開槍了。後來他跌在地上，手電筒也熄滅了，大家又陷入黑暗中。接著，伊德布上校用軍人的口吻大聲下達命令：『弄點光來。』結果我的打火機派上用場了嗎？沒有，沒點著，那些該死的新發明都是這樣。」

「你覺得這個闖入者是瞄準布萊克小姐嗎？」

「哈，我怎麼知道？他拿出左輪槍應該是為了好玩吧……然後也許玩過頭了。」

「所以就朝自己開槍？」

「可能吧。當我看見他時，他的臉色十分蒼白，像那種膽小如鼠的小偷。」

「你確定以前從未見過他？」

「確定。」

「謝謝你，西蒙斯先生。我想和昨晚其他在場者都談一下。你想，從誰開始最好？」

「這個嘛，我們的妃麗柏——海默斯太太——現正在達雅斯園工作。那棟宅邸的大門差不多就在我們大門對面。然後呢，司威頓一家住得最近，隨便問哪個人都找得到。」

07 在場人士

達雅斯園顯然在戰時飽受摧殘，原本栽種蘆筍的園圃如今長滿了茅草，僅剩幾莖蘆筍葉搖曳其間，其他地方更是野草叢生。

原本的菜園也被縮減到僅供維生，蓋達克便是在此處找到滿面風霜、倚在鏟子上的老先生。

「你想找海默斯太太？我不確定能在哪裡找到她。她向來任著自己的性子做事，不太聽別人的意見。我可以教她的，只要她願意。可是有什麼用？這些年輕女士就是不聽！就因為穿上了長褲、會開拖拉機，就以為自己什麼都懂了。然而這裡需要的是種花植草啊。這可不是一天就能學會，做園藝才是這裡需要的。」

「看起來好像是這樣。」蓋達克說。

老先生把這話當成一種中傷。

「先生，你看，像這麼大塊的地，你叫我該怎麼辦？以前是三個大男人加上一個小鬼在整理，現在也需要這個人手。願意像我這麼拚命的人不多了，有時候我還做到晚上八點。八點哪。」

「晚上靠什麼照明？油燈嗎？」

「我當然不是指這個時節啦，我說的是夏天晚上。」

「噢。」蓋達克應聲道，「我還是去找海默斯太太吧。」

這位鄉下老先生頗感興趣地問：「你找她幹嘛？你是警察，對吧？她有了麻煩？要不就和小圍場有關？蒙面人闖進去，用槍扣押了一屋子的人。這種事戰前可沒發生過。逃兵，錯不了，一定是逃兵。亡命之徒在鄉下晃來晃去，軍隊幹嘛不把他們都抓起來？」

「我不知道。」蓋達克說，「這次搶案引發了不少傳言吧？」

「那當然。大家是怎麼說的？奈德·巴克說，都是電影看太多惹的禍，但湯姆·利萊認為，那是因為這邊外國人太多了，他說幫布萊克小姐燒飯的那個女人脾氣壞極了……這件事她一定有份。他說她是共產黨，甚至更糟。反正我們很不喜歡這種事。馬蓮，就是鐵欄杆後面的那位，她說布萊克小姐家八成有貴重物品。她說你絕對看不出來，因為布萊克小姐平日衣著那麼樸素，頂多戴條假珠鍊而已。然後她又說，假如那些珍珠其實是真的呢？接著費洛莉（就是貝拉米那老頭的女兒）說：『胡扯，那些都只是人造珠寶而已。』把假珠寶稱為『人造珠寶』倒是挺聰明的。以前那些紳士管它們叫羅馬珍珠，又叫巴黎鑽……我老婆以前當過貼身女僕，所以我曉得。可是那有什麼意思？全是些玻璃嘛！我看那個年輕的西蒙斯小姐戴的那些金葉片、小狗項鍊什麼的，八成也是『人造珠寶』。現在已經不太看得到真黃金了，連結婚戒指也用灰不溜丟的白金去做，簡直和破銅爛鐵一樣。」

老奧休停下來喘口氣，接著又說：「吉姆．哈金斯說：『布萊克小姐家裡沒放什麼錢，這個我知道。』說到這點，就屬他最知道，因為他老婆常去小圍場工作，這個女人最清楚那種事了，她呀好管閒事得很。」

「哈金斯有沒有提過他太太的看法？」

「她說米姬一定脫不了關係。米姬的脾氣很壞，又很跩！前幾天早上，還當她的面說哈金斯太太是女工。」

蓋達克佇立片刻，在腦中將老園丁的話理過一遍。這番話使他對奇平村民的看法有了大概的了解，但他覺得對任務本身並沒有什麼幫助。蓋達克轉身走開，老人在他身後很不情願地喊道：「也許你能在蘋果園找到她，她比我年輕，比較會摘蘋果。」

蓋達克果然在蘋果園裡找到妃麗柏．海默斯太太。首先映入他眼簾的是一雙從樹幹上輕巧滑落而下的美腿。接著，臉蛋嬌紅、一頭秀髮被樹枝撥弄得有些凌亂的妃麗柏便出現了，她驚詫地望著他。

「她來演羅莎琳[3]倒是很適合。」

蓋達克馬上就想到這點，因為他是莎士比亞迷，曾在警察為孤兒院演出的《皆大歡喜》

中，成功地扮演了憂鬱的賈奎斯。

不久，他便修正了自己的看法。妃麗柏・海默斯太剛強了，她的美麗與穩斂極具英國風格，不過是二十世紀而非十六世紀的英國風格。她是那種教養頗佳、喜怒不形於色、欠缺俏皮靈動的女人。

「你早，海默斯太太，很抱歉嚇著你了。我是米德郡警察局的蓋達克警官，我想和你談一談。」

「談昨晚的事嗎？」

「是的。」

「要談很久嗎？能不能……」

她有些不確定地四下望著。

蓋達克指指一棵倒下的樹幹。

「不用很正式，」他和顏悅色地說，「我盡量不占用你太多時間。」

「謝謝。」

「只是錄個口供。昨晚你是幾點走進小圍場的？」

3 羅莎琳（Rosalind），莎士比亞喜劇《皆大歡喜》（*As You Like It*）中的女主角。

「大約五點半。我在這裡多待了二十分鐘，把溫室的水澆完才走。」
「你是從哪道門進去的？」
「邊門。從車道那邊直接穿過鴨群和雞舍，不用繞道，而且也不會把前廊弄髒。有時雙腳會沾滿泥土。」
「你一向從那條路進去嗎？」
「是的。」
「門一向沒鎖？」
「對，夏天通常都是開著的。這個時節門雖然會關上，但不會上鎖。我們經常從那邊進進出出。我進門後就將門鎖上了。」
「你常這樣做嗎？」
「上週以後開始。是這樣的，天色六點就暗了，布萊克小姐晚上有時會出去關雞籠鴨籠，不過她大都從廚房的門出去。」
「你確定這次確實鎖了邊門？」
「很確定。」
「好吧，海默斯太太。你進屋子後做了些什麼？」
「我把沾滿泥的鞋子踢掉，然後上樓洗澡換衣服。等我下來時，發現好像有派對。直到那時，我才知道啟事的事。」

「現在請描述一下搶案發生的情形。」

「這個嘛，所有的燈突然滅了⋯⋯」

「當時你在哪兒？」

「在壁爐旁。我當時正在找我的打火機，我以為是放在那兒的。燈滅了，大家竊竊笑著。接著門被推開，那個男的拿了手電筒照著大家，另一隻手揮舞著槍，叫我們舉起手來。」

「你照辦了嗎？」

「呃，我其實沒有，我以為只是在開玩笑而已；再說我也累了，覺得沒必要真的舉起手來。」

「你覺得整件事很無聊，對吧？」

「是呀。後來槍響了，聽起來很可怕，我真的嚇到了。手電筒的光線照過來照過去，然後手電筒又掉在地上，燈滅了。米姬突然尖叫起來，就像殺豬一樣。」

「你覺得手電筒的光非常刺眼嗎？」

「不，不是很刺眼，但是滿強的。那光照在邦妮小姐身上一會兒，她看起來像根蘿蔔一樣，就是那種滿臉煞白、目瞪口呆、眼珠都快鼓出來的樣子。」

「那男的有晃動手電筒嗎？」

「啊，有啊，滿屋子亂晃。」

「像是在找人嗎？」

「我覺得不太像。」

「後來呢，海默斯太太？」

妃麗柏．海默斯皺起了眉頭。

「啊，大家簡直亂成一團。艾德蒙和派屈克點燃打火機，步出客廳，往走廊走去，我們跟在後面，有人打開飯廳的門，那兒的燈沒滅，然後艾德蒙狠狠地打了米姬一個耳光，才讓她停止尖叫。之後就沒那麼糟了。」

「你看見屍體了嗎？」

「是的。」

「你認識那個男人嗎？以前見過沒有？」

「從來沒有。」

「你認為他的死是出於偶然，還是故意自殺？」

「我不知道。」

「他以前拜訪小圍場時，你沒見過他？」

「沒有。我想那一定是在上午吧，那時候我不在。白天我都不在。」

「謝謝，海默斯太太。還有一件事，你有沒有貴重的珠寶？戒指、手鐲之類的東西？」

妃麗柏搖搖頭。

「只有我的訂婚戒指，和一兩枚別針。」

「那麼，就你所知，宅裡有沒有什麼特別貴重的東西？」

「沒有。是有一些相當不錯的銀器，不過並沒有什麼特別的東西。」

「謝謝你，海默斯太太。」

§

蓋達克循著原路穿過菜園，一位穿著束腹、有張紅潤大臉的女士對他迎面走來。

「早，」女人不甚客氣地問，「有事嗎？」

「是盧卡斯太太嗎？我是蓋達克警官。」

「噢，原來如此！請你原諒，我不喜歡陌生人闖到園子裡來浪費園丁的時間，不過我知道你是在執行公務。」

「是的。」

「恕我這麼問，昨晚布萊克小姐家的事還會再發生嗎？是幫派份子幹的嗎？」

「請放心，盧卡斯太太，不是幫派份子幹的。」

「這年頭搶案太多了，警察也不知道在混些什麼。」蓋達克沒搭腔。「我想你和妃麗柏談過了吧？」

「我請她做了目擊者的口述。」

「你就不能等到一點再問嗎？總之，用她的閒暇時間問話比較適當吧，不應該占用我付了工錢的時段……」

「我急著趕回總部。」

「這年頭已經不能期望人家多體恤或把工作做好。上班遲到不說，來了嘛又磨蹭半天，十一點不到就要休息喝茶，遇到下雨天，半件事都沒給你做。叫她割草嘛，割草機就出狀況，離收工時間還差五到十分鐘，人又走了。」

「據海默斯太太告訴我，昨天她是五點二十分而不是五點離開的。」

「喔，應該是吧。不過我一毛錢也沒少給她。海默斯太太工作還算賣力，雖然有時候看不到她的人影。人家是大家閨秀，當然誰都覺得有責任為這些年輕可憐的戰爭遺孀盡點力。可是這也有不便的地方，學校一放長假，她就得多休幾天假。我告訴她，現在有很多不錯的冬、夏令營，可以把孩子送去痛痛快快玩一玩，這比跟著父母有意思多了。孩子放暑假時，根本不必接回來嘛。」

「不過海默斯太太並不領情？」

「那女孩頑固得像頭驢一樣。夏天時非得要休假。那種季節我最需要有人每天把網球場的草割好、把線畫妥。老奧休把線畫得歪歪扭扭，也不想想我有多不方便！」

「我猜海默斯太太的工錢比一般人低吧？」

「那自然囉，她能期望什麼？」

「是沒什麼。」蓋達克道，「再見了，盧卡斯太太。」

§

「太可怕了，」司威頓太太喜孜孜地說，「相當、相當可怕。我的意思是，《消息報》的編輯部在接受廣告時應該更謹慎才是。看見那則啟事的時候，我就覺得很奇怪。當時我就是這樣說的，對吧，艾德蒙？」

「你還記得燈滅的時候你在幹什麼嗎，司威頓太太？」警官問道。

「你這話讓我想起我的老奶媽！『光明失去時，摩西人在何處？』答案當然是『在黑暗中』囉。昨晚我們就是那樣，所有的人全站在那兒，想知道會發生什麼事。接著房間一黑，簡直刺激透了，然後門開了，門口只有一道朦朧的人影站在那兒，他拿著槍，用強得炫目的光照著我們，威脅說：『要錢或要命？』噢，我從來沒這麼興奮過。然後大約一分鐘之後，情況就變得很可怕了，貨真價實的子彈就從我們的耳邊呼嘯而過！突擊隊在打仗時一定就像那樣。」

「當時你是站或坐在哪兒，司威頓太太？」

「讓我想想，我在……我當時在和誰說話，艾德蒙？」

「我怎麼會知道？」

「我是在問辛珂芙小姐冷天給雞餵魚肝油的事吧？還是哈蒙太太……不，她那時才剛到。我想我是在和伊德布上校講說，在英格蘭建原子彈研究所實在太危險了，應該建在某個荒島上，輻射線才不會外洩。」

「你不記得是站著還是坐著？」

「這很重要嗎，警官？我在窗邊或壁爐一帶，因為鐘響時我就在時鐘附近。太刺激了！那種等待分曉的時刻。」

「你說手電筒的光線令人目眩，那光是對準你照的嗎？」

「就照在我眼睛上，害我什麼都看不見。」

「那男的是靜握手電筒，還是四處照著？」

「噢，我真的不知道。他是怎麼照的，艾德蒙？」

「手電筒的光慢慢搜尋著我們，看我們都在幹什麼，我猜是怕我們朝他衝過去吧。」

「你當時的確切位置在哪兒，司威頓先生？」

「我一直在和茱莉亞·西蒙斯說話，我們兩個都站在屋子中央……長廳的中央。」

「大家都在那裡嗎？還是有人在內廳？」

「我想妃麗柏到內廳去了，她在遠處的那座壁爐邊，好像是在找什麼東西。」

「你認為第三顆子彈是存心自殺還是意外？」

「不知道。那人似乎突然轉過身子，然後絆了一下摔倒在地……可是實在很混亂，你知道，當時什麼都看不清楚。然後那個難民就開始亂叫了。」
「我知道是你打開飯廳的門放她出來的？」
「沒錯。」
「門確定是從外面鎖上的嗎？」
艾德蒙好奇地望著這位警官。
「當然是啊。怎麼啦，難道你以為……」
「我只是想把事實弄清楚。謝謝你，司威頓先生。」

§

蓋達克警官被迫在伊德布上校和夫人這邊花很長一段時間，他不得不耐著性子，聆聽關於本案的長篇心理剖析。
「心理學，這是當今唯一的解決辦法。」上校告訴他，「你得了解罪犯，對於像我這麼有經驗的人來說，本案的手法實在太一目了然了。這傢伙為什麼要刊登啟事？心理因素，因為他想宣傳自己、想引人注目。以前沒人多看他一眼，說不定溫泉飯店裡的其他雇員還因為他是外國人而瞧不起他。也許他被女人拒絕過，想引起對方注意。現在電影裡的偶像都是些什麼人？流氓，硬漢，對吧？好，那麼他就當個硬漢，來個暴力加搶劫，戴上面具，拿把槍，不過他還需要觀眾……觀眾是一定要的啦。所以他就去安排觀眾，結果呢，就在進行到最高潮的時候，他演過頭了，以為自己不僅是個竊賊，更是個殺人犯。他開了槍，而且是亂射……」

蓋達克警官及時抓住他的話尾問道：「上校，你剛才說『亂射』，你不認為他是刻意瞄準布萊克小姐的嗎？」

「沒有，沒有的事。他只是亂射一氣而已，所以到最後才會自殺。子彈射中了某個人……其實只是擦傷而已，可是搶犯並不知道，他突然領悟到，這齣假戲竟然被他真做了！他打中了某個人，說不定還把對方殺了……於是在慌亂之際，他朝自己開了一槍。」

伊德布上校頓了頓，沾沾自喜地清清喉嚨，接著得意洋洋地說：「一目了然，這不就是一目了然嘛。」

「真是太神了，」伊德布太太說，「你對事發經過真是瞭若指掌啊，艾濟。」她的話音裡充滿欽佩。

蓋達克警官也認為很神，不過他倒沒那麼欽佩。

「伊德布上校，槍響時你在房中的何處？」

「我和內人站在中間那張擺著花的桌子旁邊。」

「槍響的時候，我抓住你的手臂不是嗎，艾濟？我簡直被嚇死了，只好抓住你。」

「可憐的老婆。」上校安慰她道。

§

警官費了好大的勁才在豬圈裡找到辛珂芙小姐。

「豬這種動物挺乖的，」辛珂芙小姐說著，一面搔著豬隻發皺的粉背。「長得很好吧？到聖誕節就可以變成上好的鹹肉了。對了，你來找我幹嘛？我跟你們警察說過了，昨晚那人是誰我壓根不知道，從沒見過他在這附近閒逛或溜達。莫普太太說他是從門登罕的一家大飯店來的，他為什麼不乾脆在飯店裡搶，可以撈得更多？」

這倒是真的。

蓋達克開始詢問道：「事故發生時你在哪兒？」

「事故！這使我想起空襲的日子，那時倒是見過不少事故。槍響時我在哪兒？你想知道？」

「對。」

「我就靠在壁爐邊，巴望有人能馬上給我一杯酒喝。」辛珂芙小姐不假思索地回答。

「你認為子彈是亂射的，還是故意瞄準某個人射的？」

「你是指對著麗迪亞·布萊克發射嗎？我怎麼會知道？事情發生後，很難釐清當時的印象或究竟發生了什麼。我只知道所有的燈都滅了，手電筒衝著大家照來照去，弄得我們眼花撩亂。後來槍響了，當時我心想，要是派屈克那個笨蛋拿上了膛的槍亂開玩笑，一定會有人受傷。」

「你當時認為那是派屈克．西蒙斯？」

「呃，似乎有這個可能。艾德蒙．司威頓是寫書的知識份子，不屑惡作劇。伊德布上校也不會覺得這種事好玩，但派屈克是個頑皮的孩子。不過，我還是不該這樣想。」

「你的朋友也認為可能是派屈克嗎？」

「你是指莫加璐嗎？你最好自己問她吧，只是她未必說得出道理。她就在果園裡，願意的話我去喊她過來。」

辛珂芙小姐扯起洪亮的嗓子，奮力吆喝道：「哎……嗨，莫加璐……」

「來啦……」遠處傳來一聲細小的回應。

「快來喔……是警察。」辛珂芙小姐喊道。

莫加璐小姐上氣不接下氣地疾奔而至。她原先提起的裙子此刻放了下來，頭髮從髮網細密的網洞中散了出來，一張善良的圓臉容光煥發。

「是蘇格蘭警場來的嗎？」她喘著氣問，「我不知道會發生那種事，要不然我根本不會去。」

「我們還沒請蘇格蘭警場的人過來，莫加璐小姐。我是從米徹斯特來的警員。」

「哦，那也很好。」莫加璐小姐含糊地說，「你找到什麼線索了嗎？」

「案發時你在哪兒，這才是他想知道的，莫加璐。」辛珂芙小姐說，並朝蓋達克眨眨眼。

「噢，我的天，」莫加璐小姐氣喘吁吁地說，「當然，我本來應該把不在場證明準備好的。讓我想想……我和大夥兒在一起。」

「你沒和我在一塊。」辛珂芙小姐說。

「噢，天哪，沒有嗎？當然沒有，我一直在欣賞菊花，然後一切就發生了……只是我不清楚已經出事了。我的意思是，我不知道會有那樣的結局。我壓根沒料到那是真的左輪槍。黑漆漆的，一切都那麼怪異，還有那恐怖的尖叫。當時我還以為那女的被宰了……我是指那個難民。我以為走廊另一頭有人在割她喉嚨，我不知道那是個男的……我的意思是，我甚至不知道房間裡有個男人。我當時只聽到一個聲音說『手請舉起來』。」

「是『手舉起來』！」辛珂芙小姐糾正她說，「哪有什麼『請』不『請』。」

「一直到那女的開始尖叫之前，我其實還玩得滿好的，只是在黑暗中覺得怪怪的，不太舒服而已。現在想起來就覺得可怕。你還想知道什麼，警官？」

「沒有了，」蓋達克警官邊說邊若有所思地望了莫加璐小姐一眼。「我想沒別的了。」

辛珂芙小姐爆出一陣短促的笑聲。

「他把你的話錄音了，莫加璐。」

莫加璐小姐表示：「辛珂芙，只要是我知道的，我一定知無不言。」

「他要的不是這個。」辛珂芙小姐說。

她看了看警官。

「如果你是按住家位置找人的話，我想下一位你該找的是牧師。你能從那兒了解到一些情況。哈蒙太太看起來呆呆的，但我有時覺得她其實挺聰明。反正她了解一些情況。」

兩人望著警官和佛萊哲警佐大步離開後，艾梅．莫加璐喘著氣問道：「噢，辛珂芙，我做得很糟嗎？我好慌啊！」

「哪會，」辛珂芙小姐微笑道，「我覺得你做得很棒呢。」

§

蓋達克警官愉悅地環視這個破舊的房間，這屋子令他隱約想起自己坎伯蘭的家……褪色的印花布、破舊的大椅子、到處堆放的鮮花和書籍，以及籃子裡的長毛垂耳狗。還有哈蒙太太不加修飾的樣子及熱切的神情，亦讓他感到似曾相識。

然而哈蒙太太很快地開門見山說：「我想我是幫不了你了，因為當時我閉上眼睛，我討厭被弄得兩眼昏花。後來槍響了，我把眼睛閉得更緊。我當時真希望兇手能殺人於無聲，我不喜歡四處乒乒乓乓的。」

「那麼你什麼也沒看見囉。」警官朝她微微一笑。「不過你聽見了……」

「啊，天哪，是呀，可以聽見的東西倒是不少。門的開闔聲，人們的胡言亂語和喘氣聲，還有米姬叫得像汽笛似的。可憐的邦妮，像隻受困的野兔吱吱亂叫，大家推擠成一團。

不過，等槍聲不再響時，我睜開了眼睛，那時大家都拿著蠟燭到走廊上了。後來燈亮了，忽然一切又恢復了正常……我不是指真的恢復正常，而是大家不再那麼慌亂了。在黑暗裡，人會變得很不一樣，對吧？」

「我想我明白你的意思，哈蒙太太。」

哈蒙太太微微一笑。

「他就在那兒，」她說，「一個賊頭賊腦的外國人，粉紅色的臉，而且一臉驚訝地躺在地上死了。他身邊有把左輪槍。這實在是……唉，實在沒什麼道理可言。」

警官也不明白其中的道理。

整件案子令他感到憂心。

08

瑪波小姐登場

蓋達克把打好的調查紀錄放到局長面前，局長剛看完瑞士警方發來的電報。

「他果然有前科，」李斯泰說，「嗯，不出所料。」

「是，局長。」

「珠寶……嗯，沒錯，持偽造證件入境……對，支票……確實不是個好東西。」

「是的，局長。不過也只是些小奸小壞而已。」

「沒錯，不過小事可以釀成大禍。」

「我倒不這麼認為，局長。」

局長抬起頭來。

「不這麼認為？」

「是的，局長。」

「怎麼啦？這案子很單純，不是嗎？我們來看看你調查過的人都說些什麼。」

李斯泰拿起報告，飛快地看了一遍。

「雖然有多處的不一致和矛盾，但這也很平常啊。不同的人對緊張狀態時的描述一定會不一樣，不過大致輪廓算是夠清楚了。」

「我知道，局長。可是這個輪廓無法令人滿意。如果您懂我的意思……我覺得這是一個錯誤的輪廓。」

「那麼我們來看看事實。魯迪．謝爾茲搭五點二十分的公車離開門登罕前往奇平村，六點到達。有售票員和兩位乘客作證。離開公車站後，他往小圍場的方向走，然後輕易地——可能是從前門——就進入屋子裡了。他用槍控制住裡面的人，射了兩槍，其中一槍造成布萊克小姐的輕傷，第三槍則打死了自己。我們沒有足夠證據證實他到底是意外事故還是畏罪自殺。謝爾茲為什麼要做這些事，我們一無所知，這點我同意。但回答這個問題不是警方的工作，驗屍官的結論指出，凶手可能是自殺，也可能死於意外。無論結果如何，對我們來說都一樣。我們可以寫結案報告了。」

「您的意思是，我們還是得回到伊德布上校的心理學理論。」蓋達克沮喪地說。

李斯泰微微一笑。

「伊德布上校也許真的經驗豐富，」他說，「我很討厭如今大家有事沒事就把心理學掛在嘴上……不過我們當然不能排除心理的因素。」

「我還是覺得事情完全弄錯了，局長。」

「有理由認定在場的奇平村人士對你說謊嗎？」

蓋達克猶豫起來了。

「我認為那個外國女人有些事沒說出來，不過這也可能只是我的偏見而已。」

「你認為她有可能與這傢伙共謀嗎？是她放他進去、慫恿他幹的？」

「大概是這個意思，我不會輕易放過她。不過這表示小圍場裡真的有貴重物品、金錢或珠寶之類的，但看起來又不是這麼回事。布萊克小姐鄭重否認家中有貴重物品，其他人也一樣。我們只能假定宅裡有珍奇異寶，只是大家都不知道……」

「很像暢銷小說的情節。」

「我也覺得聽起來很可笑，局長。另一點是，邦妮小姐十分篤定謝爾茲是來謀殺布萊克小姐的。」

「那麼，照你的說法，從她的證詞來看，這位邦妮小姐……」

「啊，我同意，局長，」蓋達克很快接話道，「她這種證人很不可靠，她太容易受到他人左右，任何人都可以在她腦子裡填塞東西。有趣的是，剛才那個觀點是她自己的論點，沒有人對她做過暗示。別人也都否認這一點，這次她並未隨波逐流，那是她自己的印象。」

「魯迪·謝爾茲為什麼要殺布萊克小姐？」

「問題就在這兒了，局長。我不知道，布萊克小姐也不知道……除非她說謊的技巧高出我們的想像。沒人知道，所以只好假設事實並非如此。」
他嘆了口氣。
「別洩氣，」局長說，「我帶你出去，我們和亨利爵士一起吃午餐。這可是皇家溫泉飯店提供的最佳招待。」
「謝謝你，局長。」蓋達克有些受寵若驚。
「你瞧，我們接到了一封信……」就在此時，亨利·克什林爵士走了進來，局長改口道：「啊，你來了，亨利。」
亨利爵士一派悠閒地說：「早啊，老友。」
「我有樣東西要給你，亨利。」局長說。
「什麼？」
「一位老姑娘的親筆信，她就住在皇家溫泉飯店。她覺得有些和奇平村案有關的事，我們也許會想知道。」
「那些老太婆啊，」亨利爵士得意洋洋地說道，「我是怎麼跟你們說的？她們簡直是無所不觀、無所不聽，而且，和諺語所言不同的，還很愛搬弄是非。這個老太婆又知道什麼了？」
李斯泰看了看信。
「就像我祖母寫的信一樣，」他抱怨道，「頑固得可以，字寫得龍飛鳳舞，而且幾乎全畫了重點。寫了一堆什麼希望此信不會占用我們太多寶貴時間，但可能對我們有些許幫助等等。她叫什麼來著？珍……好像是默普……不對，是瑪波，珍・瑪波。」

「我的乖乖老天爺，」亨利爵士說，「真的嗎？喬治呀，她算是本人絕無僅有、四星級睿智的紅粉知己。老太婆中的超級老太婆。她就是偏偏離開平靜的聖瑪莉米德村，來到門登罕，趕上時機和謀殺案一起攪和。只要有謀殺啟事見報，瑪波小姐就有樂子可找了。」

「好了，亨利，」李斯泰嘲諷他說，「我很樂意去見你這位超級老嫗表率，走吧！我們去溫泉飯店會會這位女士。你看，蓋達克一副不相信的樣子。」

「沒有啊，局長。」蓋達克客氣地表示。

他心裡卻在嘀咕，有時教父做事實在有點離譜。

§

珍・瑪波小姐與蓋達克想像的雖不完全一樣，但也極為接近了。她遠比他想像的慈祥得多，也要老朽得多。她的模樣非常蒼老，頭髮雪白，粉紅的臉上布滿皺紋，一雙藍色眸子柔和且真摯無邪，全身裹在厚厚的羊毛衣裡。披在她肩上的羊毛披肩酷似花邊軟帽，而且她手裡正織著一件嬰兒的披巾。

看到亨利爵士，瑪波開心得語無倫次，而在介紹局長和蓋達克警官時，則顯得有些手足無措。

「真的，亨利爵士，真是太幸運……太巧了。上回見到你，已經過了好久……是的，我風溼痛的毛病最近變得很嚴重，我本來是付不起這家飯店的房錢，這年頭他們真能獅子大開口。可是雷蒙……我的外甥雷蒙．衛司，你可能還記得他……」

「誰都知道他的大名。」

「是的，這可愛的孩子寫的書一向賣得很好……他從不寫愉快的事情，而且還為此感到自豪。這孩子堅持要幫我支付一切費用，而他太太也是知名的藝術家……就是弄些死花死蜂巢在窗台上。這話我從來不敢跟她說，但我還是很欣賞布萊爾．雷頓和阿瑪．塔德瑪。噢，我又在嘮叨了。警察局長也親自來了，我實在沒料到，我很怕會占用他的時間……」

這老太婆實在是老糊塗了，蓋達克警官不耐煩地暗想。

「我們到經理室去吧，」李斯泰說，「我們可以在那兒好好談一談。」

瑪波小姐收拾好毛線織針後，隨同眾人一路叨叨絮絮走進羅朗森先生舒適的客廳裡。

「好啦，瑪波小姐，讓我們聽聽你有什麼要說的。」局長表示。

瑪波小姐出人意料地直切重點。

「是一張支票，」她說，「他塗改了支票。」

「誰？」

「飯店櫃檯的那個年輕人，就是據稱演出搶案最後開槍打死自己的那個人。」

「你是說他塗改了一張支票？」

瑪波小姐點點頭。

「是的，支票我帶來了。」她從包包裡抽出支票，放在桌上。「這是連同我銀行的其他東西今早寄到的。你瞧，原本是七英鎊，被他改成了十七英鎊，在七的前面加了一筆。寫得不落痕跡，我想一定練習了很久。墨水是一樣的，因為我這張支票是在櫃檯簽的。我想他以前應該經常幹這種事，你們覺得呢？」

「這回他挑錯對象了。」亨利爵士說。

瑪波小姐點頭表示同意。

「沒錯，只怕他快要走投無路了。找我下手，就是找錯對象了。新婚的女性或熱戀中的女孩，支票常會亂簽一氣，而且也不會仔細核帳。可是向一個習慣錙銖必較的老太太下手，那就大錯特錯了。十七英鎊這樣一筆數字我是絕不會簽的，二十英鎊就是人家一整個月的薪水。我個人在用錢時，通常一次只兌換七英鎊現金……過去是五英鎊，但現在什麼都漲了。」

「那傢伙有沒有讓你想起誰呀？」亨利爵士沒頭沒腦地問，目光裡帶著調皮的神色。

瑪波小姐朝他微微一笑並搖搖頭。

「你真頑皮啊，亨利爵士。事實上的確有，讓我想起了魚店的福雷德．泰勒。他總是多算人家一先令，現在大家魚吃得多，結帳時項目總是一長串，而且很多人從不自己再算一遍。每次只要有十先令進到口袋，錢雖不多，但也夠他買幾條領帶，帶潔西——就是布店的那個女孩——去看電影，這些年輕人就是愛揩油。對啦，我到這兒的第一個星期，帳單就出錯了，我和那個小夥子說了，他誠懇地道了歉，而且一副很內疚的樣子。不過我心想，這小子的眼神賊不溜丟地。

「我所謂的賊不溜丟，」瑪波小姐接著表示，「指的是那種直盯著你、一動不動的目光。」

蓋達克突然一陣欽佩，他聯想到自己前不久協助破案時那個被關入牢裡的詐欺犯吉姆．凱利。

「魯迪．謝爾茲是個不知饜足的傢伙，」李斯泰說，「我們發現他在瑞士有前科。」

「他把這地方弄得雞犬不寧。是用偽造證件入境的嗎？」瑪波小姐問道。

「沒錯。」李斯泰答道。

「他常和餐飲部的紅髮女侍出去玩，」瑪波小姐說，「幸好我覺得她沒動心，她只不過是喜歡有點『與眾不同』的人而已。那小子常給她買花和巧克力，英國年輕人很少來這套。她有沒有把知道的都告訴你呀？」她問，接著又突然轉向蓋達克說：「或者她還沒和盤托出？」

「我還不是很確定。」蓋達克謹慎地答道。

「我想她還隱瞞了什麼，」瑪波小姐說，「她看起來很擔憂。今早她把我點的鯡魚送成了鮭魚，而且還忘了拿牛奶。她平常很俐落的，是的，她很憂心，大概怕自己得出面作證或什麼的吧。不過我想……」她用女性柔和而滿懷欣賞的湛藍目光，直視著相貌英俊、剛氣十足的蓋達克警官。「你應該能說服她把一切說出來。」

蓋達克警官突地臉色醬紅，亨利爵士則暗自發笑。

「這很重要喔，」瑪波小姐說，「他可能對她說是誰了。」

李斯泰望著她。

「什麼是誰？」

「我沒說清楚，我的意思是……誰要他幹的。」

「你認為他背後有人主使？」

瑪波小姐詫異地瞪大眼睛。

「啊，當然啦！我的意思是……這麼漂漂亮亮的一個小夥子，喜歡東撈西撈，改改支票，將別人忘了拿的小件珠寶順手牽羊、從收銀機裡偷點錢……這全都只能算是偷雞摸狗的小勾當而已，不外是為了有錢打扮、帶女孩子出去溜達什麼的。可是說他突然發了瘋，拿著槍押住一屋子的人，還朝人開槍……他絕對不可能幹出這種事，絕無可能！他不是這種人。這樣是講不通的。」

蓋達克猛吸了一口氣。麗迪亞．布萊克就是這麼說的，牧師的妻子也這樣說，他自己的這種感覺也愈來愈強烈……「這樣是講不通的」。現在亨利爵士的老友也以她笛音般的耄耋蒼語，萬分篤定地說出來。

蓋達克的語氣突然變得積極起來。

「也許你可以告訴我們當時發生了什麼事，瑪波小姐？」

她驚訝地轉向他。

「那我怎麼會知道呢？報紙上是有提啦，但說得很少。我當然可以用猜的，但那缺乏實據啊。」

「喬治，」亨利爵士說，「若讓瑪波小姐看看蓋達克和相關證人的談話紀錄，會不會違反規定？」

「可能會吧，」李斯泰答道，「不過我不像一般警察那麼正統，她可以看。我很想聽聽看她怎麼說。」

瑪波小姐十分尷尬。

「我怕你太聽信亨利爵士的話了，亨利爵士一向客氣，對我過去做過的任何觀察都過分看重。老實說，我並沒有什麼天分，一點也沒有，只不過是對人性略知一二罷了。我發現人往往太過輕信他人，而我則總是相信最壞的一面。這不是什麼好個性，卻常被接二連三的事件證實是對的。」

「拿去看吧，」李斯泰說著把一疊打字紙遞給她。「不會占用你太多時間。畢竟這些人和你屬於同一類，你對這種人一定非常了解，也許你會看到一些我們遺漏的東西。這個案子就要結案了，封案前就讓我們聽聽業餘偵探的意見吧。不妨告訴你，蓋達克還不服氣，他和你一樣，認為這樣講不通。」

瑪波小姐看報告時誰也沒吭聲。最後她終於放下報告。

「非常有趣，」她嘆了口氣。「眾說紛紜，見解不一。他們看見的事……或自認為看到的事，都那麼複雜而瑣碎，就算有什麼重點，也很難歸結出來，簡直像大海撈針。」

蓋達克感到一陣失望。有那麼一剎那，他還覺得亨利爵士對這個怪老太婆的看法也許沒錯。或許她能看出一些蹊蹺……老年人的感覺常常是非常敏銳的。比如說，他就無法在艾瑪姑姑面前隱瞞什麼，他才打算說謊，姑姑就跟他說他的鼻子在抽動了。

然而亨利爵士口中這位知名的瑪波小姐，現在也只能提供一些愚蠢的籠統看法罷了。蓋達克有些懊惱，衝口說道：「問題是，這些事實無可辯駁。無論這些人提供的細節如何相互矛盾，他們都看見了同一件事。他們看見一個蒙面男子拿著左輪槍和手電筒，把他們扣押起來。姑且不論他們認為他說的是『手舉起來』、『要錢或是要命』還是其他的話，這些人確實看見他了。」

「不過話說回來，」瑪波小姐溫和地說，「他們不可能……實際上根本不可能看見什麼……」

蓋達克屏住呼吸。她抓到根本問題了，畢竟她是十分敏銳的。蓋達克原打算用這番話來試探她，但她並未中計。雖然這無法改變事實或案情，但瑪波小姐和他一樣，都意識到那些聲稱看見蒙面漢的人，實際上根本不可能看見他。

「如果我沒弄錯意思，」瑪波小姐雙頰泛紅，眼睛發亮，樂得跟個孩子似的。「外面走廊上根本就沒有光線……樓梯上也沒有吧？」

「沒錯。」蓋達克說。

「這麼一來，如果門口站了一個男人，手裡又拿著手電筒朝房間裡照射，裡面的人除了手電筒的光之外，什麼也看不見，對吧？」

「對，什麼也看不見，我試過了。」

「因此，有人說看見了蒙面人，其實看到的是燈光恢復後……也就是事後看到的情形，儘管他們自己沒有意識到這一點。這樣一切便非常吻合了，不是嗎？這就可以假設魯迪·謝爾茲是那個『黑鍋』了。」

李斯泰目瞪口呆地望著她，弄得瑪波小姐的臉更紅了。

「我可能用錯詞語了，」她低聲說，「我對美式英語不熟……我知道美式英語變化得很快。我是從達許·漢密特先生寫的小說裡學到這個用語（我外甥雷蒙告訴我，他是『冷硬派』風格的頂尖作家）。如果我沒弄錯，『黑鍋』是指代替受過的人。我覺得這位魯迪·謝爾茲似乎就是這種人，他其實相當愚蠢，貪財成性，又極為輕信他人。」

李斯泰努力維持客氣地笑說：「你是指，有人要他拿槍朝滿屋子的人亂射一通嗎？這命令也太過分了吧。」

「我認為那人可能只跟他說是開場玩笑，」瑪波小姐表示，「他當然是拿了錢才辦事的。拿了錢，去報上刊登啟事，去查探小園場，然後在事發當晚到現場，罩上面具，披上斗篷，推開門，晃著手電筒，大叫：『手舉起來！』」

「並且開槍殺人？」

「不，不，」瑪波小姐說，「他根本沒帶槍。」

「可是大家都說……」李斯泰剛開口又停下來。

「沒錯，」瑪波小姐說，「就算他真帶了槍，大家也看不見，而我認為他沒帶。我認為他喊了『手舉起來』後，有人悄悄摸黑來到他背後，把槍舉過他的肩頭射了兩槍。這可把他嚇死了，所以他才突然轉身，就在這時，那人也朝他開了槍，隨後把槍扔在他身邊……」

三位男士看著她，亨利爵士輕聲說道：「這種推論不無可能。」

「可是這位神祕的X先生是誰呢？」局長問道。

瑪波小姐咳了一下。

「你得去問布萊克小姐有誰想殺她囉。」

好個老邦妮，蓋達克暗忖。每次辦案都是直覺與智能的角力。

「這麼說來，你認為有人蓄意要謀害布萊克小姐？」李斯泰問。

「表面上看來是這樣，」瑪波小姐說，「不過還有一兩個疑點。但我在想，難道沒有更容易的辦法嗎？無論是誰在主使魯迪．謝爾茲，他都得花很大的工夫讓他守住口風。不過如果他真的對人講過，應該就是默娜．哈里斯那女孩了。而且他可能……只是可能而已，對幕後主使者是誰只留下一些暗示。」

「我這就去見她。」蓋達克說著便起身。

瑪波小姐點點頭。

「對，趕快去吧，蓋達克警官，等你找到線索，我才會安心……因為等她說出一切，她才會安全。」

「安全……是的，我明白了。」

蓋達克離開了房間。局長雖然有些疑慮，但還是很委婉地表示：「啊，瑪波小姐，你真的給了我們一些思索的方向。」

§

「對這件事我真的很抱歉，」默娜．哈里斯說道，「你是個大好人，竟然沒生氣。可是你要知道，我媽媽很愛大驚小怪。我看起來真的像是——那怎麼稱呼呢——『事前從犯』了。」（她說得倒很流利。）「我的意思是，我怕說了你會以為我在開玩笑，不肯相信。」

蓋達克警官再三向默娜．哈里斯保證，她終於不再抗拒了。

「好吧，我把一切全告訴你。不過為了我媽，請別把我扯進去，行嗎？一切都是因為魯迪．謝爾茲爽約引起的，那天晚上我們約好去看電影，後來他說他不能來，我不太高興，因為本來是他提議要去看電影的，被這個老外放鴿子，實在令人生氣。魯迪說這不能怪他，我說不怪他怪誰。然後他說，那天晚上他要去玩點惡作劇，還說可以賺到錢，又問我喜不喜歡手銬？我問他是什麼惡作劇？他要我別告訴任何人，說是某個地方要舉行一個派對，他要去假裝打劫。後來他把他登的啟事拿給我看，我就大笑起來。他對這件事也有點嗤之以鼻，說覺得是小孩子的玩意兒，但英國人就是這樣，根本長不大。我質問他這樣說我們英國人是什麼意思，接著我們就吵起來了。不過最後又和好了。後來我從報上看到消息，發現根本不是惡作劇，而且魯迪．謝爾茲開槍打了人後，又朝自己射擊……當時我的心情，大概只有你能了解了，警官。我不知道該怎麼辦。我想，若我說自己事先知道了，別人會覺得我是共犯。可是魯迪跟我提的時候，確實像在開玩笑。我發誓他真的沒別的意思，我不知道他有槍，他根本沒說要帶槍去。」

蓋達克安慰了她幾句，然後提出關鍵的問題。

「他有沒有說這次派對是誰安排的？」

但他沒有得到答案。

「魯迪沒有說是誰叫他去的。我想應該沒人唆使他去，是他自己幹的。」

「他提過任何名字嗎？有沒有說過是男的還是女的？」

「他什麼也沒說，只說會有人尖叫。『我會大笑著看那一張張的臉。』這是他說的。」

蓋達克心裡想道，可惜他沒能笑太久。

§

眾人驅車回到門登罕時，李斯泰表示：「這只是一種推論，可惜缺乏佐證，完全沒有根據。我們就當作是老太婆亂說話，別當真吧？」

「我看不太好吧，局長。」

「但是可能性很小啊！一個神祕的X先生突然在黑暗中跑到那位瑞士人身後。他從何處來的？又是何許人？他本來待在哪裡？」

「他很有可能從邊門進來，」蓋達克說，「就像謝爾茲那樣。或者，」他緩緩說道，「他是從廚房進來的。」

「你是說，『她』可能從廚房進來吧？」

「是的，局長，這也不無可能。我一直對那位外國女孩存疑，我覺得她也不是什麼良家婦女，她那樣歇斯底里地亂叫，很可能是在演戲。也許她說服了這個小夥子，適時放他進來，主導了整個過程，射死他，然後把自己反鎖在飯廳裡，順手拿點銀器和麂皮，然後再開始放聲尖叫。」

「這個論點有個反證……呃，他叫什麼名字來著……哦，對了，艾德蒙・司威頓。他很確定地表示過，鑰匙是從門的外頭鎖上，而且是他轉動鑰匙開門放她出來。小圍場裡還有其他門通向飯廳嗎？」

「有，有道門通往後邊的樓梯和廚房，門在樓梯下，不過門把好像在三星期前掉了，還沒重新裝上，所以在這段期間，門無法打開。這點應該不會錯，因為門鎖的轉軸和兩個把手都擺在門外走廊的架子上，也都生了厚厚的鐵鏽，但內行人當然還是有辦法把門打開囉。」

「最好查查那個米姬的紀錄，看看她的證件是否齊全。不過我覺得這都只是推測而已。」

局長又帶著詢問的眼光看著這位下屬。

蓋達克平靜地答道：「我知道，局長。如果您認為必須結案，那就結吧。不過如果您能讓我再偵查一些時間，我會十分感激。」

蓋達克警官訝異地發現，局長竟然靜靜表示同意說：「你這小子很不錯。」

「得去查查那把槍的來歷，如果我們的推論成立，槍枝應該不是謝爾茲的，而且迄今為止，沒有一個人說謝爾茲擁有槍枝。」

「那是把德國製的左輪槍。」

「我知道，局長，但我們國內多的是歐陸製品，各國人士也都愛買舶來品，所以無法依此推論。」

「有道理。還有別的線索嗎？」

「案子背後一定有個動機。這個推論若具有任何意義的話，表示上星期五的事件絕非開玩笑，也不是一般的搶案，而是預謀殺人。有人企圖謀殺布萊克小姐。可是為什麼呢？我覺得如果有人知道答案，必然就是布萊克小姐自己了。」

「她好像對這種說法十分不以為然。」

「她對魯迪・謝爾茲想害她的說法不以為然，倒是沒說錯。還有一件事，局長。」

「哦？」

「可能有人還會再度下手。」

「那麼到時候就能證明我們的推論是正確的了。」局長冷冷地表示，「對了，照顧一下瑪波小姐，行嗎？」

「瑪波小姐？為什麼？」

「我猜她會住在奇平村的牧師家，然後每週去門登罕看病兩次。那邊有個叫什麼來著的太太，是瑪波小姐老友的女兒。瑪波這個老太婆的直覺強得很，唉，大概是她的生活太平淡了，到處打探、緝凶會讓她覺得很刺激吧。」

「我倒希望她別來。」蓋達克嚴肅地說。

「她會阻礙你辦案嗎？」

「不是的，局長，她是個很仁慈的老太太，我可不希望她出事……我老覺得，這項推論很有道理。」

09 鎖住的門

「很抱歉又來打擾你了，布萊克小姐……」

「啊，沒關係。我想調查停了一週，你應該得到更多證據了？」

蓋達克警官點點頭。

「首先，布萊克小姐，魯迪．謝爾茲並不是蒙特勒阿爾卑斯飯店老闆的公子。他最初是在伯恩一家醫院打雜，有不少病患丟失了小件珠寶。謝爾茲後來以另外一個名字在某冬運度假勝地擔任侍者，專愛在飯廳裡複製帳單，然後在複製的那份單子添上客人沒點的東西，差額自然都進了他的荷包。之後呢，謝爾茲在蘇黎世的一家百貨公司工作，工作期間，公司因偷竊所造成的損失超過了正常比例，而且發現很可能不單純是顧客方面的問題。」

「這麼說，他很喜歡順手牽羊囉？」布萊克小姐冷冷地表示，「那麼，我說以前沒見過他是沒說錯了？」

「你說得很對。想來是有人在皇家溫泉飯店告訴他你的身分，於是他假裝認出了你。瑞士警方抓他抓得很緊，所以他用一套以假亂真的證件來到這裡，並在皇家溫泉飯店找到工作。」

「在那裡找下手的對象倒是很方便，」布萊克小姐淡淡表示，「飯店的消費額很高，有錢人才住得起。我想其中有些人對帳單上的內容是不會注意的。」

「是啊，」蓋達克說，「似乎可以很有斬獲。」

布萊克小姐皺起眉頭。

「他到飯店工作我能理解，」她說，「可是他跑到奇平村幹嘛？他為什麼以為我們家的東西會比有錢的皇家溫泉飯店好？」

「你仍然堅持原來的說法，說家裡沒什麼特別貴重的東西？」

「當然沒有。要是有，我應該很清楚。我可以向你保證，警官，我們家可沒有什麼未被發掘的稀世珍寶。」

「那麼，看來你的朋友邦妮小姐說得沒錯，謝爾茲的確是來攻擊你。」

「你看吧，麗迪，我是怎麼跟你說的！」

「哎呀，別胡說，邦妮。」

「真的是胡說嗎？」蓋達克問，「我想你很了解事實正是如此。」

布萊克小姐惡狠狠地瞪著他。

「好吧，我們把話說清楚。你真的相信那個年輕人跑到這裡，而且事先還刊登啟事，讓半數村人在特定時間同時露面……」

「說不定那不是他的本意，」邦妮小姐急急插嘴道，「也許那個啟事只是要對你發出警告呀……當我看到啟事時就這樣覺得。『謀殺啟事』，看得我頭皮都發麻了……如果一切按計畫進行，他就會殺掉你，然後逃之夭夭。那麼誰又會知道到底是誰幹的呢？」

「那倒也是，」布萊克小姐說，「可是……」

「我就知道那啟事不是鬧著玩，麗迪，我當時就說過了。你看米姬也被嚇得半死！」

「啊，」蓋達克表示，「提到米姬，我想更了解這位婦人的狀況。」

「她的許可證和證件都很齊全。」

「我並不懷疑這個，」蓋達克淡淡地說，「謝爾茲的證件看起來也沒什麼問題。」

「可是這個魯迪．謝爾茲為什麼一定要殺我呢？你不打算解釋這點嗎，蓋達克警官？」

「謝爾茲的背後可能有個人，」蓋達克慢吞吞地說道，「你有沒有想過這點？」

他意有所指地說出這句話，腦裡閃過一個念頭：如果瑪波小姐的推理成立，那麼這句話的字面意義也沒說錯。不過，布萊克小姐對這句話沒什麼反應，她依然面帶疑色。

「還是那個老問題，」她說，「為什麼有人要殺我？」

「我希望你能告訴我答案，布萊克小姐。」

「我沒辦法回答！這太無聊了，我根本沒有仇家。據我所知，我和鄰居的關係向來很融洽，也不知道任何人的犯罪祕密。有人要謀殺我？這想法實在太可笑了！如果你是暗指米姬和此事有關，那也很荒唐。剛才邦妮小姐告訴過你，米姬看到報上的謀殺啟事時，簡直嚇得要命。事實上，她當時就想打包行李一走了之。」

「這可能是她欲擒故縱，也許她知道你會硬要她留下來。」

「如果你一定要這麼想，當然你都能找到解釋。不過我可以向你保證，如果米姬恨我，她大可在我的食物裡下毒，但我相信她不會做這種亂七八糟的事。這想法根本荒謬透頂。我覺得你們警察看外國人總是不順眼，米姬也許愛說謊，但絕不是個冷血殺手。你要是喜歡就去拷問她好了，不過如果她在盛怒之下憤而離去，或把自己關在房間裡嚎啕大哭，就得麻煩你幫我們煮飯了。哈蒙太太今天下午要請一位借住她家的老太太過來喝茶，我想叫米姬做點小蛋糕……但我想，你一定會把她氣到七竅生煙。你能不能懷疑別人啊？」

§

蓋達克出來到了廚房，把問過米姬的問題又問了一遍，得到的答案依然如故。

是的，四點剛過她就鎖了前門。不，她平常並不這麼做，可是那天下午因為被「那則可怕的啟事」搞得很緊張，所以才將門鎖上。鎖邊門沒用，因為布萊克和邦妮小姐會從邊門出去關鴨子、餵雞。此外，海默斯太太收工後也會從邊門進來。

「海默斯太太說她五點三十分進來時把門鎖上了。」

「哈，你們相信她的話呀！噢，是的，你們都相信她……」

「你認為我們不該相信她嗎？」

「我怎麼想很重要嗎？反正你們不會相信我。」

「你可以給我們一個機會啊。你認為海默斯太太沒有鎖上那道門嗎？」

「我想她是故意不鎖的。」

「你這話什麼意思？」蓋達克問。

「那個年輕人一定有同夥。他知道該從那兒進來，也知道來的時候門不會鎖上……嗯，還會為他而開哩！」

「你到底想說什麼？」

「我說什麼有用嗎？你們又不會聽。你們覺得我是個愛說謊的窮難民，而她那種有一頭秀髮的英國淑女是不會說謊的，因為她是非常典型的英國人，當然非常誠實。所以你們相信的是她，而不是我。不過我可以告訴你們，你們錯了！」

米姬用力將鍋子放到爐上。

蓋達克一時無法決定該不該聽米姬的，她的話或許只是一種中傷而已。

「我們會重視聽到的每一件事。」他說。

「我什麼也不會告訴你們。我幹嘛非說不可？你們都是同一黨的，你們迫害窮苦難民，瞧不起難民。要是我告訴你，一個星期前那個年輕人來向布萊克小姐要錢，小姐趕他走，還諷刺了他幾句；如果我告訴你，事後我聽見他對海默斯太太說的話……沒錯，就在涼亭外，你們一定會說我在瞎掰！」

你是有可能在瞎掰呀，蓋達克心想。他大聲說道：「你不可能聽見涼亭那邊的說話聲。」

「這你就錯了，」米姬得意地叫道，「我出去摘蕁麻──蕁麻是一種很不錯的蔬菜，他們不這麼認為，但我還是瞞著他們用來燒菜──我聽見他們在那兒說話。那男的對她說：『可是我能藏在哪裡呢？』她說：『我會指給你看。』然後她又說：『六點十五分的時候。』我當時想，哼，原來是這麼回事！什麼淑女，收了工就去會情人！還把人帶到這裡。我想布萊克小姐一定會不高興，把她趕出去。我想先看看、聽聽她怎麼說，然後再去告訴布萊克小姐。但現在我知道我弄錯了，她和他之間可不是在談情說愛，而是在講搶劫和謀殺。不過你又要說我是在編故事了，你會覺得我很惡毒，說我想把她送進監牢。」

蓋達克滿腹狐疑，米姬也許是在說謊，也有可能不是。他慎重地問道：「你確定和海默斯太太說話的就是魯迪．謝爾茲嗎？」

「當然確定。他離開時，我看見他穿過車道走去涼亭。不久之後，」米姬篤定地表示，「我就接著去看有沒有又嫩又綠的蕁麻了。」

蓋達克很懷疑十月會有又嫩又綠的蕁麻，不過對於米姬能在倉皇間擠出理由掩蓋自己的竊聽行為，蓋達克還是頗為欽佩。

「你聽到的就是這些了？」

「邦妮小姐……就是鼻子長長的那位，一直在叫我。『米姬！米姬呀！』所以我不得不走了。噢，她真是煩死人了，老愛干擾。她說要教我怎麼煮菜，拜託，她燒的菜！她燒的菜沒一盤有味道，就像白開水。白開水！」

「上次你為什麼沒告訴我這些？」蓋達克正色問道。

「因為那時我沒想起來，我沒往那方面想……後來我才想到，這是計畫好的，和海默斯太太一起計畫好的。」

「你確定就是海默斯太太？」

「啊，是的，我確定。噢，是的，我非常確定。那個海默斯太太是個賊，而且也是竊賊的幫凶。她做園丁賺的錢，哪夠她打扮成那樣，所以得去搶好心待她的布萊克小姐。噢，她實在很壞，壞透了！」

「假如，」警官緊盯著她說，「有人說看見你和魯迪・謝爾茲在說話呢？」

「如果有人說看見我在和他說話，那是騙人的，騙人的。」她不屑地說，「背著別人說謊很容易，但在英國是講證據的，這是布萊克小姐告訴我的。她說得沒錯，對吧？我沒和殺人犯及小偷說過話，就算是英國警察也不能亂栽贓我。喂，你在這邊一直問個不停，叫我怎麼做午餐？拜託你離開我的廚房吧，我得專心調製醬汁了。」

蓋達克順著她的意走了，他開始有點相信米姬。關於妃麗柏・海默斯的事，米姬講得十分令人信服。米姬或許愛說謊（他認為她是），但他覺得她的說詞中可能有部分真實。他決定和妃麗柏談談這個問題。上次詢問她時，他覺得她是個沉默且很有修養的少婦，因此不曾懷疑她。

蓋達克心不在焉地穿過走廊，企圖打開一扇門。這時邦妮小姐剛好從樓上下來，慌忙糾正他。

「不是那扇門，」她說，「那門打不開。應該是左邊的那一扇。很容易搞混，對吧？有這麼多門。」

「是很多。」

蓋達克說著，左右打量狹窄的走廊。

邦妮小姐親切地向他一一解釋說：「這扇門通往衣帽間，接下來是衣帽櫃的門，然後是飯廳的門……就是那邊的那一扇。這邊呢，就是你想開的那扇門，接著是飯廳的正門，然後是瓷器櫃的門和小花房的門，盡頭處是邊門。把人都弄糊塗了，特別是這兩扇門這麼接近，我常常會開到那扇門。事實上，以前我們曾把門廳的桌子靠在這扇門上，不過後來我們又把桌子挪到牆邊了。」

蓋達克立即注意到，剛才他試圖打開的那道門，門板上有條細細的橫線。他這才意識到，那是原先擺放桌子的地方。他心中若有所悟，問道：「是多久以前移開的？」

「我想想，就在最近……十天或兩個星期前。」

「為什麼要移開？」

「我記不起來了，和花有關吧。好像是妃麗柏在那上面擺了一只大花瓶……她插的花很美，花瓶裡插的全是秋天的花朵及各種枝葉，那瓶花大到連從旁邊走過都會勾到頭髮，所以妃麗柏說：『何不把桌子移開？花兒以裸牆為背景，可比拿門板做背景好看多了。』我們只得把『威靈頓在滑鐵盧』取下來——那幅畫我倒不特別喜歡——把畫擺到樓梯下面。」

「這原來不是一道不用的門吧？」蓋達克望著門問道。

「哦，對，原來是真的門，如果你是指這個意思的話。這門通往小客廳，但兩個客廳合而為一後，沒必要開兩道門，所以這一道就給閂死了。」

「閂死？」蓋達克又輕輕去推門。「你的意思是釘死了，還是鎖住了？」

「啊，鎖住了，好像還上了閂。」

蓋達克看到門頂的閂子，試了試。門閂毫不費力地滑開了，毫不費力……

「這道門最後一次打開是在什麼時候？」

「噢，我想是在很多很多年前吧！從我來這兒後就沒開過，這點我記得。」

「你不知道鑰匙在哪兒？」

「走廊的抽屜裡有很多鑰匙，應該在裡面吧。」

蓋達克跟在邦妮小姐身後，往抽屜裡瞧。抽屜裡面有各式生鏽的老式鑰匙。蓋達克一一掃視後，挑了一把樣子與眾不同的鑰匙，回到那道門邊。鑰匙和鎖配上了，而且轉動自如。

他推了推，門無聲無息地滑開了。

「噢，小心哪。」邦妮小姐喊道，「裡面可能有東西抵住門。我們從來不開這道門。」

「是嗎？」蓋達克沉著臉重重說道，「這扇門最近才打開過，邦妮小姐，門和鉸鏈都上過油了。」

邦妮小姐目瞪口呆地看著他。

「可是誰會這麼做呢？」她問。

「我要查的正是這點。」蓋達克冷冷地說。

他心想，X先生是從外面進來的嗎？不，X就在這裡，就在房子裡。那天晚上，X就在客廳裡……

10 皮普與艾瑪

布萊克小姐這回比較用心聽蓋達克說話了，這個聰明的女人果然如他所料，一下子便掌握住他話中的玄機。

「沒錯，」她靜靜地表示，「這麼一來，狀況就大為轉變了……誰都沒有權利亂動那扇門。據我所知，也沒人動過它。」

「你知道這其中的意義，」警官迫切地說，「當晚燈熄滅時，房裡任何人都可能從那扇門溜出去，跑到魯迪·謝爾茲的背後朝你開槍。」

「在人不知鬼不覺的情況下嗎？」

「沒錯！別忘了，燈滅時大家亂成一團，接著唯一看得見的只有手電筒刺眼的強光。」

布萊克小姐緩緩問道：「那麼你認為其中有個人——我某個平凡善良的鄰居——溜了出去，然後企圖謀害我、殺我？可是為什麼？看在老天的份上，究竟是為什麼？」

「我覺得你應該知道答案，布萊克小姐。」
「但我不知道呀，警官。我可以向你保證，我不知道。」
「那麼我們就來談談吧。你過世後誰能得到你的錢？」
布萊克小姐極不情願地表示：「派屈克和茱莉亞。我把這房子裡的家具和一小筆基金留給了邦妮。實際上，我沒有多少可以留下，我過去有一些德國和義大利的股票，但現在已經分文不值了，再扣掉稅金，我可以向你保證，我根本不值得謀殺……一年前我把大部分的錢都轉成基金了。」
「不過你仍然有一些收入，布萊克小姐，而這些錢將由他們兄妹倆繼承。」
「所以派屈克和茱莉亞就來謀財害命？我才不信。他們還不至於那麼窮途末路。」
「這點你有把握嗎？」
「沒有，我只是從他們告訴我的來判斷而已……但我還是拒絕懷疑他們。或許有一天我會值得謀殺，但不是現在。」
「你說值得謀殺是什麼意思，布萊克小姐？」蓋達克警官窮追不捨。
「簡單說，有一天——可能很快了——我會變成一個非常有錢的女人。」
「聽起來很有意思。你能解釋一下嗎？」
「當然可以。你可能不知道，我當了藍道・戈德勒二十多年的祕書，而且我們的關係很密切。」

蓋達克興趣陡增。藍道．戈德勒在金融界可是赫赫有名。他投機而大膽，手段高明，而且長袖善舞，是位讓人無法忽略的名流大亨。如果蓋達克沒記錯，此人死於三七或三八年。

「他的年代比你早，」布萊克小姐說，「不過你大概聽說過他吧。」

「啊，是的。他是位百萬富翁，對吧？」

「噢，超過百萬好幾倍哩……儘管他的金錢也是進進出出。他從來不畏風險，總是把賺到的錢又拿去做新的投資。」

布萊克的眼睛因為往事回憶而炯炯發光。

「總之，他死的時候相當富裕。他沒有孩子，所以把全部財產留給他的妻子，她妻子死後，錢就全部歸我了。」

蓋達克心中隱約記起了什麼。

「巨額財產遺留給忠心不二的祕書」，大概就是這類的事。

「過去十二年來，」布萊克小姐說，眸子裡微微閃著光芒。「我有謀殺戈德勒太太的絕佳動機。可是這對你沒有什麼幫助，對吧？」

「戈德勒……請原諒我這麼問，戈德勒太太是否反對她丈夫處理財產的方式？」

布萊克小姐露出一臉好笑的神情。

「你不必這麼謹慎，其實你想知道的是，我是不是藍道．戈德勒的情婦？不，我不是。我想藍道從來沒對我動過心，我對他當然也沒有。他深愛著蓓兒，就是他妻子，而且至死不渝。我想他之所以立下這樣的遺囑，純粹是出於感激。是這樣的，警官，藍道創業初期根基不穩，有一次幾乎一敗塗地。當時他只短缺幾千元現金而已……那是一個險招，風險極高，這點和他向來的選擇一樣，可惜就缺那麼一點現金，便可以挺過去了。是我出面挽救他。我自己有點錢，我信任藍道，於是變賣所有財產，悉數交給了藍道。我的錢創造了奇蹟，一星期後，藍道馬上成了鉅富。

「那次之後，他多少把我當成他的小合夥人看待。啊！多麼豪氣干雲的年代啊，」她嘆道，「我是多麼的優游其間哪，可是後來家父過世了，我唯一的妹妹殘疾無依，我只好捨棄一切，回去照料她。藍道兩年後也過世了。我們合作時，我賺了不少錢，所以並不指望他會留給我什麼，不過當我知道若蓓兒先我而去（大家都不看好纖弱的她能活得長久），我將繼承藍道的全部財產時，我卻非常感動，是的，也非常自豪。可憐的藍道大概是不知道該把財產留給誰吧。蓓兒很貼心，對這項決定也很贊成。她真的是個非常可愛的人，住在蘇格蘭，我有很多年沒見過她了，只在聖誕節時相互寫寫信。戰爭爆發前夕，我陪妹妹去瑞士的一家療養院，她在那裡死於肺結核。」

布萊克小姐沉默片刻，才又接著說：「我是一年多前才回到英格蘭。」

「你說你很可能快要變成富人了……有多快？」

「我聽照顧蓓兒的護士說，蓓兒快不行了，可能……只能再活幾個星期吧。」

她悲哀地補充道：「現在錢對我已經沒有太大意義。我的收入已經夠我基本的花費。本來我應該重返商界，馳騁其間，但現在……唉，算了，人老囉。不過，警官，你應該明白了吧，如果派屈克和茱莉亞是為了錢要殺我，那何不多等幾個星期，現在動手豈不太笨了？」

「是的，布萊克小姐，不過如果你先蓓兒而去又會如何？錢會流到誰的名下？」

「這點我倒從沒想過，應該是皮普和艾瑪吧……」

蓋達克愣了愣，布萊克小姐卻笑道：「聽起來很瘋狂吧？我想，若我先死，錢會轉給藍道唯一的妹妹索妮雅的合法子嗣。藍道和他妹妹吵過架，藍道認為索妮雅嫁的對象是個無賴、流氓。」

「他真的是個無賴嗎？」

「噢，我得說是個不折不扣的無賴，但我相信他很吸引女人。他好像是希臘或羅馬尼亞人。他叫什麼名字來著……史丹佛，狄米崔．史丹佛。」

「藍道在他妹妹嫁給這個人後，便把她從遺囑裡刪掉了？」

「呃，索妮雅本人就是個富婆，藍道已經給她許多錢了，而且盡量避免讓她的丈夫介入。不過我相信，律師因為生怕萬一我先蓓兒而死，後繼無人，而催他立下遺產繼承人時，他一定是很不情願地寫下了索妮雅的後代。因為他想不出別的人，而他又不是那種願意把錢留給慈善機構的人。」

「索妮雅有婚生子女嗎？」

「有啊，就是皮普和艾瑪。」她大笑道，「我知道這聽起來很可笑。我只知道索妮雅婚後曾給蓓兒寫過一封信，要她轉告藍道，說她幸福極了，還說她生了一對雙胞胎，名叫皮普和艾瑪。據我所知，後來她再也沒有寫過信來了。不過，蓓兒當然能告訴你更多細節。」

布萊克小姐說得興味盎然，蓋達克警官卻一點也笑不出來。

「結論就是，」他說，「如果那天你遭到殺害，世上至少可能有兩個人會得到一大筆財產。你說沒人有殺你的動機，布萊克小姐，你真的錯了。至少有兩個人會感到興趣。這對姐弟多大了？」

布萊克小姐皺皺眉。

「讓我想想，一九二二年……不，很難記起來了……我猜想大約二十五、六歲吧。」她的臉抽搐了一下。「你該不會以為……」

「我認為有人朝你開槍是為了預謀殺你。我認為這個人或這幾個人還會下手。我希望你要非常、非常小心，布萊克小姐。第一次策畫的謀殺沒有成功，我想凶手很快會再計畫另一起謀殺。」

§

妃麗柏．海默斯挺直背，把一綹秀髮從溼漉漉的前額撥到後面。她正在清理一塊花圃。

「有事嗎，警官？」

她用探詢的眼光望著他，而蓋達克也同時仔細地打量對方。她真是個漂亮的女孩，淡金色的頭髮，長臉，非常典型的英國美女。她那倔強的下巴和嘴唇，似乎在壓抑什麼；碧藍的眼睛則目光穩定，教人無法捉摸。蓋達克心想，她是那種能嚴守祕密的女孩。

「老是在你工作的時候來打擾你，我實在很過意不去，海默斯太太。」他說，「可是我不想等到你回去吃午飯時造訪。再說，我覺得遠離小園場在這兒和你談，會比較自在些。」

「是嗎，警官？」

她的語氣聽不出任何喜怒，但似乎有些戒心……或者只是他多心了？

「今早有人對我說了一番話，內容和你有關。」

妃麗柏揚了揚眉毛。

「海默斯太太，你告訴我說，你並不認識魯迪・謝爾茲這個人。」

「是啊。」

「你還說，他當天死亡時，你是第一次看見他。是這樣嗎？」

「當然啦。我以前從未見過他。」

「你有沒有……比方說，在小園場的涼亭裡和他說過話？」

「涼亭？」

蓋達克幾乎可以肯定，對方的聲音中有一絲恐懼。

「對，海默斯太太。」

「誰說的？」

「據說你和魯迪・謝爾茲談過話，他問你可以藏身何處，你說會指給他看，還提到六點十五分。搶劫發生的那天晚上，謝爾茲從公車站走到這裡的時間正好是六點十五分。」

妃麗柏先是一陣沉默，然後發出了一陣短促的嘲笑，她看起來挺快活的。

「我不知道是誰跟你說的，」她表示，「但我猜得出來。這種謊言實在太蠢、太拙……也太惡毒了。由於某種原因，米姬恨我勝過別人。」

「那麼你是否認囉？」

「這當然不是事實。我這輩子從未見過魯迪・謝爾茲，那天早上我也沒有走近過涼亭。我人在這兒工作呢。」

警官和顏悅色地問道：「哪天早上？」

對方又頓了片刻，眨著眼。

「每天早上，我每天上午都在這裡，到一點才會離開。」

她又不屑地說：「你最好別聽信米姬的話，那女人從不講實話。」

§

「結果就是這樣。」與佛萊哲警佐一同離開時，蓋達克說道，「兩個女人所說的故事大相逕庭。我該相信哪一個？」

「大家都認為那個外國女孩很愛撒謊。」佛萊哲說，「就我的經驗，和外國人打交道時，他們說謊話比說實話來得多。米姬對海默斯太太懷恨在心，這點似乎十分明顯。」

「所以你要是我的話，會相信海默斯太太了？」

「除非你有理由再作他想，長官。」

蓋達克倒是沒有理由……不過也不盡然，他只記得那雙過於冷靜的藍眼睛，以及她不加思索說出的「那天早上」那幾個字。因為就他記得的，他並未提到涼亭談話一事是在上午還是下午進行。

不過布萊克小姐……就算不是她，邦妮小姐至少也可能提過有個年輕外國人來訪，想討點回瑞士的路費。因此妃麗柏．海默斯自己推測，談話應該是在那天上午發生。

然而蓋達克還是覺得，妃麗柏反問「涼亭」時，聲音中有一絲恐懼。

他決定不對此事妄下結論。

§

牧師的花園十分令人賞心悅目，一股秋天的暖流突然降臨了英格蘭。蓋達克從不記得，到底那是叫聖馬丁夏暑還是聖路加夏暑，但他知道，那種天氣非常宜人，令人全身酥暖。

他坐在辦公椅上，那是活潑的圓圓幫他搬的，她正要去參加母姐會。瑪波小姐用一件披風把自己裹得密密實實，膝上還披著一大塊布，坐在他身邊織毛線。溫暖的陽光、靜謐的花園以及瑪波小姐的織針所發出的節奏，使警官感到昏昏欲睡。然而就在此時，他內心深處有股不安，就像一場熟悉的夢境，暗潮愈滾愈凶，最後將原本的恬靜轉為夢魘……

蓋達克突然說道：「你不該到這裡來。」

瑪波小姐停下手中的織針，她湛藍的眼神若有所思地凝望著他。

她說道：「我明白你的意思。你是個很有責任感的孩子。不過真的沒關係。圓圓的父親……他是我們教區的牧師，也是一位優秀的學者，她母親是位很傑出的女性，意志非常堅強，這兩位都是我的老友。因此，只要我來門登罕就一定會到這兒來和圓圓小住一陣，這是世上最自然不過的事了。」

「哦，也許吧，」蓋達克道，「但……但你可別四處打探。我有一種感覺，真的，這樣做很危險。」

瑪波小姐微微一笑。

「不過我們老太婆就是愛打探消息，要是我不這樣做，反倒顯得奇怪，反而會引人注目。問問各地朋友的情況，聊聊他們還記不記得某某人，是否想得起那位女兒已嫁人的太太叫什麼名字，這些事不是都很有幫助嗎，對吧？」

「很有幫助？」警官傻傻地問。

「有助於了解別人是否就是他們自承的身分呀。」瑪波小姐答道。

她接著說：「因為困擾你的正是這件事，不是嗎？開戰後，這世界就變了，拿奇平村來說吧，奇平村和我住的聖瑪莉米德非常相似。十五年前，大家都知道每個人的底細。大宅的班區家族，還有哈諾家、普德利家、威瑟比家……他們的父母親、祖父祖母、叔舅姑姨在他們之前就世世代代住在那裡了。若有陌生人前來居住，也得帶著介紹信，要不就和當地的某人同在一個團隊或艦上服過役。來的若是十足的陌生人，那麼大家就非得追根究柢、查個水落石出才會感到安心。」

瑪波小姐緩緩點點頭。

「現在可不比從前。每個村落都擠滿了外地人，他們沒有任何地緣關係，就這麼住下來了。大棟大棟的宅邸被出售，小木屋也都改建了，陌生人就這麼搬了進去……你只能憑他們的片面之詞去認識他們。你也看到了，這些人來自世界各地，印度、香港、中國；有原本生活在法國、義大利那些廉價小屋的人，有名不見經傳的小島居民，有賺了錢來退休養老的人。可是大家彼此都不認識。你可以在家裡擺印度銅器，口裡操著印度英文，但也可以在家裡掛著西西里島來的油畫，卻大談英國的教堂和圖書館。辛珂芙小姐和莫加璐小姐就是這種人。你可能來自法國南部，或在東方度過前半生。你怎麼說，別人就怎麼信，這年頭的人，不會等接到友人來信說『某某人不錯，本人與她是世交』，才去拜訪對方。」

蓋達克心想，這正是讓他感到備受壓力的一點。他們只是一張張的臉孔和不同的性格，都持有配給證和身分證……而整整齊齊的身分證上只寫了編號，卻沒有相片或指紋。只要不怕麻煩，誰都可以弄到一張身分證，也因此，那種以往把英國農村社會聯繫起來的紐帶，如今已蕩然無存。在城鎮裡，大家不會期望去了解自己的鄰居。如今在鄉下，大家也是彼此不識，儘管你自己以為了解對方……

由於那道上過油的門，蓋達克知道，那天在布萊克小姐家的客廳裡，有個人並不是表面上那位和藹友善的鄰居……

蓋達克表示：「在某種程度上，我們可以查證這些人……」

但他心裡明白做起來並不容易。印度、香港、中國、法國南部……這比十五年前查一個人要難多了。他很清楚，有些人用借來的身分證——從那些因「意外事故」而猝死於城中的人身上借來的——在鄉間遊走。有些組織收買身分證、偽造身分證和配給證，而據此行騙的案件已不下百樁。查倒可以查，但得花點時間，而他所缺少的正是時間，因為藍道的遺孀已沒有多少日子可活了。

焦慮而疲憊的蓋達克在暖陽的烘照下，靜靜對瑪波小姐托出了藍道．戈德勒和皮普及艾瑪的事。

「只是兩個名字，」他說，「八成是小名！也許沒有這兩個人，也許他們在歐洲某處安居樂業，不過，也許其中一人，或兩個人，就住在奇平村裡。」

年約二十五歲。誰能符合這項描述？蓋達克心想，布萊克小姐的外甥……還是表弟妹，不知布萊克小姐上回見到他們是什麼時候……

瑪波小姐和藹地說：「可以讓我來替你查嗎？」

「請聽我說，瑪波小姐，你別……」

「很容易的，警官，你真的用不著擔心。而且由我來查才不會引人注意，因為你知道，這樣就不算正式查案了。如果他們真的有問題，你可不想打草驚蛇吧。」

皮普和艾瑪，蓋達克心想，皮普和艾瑪？他滿腦子都是這兩個名字。那迷人大膽的年輕人，以及漂亮而目光如冰的女孩……

他說道：「我會在接下來兩天查出這兩人更多的資料，我去蘇格蘭走一趟。戈德勒太太若能說話，也許會知道他們很多事。」

「我認為這是明智之舉。」瑪波小姐遲疑地說，「我希望，」她小聲說，「你已經警告過布萊克小姐要當心了？」

「是的，我警告過她。而且我還要留一個人暗中觀察此地的情況。」

如果危險出自家裡，警方再監視也是白費工夫……瑪波小姐的表情如是說。但蓋達克故意不予理會。

「請記住，」蓋達克說道，一面直視著她。「我警告過你了喔。」

「我向你保證，警官，」瑪波小姐說，「我會照顧我自己。」

11 品茶做客

哈蒙太太圓圓帶了一位住在她家的訪客——瑪波小姐——一起來喝茶。布萊克小姐雖然顯得有點心不在焉，但客人應該也很難察覺到，因為這是她們初次的會面。

這位叫瑪波小姐的老太太雖然叨叨絮絮，卻十分可愛，她立刻對搶案表示高度的興趣。

「親愛的，這年頭搶匪從任何地方都能進來，」她向女主人強調說，「簡直是無孔不入。雖然有那麼多美國來的新設備，但我還是相信老式裝置——鉸鏈和門眼。搶匪可以撬開鎖、撥開門閂，卻應付不了鉸鏈和門眼。你試過沒有？」

「只怕我們對防盜不是很在行，」布萊克小姐笑著說，「實際上，這裡也沒有多少東西可偷。」

「前門必須上條門鏈，」瑪波小姐建議道，「這樣女僕開門時只需開個縫，看清外面是誰，壞人就沒辦法硬闖進來了。」

「我想我們的米姬會喜歡這個。」

「被打劫一定非常、非常恐怖吧，」瑪波小姐說，「圓圓一直在跟我講這件事。」

「我都嚇呆了。」圓圓說。

「那經驗是滿駭人的。」布萊克小姐承認說。

「那人被絆倒，射中自己，這似乎是上帝的旨意。這些盜匪實在太殘暴了。他是怎麼進來的？」

「呃，我們不太常鎖門。」

「噢，麗迪，」邦妮小姐叫道，「我忘了告訴你，警官今早很奇怪喔，硬是要開第二道門……你知道嘛，就是打不開的那道，那邊那道啦。他在那邊找鑰匙，還說門給上過油了，可是我不明白為什麼，因為……」

等她看到布萊克小姐示意要她住口時，為時已晚，所以話雖打住了，她口還是張著。

「哦，麗迪，我真……抱歉，我是說，噢，請你原諒，麗迪……噢，天哪，我真蠢。」

「沒關係，」布萊克小姐雖這麼說，卻頗為懊惱。「只是我想蓋達克警官不會希望別人談這事。我並不知道他試驗時你也在場，朵拉。這點你能理解吧，哈蒙太太？」

「啊，是的，」圓圓說，「我們絕不會洩漏一個字，對吧，瑪波阿姨。不過我很納悶，他幹嘛……」

她陷入了沉思。

邦妮小姐坐立不安，一副可憐兮兮的樣子。末了，她終於忍不住說：「我總是說錯話，唉，天哪，麗迪，我只會給你添麻煩。」

布萊克小姐很快地說：「你是我最大的安慰，朵拉。反正奇平村這種小地方，也沒什麼祕密可言。」

「正是，」瑪波小姐說，「而且消息傳播的方式真是千奇百怪。僕人當然是一種，但也不僅這樣而已，因為現代人有僕人的不多。還有鐘點女工，她們更惡劣了，因為她們會到處串門子，把消息傳來傳去。」

「哎呀！」圓圓突然說道，「我明白了！當然啦，如果那道門也能打得開，有人就可以摸黑從這裡溜出去……只是大家不可能這麼做啦，因為行竊的是皇家溫泉飯店那個傢伙。或者是別人？不，我看不出……」她皺起了眉頭。

「當時的事全發生在這個房間啊？」瑪波小姐問道，接著又帶著抱歉的語氣說：「你一定覺得我好奇得無可救藥吧，布萊克小姐？可是這實在太刺激了，就像在報紙上看到的一樣。我很想從頭到尾聽一遍，知道來龍去脈，如果你懂我的意思……」

圓圓和邦妮立即七嘴八舌講個沒完，聽得瑪波小姐一頭霧水……還有賴布萊克小姐偶爾加以糾正。

這期間，派屈克和茱莉亞也走了進來，自然也加入混戰，派屈克甚至還扮演起魯迪・謝爾茲來了。

「麗迪阿姨就在那兒，在拱道的角落……麻煩你站到那兒去，麗迪阿姨。」

布萊克小姐乖乖站過去，他們還指著彈孔給瑪波小姐看。

「太神奇了，真是大命不死。」她喘著氣說。

「當時我正要拿菸給客人。」布萊克小姐指著桌上的大銀盒說。

「有人抽菸的時候真不小心，」邦妮小姐抗議道，「現在的人不像過去那麼愛惜家具了，有人把菸放在這張漂亮的桌子上，你看這兒，燒得真可怕，太過分了。」

布萊克小姐嘆了一口氣。

邦妮小姐很愛惜朋友的東西，將它們視作自己的物品般珍愛。圓圓‧哈蒙一向覺得邦妮就這點可愛，她不會嫉妒別人的東西。

「這是張可愛的桌子，」瑪波小姐客氣地說，「上面這個陶瓷燈好漂亮啊。」

接受稱讚的人又是邦妮小姐，彷彿這盞燈的主人是她，而不是布萊克小姐。

「可不是嗎？是德瑞斯頓的。是一對，另一盞好像在其他房間。」

「家裡的東西放哪裡你都知道，朵拉……或者你認為自己都知道。」布萊克小姐幽了她一默。「我的東西，你比我還寶貝。」

邦妮小姐紅了臉。

「我喜歡好東西嘛。」她半抗議道。

「我必須承認，」瑪波小姐說，「我也有幾件很珍貴的東西。那些東西都有我許許多多的回憶，就像照片一樣。現代人身邊的照片都不多，我喜歡保留我外甥們嬰兒時的照片，還有童年時的照片等等。」

「我有一張很醜的三歲照片在你那裡，」圓圓說，「我抱著一隻狐狸狗，還瞇著眼睛呢。」

「我想你阿姨也有不少你的照片吧。」瑪波小姐轉頭對派屈克說。

「噢，我們只是遠親。」派屈克表示。

「我想奧麗娜寄過一張你的嬰兒照給我，派屈克。」布萊克小姐說，「不過我好像沒有保存下來。在她寫信告訴我說你們要來之前，我連她有多少小孩、叫什麼名字都忘了。」

「這也是現在人的特質，」瑪波小姐說，「大家通常不認識年輕一輩的親戚。過去大家庭常常團聚，這種情況是不可能出現的。」

「我最後一次見到派屈克和茱莉亞的母親，是在三十年前的一個婚禮上，」布萊克小姐說，「當時她是個非常漂亮的女孩。」

「所以才會有這麼英俊漂亮的小孩。」派屈克咧著嘴笑道。

「你有一本很漂亮的老相簿，」茱莉亞說，「還記得嗎，麗迪阿姨？那天我們一起看的。看那些帽子！」

「當時我們自以為很漂亮呢。」布萊克小姐嘆道。

「沒關係啦，麗迪阿姨，」派屈克說，「三十年後，茱莉亞會在無意間看到自己的照片……然後還把自己誤認成男人呢！」

§

「你是故意的嗎？」圓圓陪瑪波小姐回家的路上時問道，「我指的是談起照片的事。」

「哦，親愛的，發現以前布萊克小姐不曾見過她的兩名小親戚，真是太有意思了。對啦，我想蓋達克警官聽到這個會很感興趣。」

12 奇平村的早晨

艾德蒙．司威頓在割草機上坐下。

「早安，妃麗柏。」他說。

「哈囉。」

「你很忙嗎？」

「還好。」

「你在幹嘛？」

「你自己不會看？」

「不會，我又不是園丁。你好像在玩泥巴。」

「我在砍冬天的萵苣。」

「砍？好怪的說法啊！就像『刺』一樣。你知道『刺』吧？我是那天才看到的。我一直以為拿劍決鬥的人才會這樣講。」

「你到底想幹什麼？」妃麗柏冷冰冰地問。

「我想見你。」

妃麗柏飛快地瞥了他一眼。

「希望你別沒事跑到這兒來。盧卡斯太太不會喜歡。」

「難道她不許你接受別人的獻花？」

「別開玩笑了。」

「獻花，這說法極好，貼切地描述了我的態度。待之以禮，卻又堅持追求。」

「你請走吧，艾德蒙。你沒事不該來的。」

「那你就錯了，」艾德蒙得意地說，「我的確有事才來的。盧卡斯太太今早打電話給我媽，說她有很多南瓜。」

「多得不得了。」

「她還問我們是否願意用一壺蜂蜜交換南瓜。」

「這種交易太不公平了！這種時節南瓜根本賣不掉，大家都有一大堆。」

「當然了，所以盧卡斯太太才會打電話來呀。我如果沒記錯，上回她建議我們用脫脂牛奶——請注意，是脫脂牛奶喔——和她交換萵苣。那時離萵苣上市還早，一顆要一先令。」

妃麗柏沒說話。

艾德蒙從口袋裡掏出一罐蜂蜜。

「喏，」他說，「這就是我最好的藉口啦。這樣，萬一是盧卡斯太太跑到園圃來，我就說我是來這兒找南瓜，絕不是來和你搭訕。」

「我明白了。」

「你讀過丁尼生[4]的書嗎？」艾德蒙隨口問道。

「不常讀。」

「你應該讀一讀。丁尼生不久一定會再造一番風潮，以後晚上打開收音機，你會聽到《國王牧歌》，而不是沒完沒了的脫洛勒普。我認為脫洛勒普的造作最令人難以忍受，看一點還可以，讀多了就膩死人了。不過說到丁尼生，你讀過他的《莫德》沒有？」

「讀過一次，是在很久以前。」

「這首詩有點道理呢。」他輕聲引述，「『高下相成，瑕瑜相生，鄙貴相形。』這就是你啊，妃麗柏。」

「這可不算恭維吧！」

「不，本來就不是。我覺得莫德抓住了那個可憐蟲的心了，就像你占據我的心一樣。」

4 丁尼生（Alfred Tennyson, 1809-1892），英國著名詩人，一八五〇年獲得「桂冠詩人」的稱譽。

「別鬧了，艾德蒙。」

「啊，去他的，妃麗柏，為什麼你是這個樣子呢？你漂亮的容顏之下隱藏了什麼？你在想些什麼？你的心情如何？是幸福、悲慘、驚悸，還是什麼？一定有些什麼吧。」

妃麗柏平靜地說：「我有什麼感覺是我自己的事。」

「也是我的事。我希望聽你傾訴，我想知道你心裡都在想些什麼。我有權利知道，我真的有。我原本不想愛上你，我原想靜靜地坐下來寫我的書。那麼精采的一本書，全是關於這個悲慘世界的。洞察他人的悲慘是如此容易，這全是一種習慣，真的。在讀完伯恩．瓊斯的傳記後，我就突然相信這點了。」

妃麗柏停下手中的工作，皺著眉，不解地凝視著他。

「伯恩．瓊斯和這有什麼關係？」

「可有關係了。你要是看了前拉斐爾派作家的作品，就會明白何謂風潮。他們的作品熱情、活用俚語、愉悅暢快，一切都那麼的美好神奇，那也是一種風潮啊！其實他們並不比我們幸福，而我們也不比他們悲慘。告訴你，這就是風潮。戰爭結束後，大家追求性愛，卻弄得灰心失意，了無興味。我們幹嘛談這個？我原本是來談我們的事，只是我被潑了一盆冷水，嚇得退在一邊。都是因為你不肯幫我。」

「你希望我怎麼做？」

「說話呀！告訴我一些事。是因為你的丈夫嗎？因為你愛他，所以他死後你就再也不肯開口了？是這樣嗎？好吧，就算你愛他，可是他都死了。也有別的女人死了丈夫，而且為數還不少呢……有些人很愛她們的丈夫，但她們在酒吧裡也會跟別人訴說，喝醉酒時還小哭一場，然後等心情好一點後，就和別人上床了。我覺得這是忘掉過去的一種方法，你得忘掉過去，妃麗柏。你還年輕，又那麼漂亮，我愛你愛得快發狂了。跟我談談你那該死的先生，跟我談談他吧。」

「沒什麼好談的。我們相遇，然後就結婚了。」

「當時你一定非常年輕。」

「太年輕了。」

「你和他在一起快樂嗎？說呀，妃麗柏。」

「接下來沒什麼好說了。我們結了婚，我想我們和大多數人一樣快樂。哈里出生了，羅納德去了國外，他……他在義大利被殺了。」

「所以你就只剩哈里了？」

「就只剩哈里。」

「我喜歡哈里，他是個好孩子，他也喜歡我，我們很合得來。怎麼樣，妃麗柏，我們結婚吧？你可以繼續做園丁，而我則繼續寫書，放假時我們再放下工作，一起享受人生。我們可以不和媽媽住在一起，她會拿點錢資助我這個兒子。我這人依賴性很強，寫的書也不怎麼樣，視力又差，而且很愛講話，我最大的缺點就這些了。你願意試試嗎？」

妃麗柏望著他。眼前那位是個高瘦的年輕人，戴著一副寬大的眼鏡，一頭金髮亂糟糟的，這人正用懇切的眼神看著她。

「不。」妃麗柏說。

「你確定不要嗎？」

「確定不要。」

「為什麼？」

「你根本不了解我。」

「就這樣？」

「不止，你根本什麼都不懂。」

艾德蒙思索片刻。

「也許吧，」他承認，「可是誰又懂了？妃麗柏，我親愛的……」他打住話。

一陣尖銳的叫嚷聲快速地朝這邊傳來。艾德蒙吟誦道：

花園裡的哈巴狗群，
黃昏徐徐降臨，（可惜此時才上午十一點）
妃兒，妃兒，妃兒（妃麗柏的暱稱）
狗群狂亂地吠著。

「你的名字不能押韻，聽起來很怪，你還有沒有別的名字？」

「瓊恩。走吧，盧卡斯太太快來了。」

「瓊恩、瓊恩、瓊恩，好一點，但還是不夠好。蓬頭垢面的瓊恩打翻了油罐……這樣描寫婚姻生活也不太妙。」

「盧卡斯太太快要……」

「唉，去他的！」艾德蒙說，「快把該死的南瓜給我吧。」

§

佛萊哲警佐負責看守小園場。

這天米姬放假，她向來搭十一點的車去門登罕。在布萊克小姐的安排下，小園場由佛萊哲警佐看管，她則和朵拉．邦妮到村裡去。

佛萊哲快速地工作著，家裡有人給那道鎖死的門上過油，不管是誰幹的，目的都是為了等燈一滅，神不知鬼不覺地離開客廳。這麼一來，米姬就排除在外了，因為她沒必要使用那道門。

剩下還有誰呢？佛萊哲想，那些鄰居應該也可以排除掉，他不覺得他們有機會動手。接下來就剩派屈克、茱莉亞、妃麗柏，可能還有邦妮小姐。年輕的西蒙斯兄妹去米徹斯特了，妃麗柏・海默斯去工作。佛萊哲警佐可以隨意搜索任何祕密。但令人失望的是，房中並無絲毫可疑之處。儘管佛萊哲很懂電線配置，但無論從電線還是配電箱，都找不到保險絲燒斷的痕跡。快速查遍所有臥室後，他懊惱地發現一切竟然都很正常。妃麗柏・海默斯的房間有些照片，上面全是同一個男孩，他的眼神十分嚴肅，還有一張男孩更小時候的照片；此外還有一疊學童的來信、一兩份戲院節目單。茱莉亞的房裡有滿滿一抽屜的法國南部照片、幾張游泳照，另一張是一棟坐落在含羞草叢中的別墅。派屈克房裡有些他在海軍服役的紀念品。朵拉・邦妮的屋中沒有多少個人物品，而且似乎也沒有可疑之處。

可是，佛萊哲心想，小園場裡一定有人給那道門上過油。

此時樓下傳來聲響，打斷了他的思緒。佛萊哲趕緊跑到樓頂往下看。

司威頓太太正穿過走廊，她手上挽著一個籃子，朝客廳裡瞧了瞧，然後走過走廊進了飯廳。等她出來時，手上的籃子已經不見了。

佛萊哲腳下的木板突然發出吱嘎聲，司威頓太太轉過頭，對著上面喊道：「是你嗎，布萊克小姐？」

「不，司威頓太太，是我。」佛萊哲應聲道。

司威頓太太輕輕尖叫了一聲。

「哎喲！真會被你嚇死，我還以為又是小偷。」

佛萊哲走下樓梯。

「這房子的防盜功能好像不太好，」他說道，「誰都可以像你這樣進進出出嗎？」

「我剛帶了一些榅桲過來，」司威頓太太解釋道，「布萊克小姐想做一些果凍，可是她這兒沒有桲樹。我給她留了一些在飯廳裡。」

說完她笑了笑。

「啊，我明白了，你是問我怎麼進來的？對啦，我是從邊門進來的。我們大家都是這樣相互進出對方家裡，警佐。不到天黑，誰也不會鎖門。我是說，要是拿了東西來，卻進不了門，那不是很掃興嗎？現在跟從前不一樣了，以前，一按門鈴，僕人就會來應門。」司威頓太太嘆道，「我記得在印度，」她哀傷地說，「我們家有十八個僕人……十八個耶，保母還不算喔，那是很理所當然的事。回到英國後，家裡總是有三個僕人……雖然媽媽覺得請不起廚子實在太寒酸了。現在生活變得不自然極了，警佐，雖然我知道不該抱怨。更糟的是，好多礦工患了鸚鵡熱（或是叫鸚鵡病？），所以不得不離開礦坑來當園丁，結果他們連菠菜和雜草都分不清。」

快到門邊時，她又說：「我不占用你的時間了，我想你一定非常忙。不會再出事了吧？」

「為什麼會出事，司威頓太太？」

「我只是在猜啦，因為看見你在這裡，我還以為是壞人哩。你會轉告布萊克小姐果子的事吧？」

司威頓太太走了。佛萊哲覺得自己好像冷不防地被猛擊了一下。原來他一直認為是房子裡的人給門上油的，現在他明白自己錯了。外面的人只要等米姬搭車離去，等布萊克和邦妮小姐外出，就可以進來了。這種機會其實很多，這也表示，他不能排除案發當晚客廳中的任何一個人。

§

「莫加璐！」

「怎麼了，辛珂芙？」

「我一直在想……」

「是嗎，辛珂芙？」

「是呀，我這個聰明腦袋轉個不停。你知道嗎，莫加璐，那天晚上的搶案一定有鬼。」

「有鬼？」

「沒錯。把你的頭髮捲起來，把這支泥鏟拿去，假裝是左輪槍。」

「呃。」莫加璐小姐緊張地說。

「放心吧，不會咬你的。你站到廚房門口，假裝是那個賊。你站這兒，現在你要去廚房扣押一群笨蛋。拿著手電筒，打開它。」

「可是現在還是大白天呀！」

「用用你的想像力，莫加璐，打開手電筒。」

莫加璐小姐照辦了，同時笨手笨腳地將泥鏟夾在腋下。

「現在，」辛珂芙小姐說，「開始演吧。還記得你在女子學院演《仲夏夜之夢》裡的荷米亞嗎？快演吧，盡情地表演。你的台詞是『手舉起來！』……拜託別加什麼請不請的，會把戲演砸了。」

莫加璐順從地揚起手電筒，揮舞著泥鏟，朝廚房門口走去。

她把泥鏟換到右手，飛快地擰動門把，然後往前踏一步，用左手拿起手電筒。

「手舉起來！」她拖長著聲音說，然後懊惱地加了一句：「天哪，好難啊，辛珂芙。」

「為什麼？」

「是門啦。這是扇活動門，會往回彈，可是我兩隻手都拿了東西。」

「沒錯，」辛珂芙小姐大聲說，「小圍場客廳的門也是活動門，和這道一樣，不會定住不動。所以麗迪亞．布萊克才會從鬧街的艾略特商店買了那個漂亮的玻璃擋門板。她竟然搶在我之前買下那個玩意，我絕不會原諒她。我和艾略特殺價都快殺成了，他願意從八金幣降到六英鎊十先令，可是後來殺出布萊克，把它買走了。我從沒看過那麼漂亮的擋門板，你很難找得到那麼大的玻璃氣泡。」

「也許小偷用擋門板抵住門，讓門開著。」莫加璐猜道。

「有點常識好不好，莫加璐。難不成他推開門後還說『對不起，請等一下』，然後彎身擺好擋門板，才說『手舉起來』，開始搶劫嗎？試試看用肩膀抵住門吧。」

「還是很怪。」莫加璐小姐抱怨道。

「這就對了。」辛珂芙小姐說，「又要拿槍，又要拿手電筒，還要抵住門……似乎太忙了吧？那麼，答案會是什麼？」

莫加璐小姐並未試圖回答，她用好奇而欽佩的目光望著她那位頤指氣使的朋友，並等著接受教誨。

「我們知道他有一把槍，因為他開了槍。」辛珂芙小姐說，「我們還知道他有一把手電筒，因為我們都看見了……也就是說，除非我們都是受集體催眠的受害者，否則我們看到的絕非幻象。現在問題來了，有沒有人為他抵住門？」

「可是誰會這樣做呢？」

「你就可以呀，莫加璐。我記得燈滅時，你就站在門背後。」辛珂芙小姐大笑道，「難道你嫌疑不重嗎，莫加璐？可是誰會想到要去瞧你呢？來，給我泥鏟……謝天謝地，這不是真正的槍，否則只怕你就要朝自己開槍了！」

§

「太奇怪了，」伊德布上校咕噥道，「真是奇怪，蘿拉。」

「怎麼了，親愛的？」

「到我的更衣室來一下。」

「什麼事，親愛的？」

伊德布太太穿門而入。

「還記得我給你看過的那把左輪槍嗎？」

「哦，記得呀，艾濟，那個黑乎乎看起來怪恐怖的東西。」

「對，是我的紀念品，本來是放在這個抽屜裡的，對吧？」

「對呀，沒錯。」

「可是怎麼不見了。」

「艾濟，那可怪了！」

「你沒動過吧？」

「噢，沒有，我壓根就不敢碰那可怕的玩意。」

「看來是那個叫什麼名字的老婆子移走的吧？」

「噢，應該不是，巴特太太絕不會幹這種事。要不要我去問問她？」

「不，不，最好別問。我可不想讓人說長道短。告訴我，你還記得我是什麼時候拿給你看的嗎？」

「嗯，是大約一週前。當時你在抱怨你的衣領什麼的，然後你拉開這個抽屜，靠裡面的就是那個東西了。我還問你那是什麼。」

「對，沒錯，大約一個星期前，你不記得確切日期？」

伊德布太太垂著眼，努力回想。

「是了，」她說，「是星期六。那天我們本來要去看電影，但沒去成。」

「嗯……你確定不是在星期六之前？還是星期三、星期四或前兩週？」

「不是，親愛的，」伊德布太太說，「我記得相當清楚，是星期六，三十號。因為出了那麼一堆事，所以感覺上是很久以前。告訴你我為什麼記得吧，因為那是在布萊克小姐家發生搶案後的第二天，我看見你的槍，便想到前一晚的槍擊事件。」

「啊，」伊德布上校說道，「這下我就放心了。」

「艾濟，為什麼？」

「如果我的左輪槍是在案發前丟失的……那麼八成就是被那個瑞士佬偷了。」

「可是他怎麼會知道你有槍？」

「這些黑道份子的消息靈通得很。像地點啦、誰住在什麼地方啦，他們都有辦法知道。」

「你懂得真多呀，艾濟。」

「哈，是啊，畢竟以前見過一些世面。既然你記得發生搶案後還見過我的左輪槍，那就沒事了。那瑞士佬用的槍不可能是我這一把，對吧？」

「當然不是。」

「真是如釋重負。我該去報警的，可是他們會問一堆奇奇怪怪的問題，這是一定的，而且我並沒有持槍許可證。不知怎的，戰爭一過，人們就忘了和平時期的規定了。我把它當作戰爭的紀念品，而不是武器。」

「是的，我明白，當然是這樣。」

「但問題是，那該死的槍到底跑哪兒去了？」

「也許是巴特太太拿去了吧。她看起來很老實，不過也許搶案發生後，她很緊張，覺得想……想弄把槍放在家裡吧。她當然絕對不會承認，但我連問都不會問，怕會惹她生氣。我們該怎麼辦？這可是棟大房子啊，我實在無法……」

「是啊。」伊德布上校說，「我們最好一個字也別提。」

13 瑪波小姐的早晨

瑪波小姐走出牧師家大門，朝通向大街的巷子走去。

她拄著哈蒙牧師結實的木杖，快速前行。

瑪波小姐經過紅牛商店和肉鋪，在艾略特的古董店前稍事停留，往櫥窗裡看了看。這間商店就開在藍鳥茶館兼咖啡屋的隔壁，這樣開車的有錢人在茶館品過香茗、嘗完漂亮的「手工蛋糕」後，便會忍不住到艾略特先生那頗有格調的櫥窗看一看。

艾略特先生在這個古老的弓形櫥窗裡擺上各式各樣的商品。兩個華特佛出產的玻璃酒杯放在一個絕美的冷酒器旁；一張用核桃木拼成的書桌，一看便是極品。櫥窗裡的桌子上，擺著各式門鎖和稀奇古怪的小玩意，包括幾件德瑞斯頓的雕花陶瓷、兩串項鍊、一個刻有「坦布里奇贈」字樣的連柄大杯子，以及一些小件的維多利亞式銀器。

瑪波小姐全神貫注地望著櫥窗裡的東西。艾略特先生像隻肥蜘蛛般，從他那撒開的大網裡向外窺視，期望這位新客人能自投羅網。

就在他覺得這位住在牧師家（艾略特先生當然和所有人一樣知道她是什麼人）的女士就要擋不住誘惑時，瑪波小姐的眼角餘光卻掃到朵拉．邦妮走進了藍鳥咖啡屋。瑪波小姐當下決定也進去喝杯好咖啡，以驅走早晨的寒意。

咖啡屋裡面已有四、五位女士逛街逛累了在此小憩。店內十分陰暗，瑪波小姐眨了眨眼，假裝在裡頭閒晃。接著，邦妮小姐的招呼聲便自她身邊響起了。

「早啊，瑪波小姐。到這兒來坐。我只有一個人。」

「謝謝。」

瑪波小姐感激地坐到咖啡屋硬邦邦的藍色小扶手椅上。

「這季的風好刺骨啊，」她抱怨道，「我的腿患風溼，走不快。」

「啊，我了解。我有一年患了坐骨神經痛，那陣子我大半時間都坐臥難安。」

兩位女士嘰嘰喳喳地談了一會兒風溼病、坐骨神經痛和神經炎。一位臉拉得老長、身穿印有飛翔藍鳥罩衫的女孩，一邊十足不耐地打著呵欠，一邊寫下兩人所點的咖啡和蛋糕。

「這裡的蛋糕啊，」邦妮小姐神祕兮兮地悄聲說，「相當好吃。」

「那天從布萊克小姐家出來時，我碰見一個很漂亮的女孩，我對她很感興趣，」瑪波小姐說，「她好像說她是做園丁的。她是本地人嗎？名字是不是叫海妮斯？」

「噢，是妃麗柏．海默斯。我們都叫她『房客』。」邦妮小姐為自己的幽默發笑。「是個文靜的好女孩，一個『淑女』，如果你懂我的意思。」
「我以前認識一位海默斯上校，是印度騎兵團的人，會不會是她父親啊？」
「是她的先生姓海默斯，人家是寡婦。她先生在西西里島還是義大利本土遭到殺害。當然了，你說的那位海默斯上校也有可能是她公公。」
「不知道她是不是有意中人？」瑪波小姐調皮地暗示道，「是和那個高高的年輕人嗎？」
「你是指派屈克啊？噢，我不知道……」
「不，我指的是戴眼鏡的那名年輕人。我見過他在附近閒晃。」
「啊，是了，你是說艾德蒙．司威頓。噓！坐在角落裡的是他母親，司威頓太太。老實說，我並不清楚。你覺得他很喜歡她嗎？那年輕人挺怪的，老是說些討人厭的話。據說他很聰明。」
邦妮小姐顯然很不喜歡此人。
「聰明不代表一切，」瑪波小姐搖頭道，「啊，我們的咖啡來了。」
臭臉女孩重重放下咖啡杯，瑪波小姐和邦妮小姐相互推讓蛋糕。
「聽說你和布萊克小姐是同學啊？真有意思。你們的友誼一定很深厚。」
「是啊，的確如此。」邦妮小姐嘆道，「很少有人能像布萊克小姐這樣厚待老友。啊，天哪，那似乎是很久很久以前的事了。她以前非常漂亮，又活得開心自在，實在太令人悲傷了。」

瑪波小姐雖不懂這何來「令人悲傷」，卻也跟著嘆氣搖頭。

「生活本來就不容易。」她輕聲說。

「『勇敢地承受起痛苦的折磨。』」邦妮小姐含著眼淚說，「我總是想起這行詩句。真正的容忍與退讓，我說啊，這樣的勇氣和耐心應該受到褒揚。好心應該要有好報，無論她得到什麼好報都當之無愧。」

「金錢，」瑪波小姐說，「金錢可以把生活的道路變得非常平坦。」

她覺得這種說法很安全，因為她判斷邦妮小姐所說的一定是布萊克小姐不久將獲得的財富。

然而這句話令邦妮小姐換了話題。

「錢！」她憤憤地喊道，「除非有過切身經歷，否則我不相信誰能真正體會有錢或沒錢的感覺。」

瑪波小姐同情地點點頭。

邦妮小姐很快接著說，她愈說愈起勁，臉也脹得緋紅。

「我常聽人說，『我寧願桌上只有鮮花，也不要沒有鮮花相襯的食物。』說這話的人到底餓過幾頓飯？他們根本不了解挨餓的滋味。沒有挨過餓就不可能知道。麵包、一罐肉醬，一丁點乳瑪琳，日復一日地吃著這些東西，你知道你會多渴望能好好吃一盤肉和兩三樣蔬菜嗎？再說衣服，破破爛爛，補了又補，一心巴望補丁別露出來。接下來是申請工作，別人總嫌你太老。就算好不容易找到一份工作，結果又因為身體衰弱而做到暈倒，還不是又回到原地。可是房租（總是房租）非付不可呀，否則就得露宿街頭了。這種日子不好受啊，養老金又維持不了多久，根本支持不下去。」

「我明白。」瑪波小姐溫柔地說。

她滿懷憐憫地望著邦妮小姐那張抽搐的臉。

「後來我寫信給麗迪，我剛巧在報上看到她的名字。那報導是關於資助米徹斯特醫院而舉行的一次餐會。上面白紙黑字寫著麗迪亞．布萊克小姐，這勾起了我的回憶，我很多年沒聽到她的消息了。她幫那個大富豪戈德勒做過祕書，麗迪向來聰明，是那種可以出人頭地的人。她靠的不是容貌，而是性格。我當時想……對，我是這樣想的，或許她還記得我，我可以求助於她。我的意思是，這個從小認識、一起念書的朋友，會知道我寫信來不是只為了乞憐……」

朵拉．邦妮眼裡淚光閃動。

「後來洛蒂來將我帶走，還說她需要有人幫她。當然了，我非常吃驚，真的很訝異……但報紙也是會出錯的。她是這麼仁慈而富同情心，以往的事她記得一清二楚……我願意為她赴湯蹈火，真的。我也很努力，但有時我真的把事情弄得一團糟……我的腦子沒以前靈光了。我老是做錯事，丟三落四，嘴又笨。但她非常有耐心，總是假裝我對她有用。那是真正的慈悲心，不是嗎？」

瑪波小姐溫柔地說：「對，這是真正的慈悲心。」

「我以前會擔心，自己雖然到了小圍場，可是萬一……萬一布萊克小姐有什麼不測，我往後該怎麼辦？畢竟意外事件發生頻繁，有那麼多橫衝直撞的車子，誰也無法料到，對吧？我當然沒說出來啦，可是她一定猜到了。有一天，她忽然告訴我，她會在遺囑裡為我留下一小筆年金，還有我珍愛的東西……她所有的漂亮家具。我簡直是喜出望外！而且她還說，沒有人會像我這麼愛惜家具了。這倒是千真萬確，我受不了別人打碎漂亮的瓷器，或是把溼漉漉的杯子放在桌上，在桌面留下印痕。我真的很用心幫她照顧東西，有些人實在粗心到極點，有時甚至更等而下之！

「我其實並不像看起來的那麼笨，」邦妮小姐繼續率真地說，「我知道，如果布萊克小姐遭到暗算，有人——我不願意指名道姓——可能會從中得利。布萊克小姐也許太過相信別人了。」

瑪波小姐搖搖頭。

「那她就錯了。」

「是呀。瑪波小姐，我和你都了解這個世界。但親愛的布萊克小姐……」她搖了搖頭。

瑪波小姐認為，布萊克小姐曾是大金融家的祕書，按理也應該深諳世事。不過，朵拉・邦妮的意思可能是說，麗迪亞・布萊克優渥慣了，因此不了解人性的險惡。

「那個派屈克！」邦妮小姐突然厲聲說道，著實把瑪波小姐嚇了一跳。「據我所知，至少跟她要過兩次錢。他裝窮說自己欠了債之類，布萊克小姐太慷慨了，我勸她時，她只對我說：『那孩子還年輕，朵拉，年輕的時候就是要恣意行樂。』」

「是啊，這倒是實話。」瑪波小姐說，「何況還是個英俊的小夥子。」

「人帥，做人也應該很帥，」朵拉．邦妮說，「也不該老拿別人取樂呀。我看他和不少女孩都有一手。每個人都感覺我只是他玩弄的對象，就這麼回事。他好像不了解別人也有感情。」

「年輕人就是這樣不顧別人的感受。」瑪波小姐說。

邦妮小姐忽然神祕兮兮地把身子湊上前。

「你不會把話傳出去吧，親愛的？」她請求道，「但我覺得他一定和這件可怕的事情有關，我認為他認識那個年輕人，茱莉亞也認識。我不敢向布萊克小姐透露這件事……其實我還是說了，卻被她罵得狗血淋頭。當然了，這件事很麻煩，因為派屈克是她的外甥……或至少是她表弟。若說那個瑞士年輕人槍殺了自己，那麼派屈克可能得負起道義上的責任，不是嗎？我是指，倘若是他指使那個年輕人幹的話。我實在被整件事弄糊塗了，每個人對客廳那另一道門都有意見，這又是一件讓我煩心的事……警官說門給上過油了。是這樣的，因為我看見……」

她戛然打住話。

瑪波小姐頓了一下，想著怎麼開口。

「真是太難為你了，」她同情地表示，「你當然不希望任何事傳到警方那裡。」

「沒錯，」朵拉・邦妮大聲說，「我晚上擔心到睡不著覺……因為有一天，我在灌木林裡撞見派屈克，當時我正在找雞蛋，有隻雞走到外頭去了，然後我看到派屈克拿著一片羽毛和一個杯子……一個油答答的杯子。他一看見我，便像做了虧心事般嚇了一大跳，他對我說：『我正在納悶這東西怎麼會在這裡。』當然啦，他腦筋轉得很快，雖然被我嚇一跳，卻很快就編出這個藉口。除非他是來找那個東西，除非他完全清楚那東西就在那兒，否則他怎麼會跑到灌木林裡去找呢？當然了，我什麼也沒說。」

「對，對，千萬不能說。」

「可是我好好看了他一眼，如果你明白我意思。」

朵拉・邦妮伸出手，心不在焉地咬了一口紅色蛋糕。

「又有一天，我偷聽到他和茱莉亞的一番奇怪對話。他們似乎在吵架。他說：『要是我知道你和這種事有牽連……』茱莉亞（她向來很鎮靜）說：『哦，小弟，那你想怎樣？』可惜這時我踩到了那塊一踏上就吱嘎亂響的木板，然後他們就看見我了。於是我笑著問：『你們在吵架嗎？』派屈克說：『我在警告茱莉亞別向黑市買東西。』噢，真是太滑舌了，但我認為他們絕不是在談那件事！我看，派屈克八成是在給客廳的檯燈動手腳，好把燈弄熄，因為我記得清清楚楚，它本來是牧羊女而不是牧羊人的那一盞。然而到了第二天……」

她忽然住嘴，臉色變得蒼白。瑪波小姐轉過頭，看見布萊克小姐站在她們身後。她一定是剛剛才進來的。

「喝咖啡閒聊呀，邦妮？」布萊克小姐說道，語氣裡頗有責備的意思。「早啊，瑪波小姐。很冷，是吧？」

門砰的一聲打開了，圓圓．哈蒙跑進了藍鳥。

「哈囉，」她招呼道，「我是不是沒趕上喝咖啡？」

「不，親愛的，」瑪波小姐說，「坐下來喝一杯吧。」

「我們得回家了，」布萊克小姐說，「東西買完了嗎，邦妮？」

她的聲音還是很溫和，但面露不悅。

「是，是的，謝謝你，麗迪。我得順道去藥店買點阿斯匹靈和雞眼膏。」

藍鳥的店門在她們身後闔上後，圓圓問道：「你們在談什麼？」

瑪波小姐沒有馬上回答，她等圓圓點完茶點後才說：「家庭的凝聚力是種非常強大的力量。你還記得某個有名的案子嗎……我想不起是什麼名字了。據說有個先生毒死了妻子，毒藥是放進酒裡的。後來審判時，女兒說她喝了母親另外半杯酒，因此推翻了加諸於她父親的指控。不過據說……當然也許只是謠言，後來女兒再也沒和父親說過一句話，也沒再和他住在一起。當然，父親是父親，外甥或表弟又是另一回事。但情形還是差不多，誰也不希望自己的家人被吊死，對吧？」

「對，」圓圓想了想說，「我想是的。」

瑪波小姐靠坐在椅上，低聲喃喃自語。

「人與人之間實在非常相像，走到哪裡都一樣。」

「我像誰呢？」

「你嘛，親愛的，你就像你自己。我不知道你能讓我想起誰來，除了……」

「你又來了。」圓圓道。

「我只是想起了我家的打雜女僕，親愛的。」

「打雜女僕？我一定是個很爛的女僕。」

「是的，親愛的，她也一樣，很不擅長站在桌旁伺候別人。桌上常堆得亂七八糟，菜刀和餐刀混成一團，還有她的帽子——這是很久以前的事了，親愛的——從來沒有戴正過。」

圓圓不由自主地整好自己的帽子。

「後來呢？」她迫不及待地問。

「我把她留下來啦，因為家裡有她實在很愉快，她總是逗我發笑。我喜歡她講話直來直往的方式。有一天她對我說：『夫人，我不是很清楚啦，可是弗蘿莉的坐姿和結婚的女人實在很像咧。』果不其然，可憐的弗蘿莉遇到麻煩了……她和一名英俊的髮廊助手有一腿。幸好我及時和那小子談了談，小倆口舉辦了一場溫馨的婚禮，幸福地安頓下來。弗蘿莉是個好女孩，但就是喜歡外表斯文帥氣的男人。」

「她沒去殺人吧？」圓圓問，「我是指你的打雜女僕。」

「沒有，」瑪波小姐說，「她嫁給一個浸信會的牧師，現在一家子已經有五口人了。」

「就像我一樣，」圓圓說，「儘管到目前為止，我只有愛德華和蘇珊。」

過了片刻，她補了一句：「你在想誰呢，瑪波阿姨？」

「很多人，親愛的，很多人。」瑪波小姐含糊其詞地答道。

「是聖瑪莉米德村的人嗎？」

「主要是吧……我想起了艾勒頓護士。她是個極其親切的女人，她照顧過一位老太太，也似乎真心喜歡她。後來那老太太死了，她又去照顧另一位，這患者又死了，結果發現是被注射嗎啡致死，以最仁慈的方式結束生命。最令人震驚的是，那名護士並不認為自己做錯了。『她們反正活不久了。』她說，其中一個罹患癌症，相當痛苦。」

「你是指安樂死嗎？」

「不，不。她們立了遺囑，把錢留給她。她是為了錢，你知道。還有商船上的那位年輕人，是紙店普塞太太的侄子。他把偷來的東西拿回家讓她處理，說是他在國外買的，普塞太太也就相信了。後來警察上門東查西問，年輕人還企圖殺害普塞太太，以免洩漏口風。這年輕人實在太壞了，但他長得非常英俊，有兩個女人愛上了他，他在其中一人身上花了不少錢。」

「我想大概沒有比這更卑鄙了。」圓圓說。

「沒錯，親愛的。還有一位羊毛店的克雷太太，對兒子全心全意，當然也把他慣壞了。

結果那兒子交上一幫不三不四的人。還記得瓊．克芙嗎，圓圓？」

「不記得了。」

「你陪我出外訪客時，可能見過她。她經常叼著菸或菸斗走來走去。有一回某家銀行遭到搶劫，而瓊．克芙當時正好在銀行裡。她把那個男的撂倒在地，奪過他的左輪槍。法官還因為她的英勇表現而讚揚她一番呢。」

圓圓聚精會神地聽著，似乎想把一切記在心裡。

「還有呢……」她追問。

「還有那年夏天，聖珍德林斯的那個女孩，很文靜……不是文靜，而是沉默寡言。大家都很喜歡她，但誰都不是很了解她……後來我們聽說她丈夫是個偽造犯，這讓她覺得自己與人格格不入。最後變得有點古怪，大概是不快樂吧。」

「在你的記憶裡，有沒有在印度服過役的英國上校，親愛的？」

「當然啦，孩子。拉奇斯有位沃恩少校，西姆拉洛奇有位賴特上校，他們倒沒什麼問題。不過我記得銀行經理霍奇森先生，他去搭遊輪，結果娶了一個年輕得可以當他女兒的女孩。不知她是哪裡來的……當然她是有自己的說法。」

「她說的不是實話嗎？」

「對，親愛的，當然不是。」

「還不錯嘛，」圓圓點頭道，一面扳起手指數著。「我們有全心全意的朵拉、儀表堂堂的派屈克、司威頓太太、艾德蒙、妃麗柏．海默斯、伊德布上校和伊德布太太……我覺得你對伊德布太太的看法完全正確，我們真的不清楚她的底細。可是她沒有理由謀殺麗迪亞．布萊克呀。」

「布萊克小姐可能無意間知道了一些她的事吧。」

「哦，親愛的，你是說那種殺人滅口的老故事啊？太誇張了吧。」

「未必。你知道，圓圓，你不是那種十分在乎別人眼光的人。」

「我明白你的意思了，」圓圓忽然說，「如果你身世淒涼，但後來像隻飢寒交迫的流浪貓找到溫暖的家，有人疼，有人愛，有人全心全意將你捧在手心裡，那麼你一定會不顧一切捍衛這一切……天啊，你真是讓我見識了形形色色的人哪。」

「可是你沒看懂他們。」瑪波小姐溫和地說。

「是嗎？我漏掉什麼了？茱莉亞嗎？茱莉亞，漂亮的茱莉亞怪裡怪氣的。」

「三先令六便士。」晚娘臉孔的女侍從陰影裡走過來，她胸口劇烈起伏地說，「我想知道，哈蒙太太，你為什麼說我怪裡怪氣。我有個姑姑的確是信仰療法怪人團的信徒，但我一向是虔誠的聖公會教徒，關於這一點，退休的霍普金牧師可以證明。」

「實在抱歉，」圓圓說，「我只是在拿一首歌做例子，絕對不是指你，我不知道你的名字也叫茱莉亞。」

「真巧啊！」女侍心情略佳地說，「我相信你不是在說我，可是聽到自己的名字，我以為……呃，我當然會以為別人是在談論我，便豎起耳朵聽啦。謝謝。」

她拿了小費離開了。

「瑪波阿姨，」圓圓說道，「你別那麼懊惱嘛。怎麼了？」

「是了，」瑪波小姐喃喃自語，「不可能那樣的，沒有道理……」

「瑪波阿姨！」

瑪波小姐嘆了口氣，旋即又和悅地笑笑。

「沒什麼，親愛的。」她說。

「你是不是知道凶手了？」圓圓問，「是誰呢？」

「我根本不知道，」瑪波小姐回答說，「只是我忽然有個念頭……可是一下又消失了。但願我知道，沒時間了，已經沒時間了。」

「你說沒時間是什麼意思？」

「蘇格蘭的那位老太太隨時可能死去。」

圓圓瞪大眼睛說：「這麼說，你真的相信有皮普和艾瑪了？你認為是他們幹的，而且他們還會再次下手？」

「他們當然還會下手，」瑪波小姐幾乎是心不在焉地說，「有一就有二。一旦決心殺掉某人，絕不會因為第一次失手而放棄，尤其當你確信自己還未被懷疑的時候。」

「但如果是皮普和艾瑪，」圓圓說，「那就只有兩人有可能啦。那一定就是派屈克和茱莉亞，他們是兄妹，而且年齡剛好吻合。」

「親愛的，沒這麼簡單，還有各種其他的結果和組合。有皮普的妻子……如果他結了婚的話；或是艾瑪的丈夫；還有他們的母親……即使她不可能直接繼承遺產，她也會動念。如果布萊克小姐三十年沒見過她，也許現在已經認不出她了，上了年紀的女人看起來都很相像。你還記得有個沃瑟普太太吧，她除了領自己的養老金外，還領了巴特勒太太的那一份，儘管巴特勒太太已經去世好多年。再說，布萊克小姐是個近視眼，你有沒有注意到她是怎麼看人的？還有他們的父親，他顯然不是什麼好人。」

「是啊，但他是個外國人。」

「血統上是，但他的英文未必不好，說話時也未必要比手畫腳不可。他可以和任何人一樣，成功地扮演一位在印度服役的英國上校。」

「這就是你的想法嗎？」

「不，不是，那倒不是，親愛的。我只是想，牽扯到那麼龐大的金額，而我很清楚，人們為了錢，會幹出多麼可怕的事來。」

「我想是的，」圓圓表示，「可是這對他們沒有什麼好處，對吧？不會有好下場的。」

「對。但他們通常不會這樣想。」

「我可以理解。」圓圓忽然笑了，笑得有些無奈。「那會讓你覺得自己換了一個人……即使是我都可以理解。」她尋思。「你騙自己說你會用那筆錢做一堆善事，訂定各種計畫，像是為棄養兒提供一個家，在國外設一處幽靜的處所，安置那些辛勤一生的老婦……」

圓圓的神情變得陰鬱起來，眼神黯然而悲涼。

「我知道你在想什麼，」她說，「你在想，我是最糟糕的那種人，因為我會自欺欺人。如果你是出於自私的理由而想要那筆錢，那麼你會很清楚自己是什麼樣的人。可是一旦你藉口要用錢去做善事，就能說服自己，殺個人其實沒什麼關係……」

然後圓圓的眼睛又亮了起來。

「可是人根本就不該，」她說，「不該殺任何人。即使是老人、病患或做過傷天害理之事的人，即便是騙子，或……十惡不赦之徒，都不應該。」她小心地從咖啡渣裡夾出一隻蒼蠅，放在桌上晾乾。「因為人總是珍惜生命，不是嗎？蒼蠅也一樣。即使你老了，病魔纏身，只能從屋裡爬到陽光下。朱利安說過，這些人比年輕力壯的人更想活下去。他說，死亡對他們來說更難，所以掙扎也就更大。我自己就喜歡活著，不僅是因為我很快樂、幸福、美滿；我說的是活著……醒來，並感覺自己的存在，一分一秒地活著。」

她朝那隻蒼蠅輕輕吹了口氣，蒼蠅動了動腿，然後搖搖晃晃地飛走了。

「高興點，親愛的瑪波阿姨，」圓圓說，「我是絕對不會殺任何人。」

14 回首前塵

坐了一夜的火車，蓋達克警官在蘇格蘭高地的一個小站下了車。

他實在不解，富有如戈德勒太太、殘疾如戈德勒太太者，大可擇居在倫敦的高級住宅區、漢普郡的莊園或法國南部的別墅裡，結果卻偏偏跑到天遠路遙的蘇格蘭老家定居。她在此必然是息交絕游，過得相當孤寂。或者她已病得不在意這一切了？

一輛座車等著接他，那是輛龐大的老式戴姆勒，司機也上了年紀。這是個陽光明媚的早晨，蓋達克儘管不懂老太太何以避居此地，但二十英里的路程十分宜人。一句試探性的話打開了司機的話匣子，使他對箇中原由有了大概的了解。

「這是她少女時的家，唉，她是家族裡最後一個人了。她和戈德勒先生住在這兒，比在別處都過得快樂，雖然主人無法常從倫敦來。可是一來到這裡，兩人就快樂得像孩子一樣。」

老宅的灰牆漸漸映入眼簾，蓋達克感覺時光在一步步倒流。一位年老的男管家接待了他，待他漱洗完畢後，即被領到一個房間，房裡的壁爐燃燒著熊熊烈火，蓋達克就在房裡吃早餐。

用餐完畢，一位身著護士服、舉止文雅且自信的中年婦女走了進來，她介紹自己是麥克蘭護士。

「病人已準備好，可以見你了，蓋達克先生。她正盼望著見你呢。」

「我會盡量不驚動她。」蓋達克許諾道。

「我最好事先提醒你會發生什麼情況，你會發現戈德勒太太看起來很正常。她會開口說話，而且喜歡說話，然後突然間整個人垮掉。到時請你馬上離開，派人叫我。她現在幾乎完全仰賴嗎啡支撐，大部分時間都處於昏睡狀態。為了接待你，我已經給她打了一針嗎啡。等嗎啡的作用逐漸消失，她又會回到半昏迷狀態。」

「我了解，麥克蘭小姐。能不能請你說說戈德勒太太確實的健康狀況？」

「呃，蓋達克先生，她是個行將就木的人，只剩幾週可活了。我若說，其實她多年前就已經死了，你大概會覺得奇怪，但這是事實。支撐著戈德勒太太活下來的原因，是她對生命強烈的渴求與熱愛。對一個多年來身體殘疾、十五年未踏出家門一步的人來說，這話聽起來或許不具說服力，但這是事實。戈德勒太太的身體一向不好，但求生意志堅強得驚人。」她微笑著加了一句：「你會發現，她還是一個十分迷人的女性呢。」

蓋達克被領進一間大臥室，裡面生著火，一位老太太躺在一張有著篷帳的床上。儘管她僅比麗迪亞・布萊克大上七、八歲，但羸弱的身體使她看上去比實際年齡蒼老。

她一頭白髮梳理得紋絲不亂，肩頸上圍著一塊淺藍的毛織品。臉上的線條有著痛楚，但也有滿足。奇怪的是，蓋達克竟覺得她黯然的藍眼睛裡閃著調皮的光芒。

「真有意思，」她說，「我不常接待警察，聽說麗迪亞・布萊克在那次襲擊中並沒受到多大傷害？親愛的麗迪還好嗎？」

「她很好，戈德勒太太。她向你問候。」

「我很久沒見到她了……多年來，我只在聖誕節寄張賀卡。夏洛蒂死後，她回到英格蘭，我請她來這兒住，但她說，經過這麼久了，再與故人見面會很痛苦，也許她說得對……麗迪是個通曉人情的人。大約一年前，我有位老同學來看我，結果啊，」她微微一笑。「弄得兩個人都厭煩得要死。等說完過去種種之後，就再也無話可說了。真是令人尷尬。」

蓋達克樂得讓她不停地說，然後再提問題。他其實想聽聽以前的事，了解一下戈德勒與布萊克的關係。

她精明地問道：「我想你是想了解錢的事吧？藍道立下遺囑，在我死後把錢留給麗迪。當然啦，藍道作夢也沒料到我會比他長壽。他個頭大又身強力壯，從沒生過一天病；而我總是三天兩頭生病，東抱怨西抱怨，醫生來了都不看好。」

「『抱怨』並不貼切吧，戈德勒太太。」

老太太笑出聲來。

「我說的抱怨並不是指怨天尤人，我不太會自怨自嘆。只是大家都認定我身體這麼虛弱，應該會早一步走。然而結果並非如此，是啊，並非如此。」

「令夫為什麼要那樣處理他的遺產？」

「你是說他為何把錢留給麗迪吧？原因並不是你想的那樣。」她眼中的光芒更亮了。「你們警察就會亂想！藍道從來沒有愛過麗迪，麗迪也沒愛過他。麗迪的心智與男人一般，沒有女性的柔情與脆弱。我相信她從未愛過任何男人，她從來就沒有特別漂亮過，也不講究衣著。她會略施脂粉，以跟從時尚，但目的不是為了讓自己漂亮。」她蒼老的聲音流露著疼惜。「麗迪從來不懂做女人的快樂。」

蓋達克饒有興致地看著大床上這位虛弱的小老太太。他發現，蓓兒．戈德勒依然樂於享受做女人的種種樂趣。她眨著眼望著他。

「我一向認為，」她說道，「做男人一定無聊得很。」

然後她若有所思地說：「我覺得藍道把麗迪當成了弟弟，他仰賴她的判斷，而她的判斷總是那麼精準。你知道，她不只一次解救藍道脫離困境。」

「布萊克小姐告訴我說，她曾經給予金援？」

「沒錯，但我指的不是這個。這麼多年過去了，也可以說真話了。藍道不太懂得分辨曲直，他不會分辨何謂精明、何為狡詐。麗迪使他免於誤入歧途。麗迪亞．布萊克有個特點，她為人非常正直，絕不會做什麼欺世盜名的事，十分剛正不阿，我向來很欽佩她。她們姐妹小時候也吃過不少苦，她們父親是位鄉村醫生，頭腦既遲鈍又褊狹，是家裡的暴君。麗迪離家到倫敦，靠自修取得會計師執照。她妹妹有些殘疾，大概是天生畸形吧，所以從不外出或見人。老先生一死，麗迪便放下一切趕回家照顧妹妹。藍道氣壞了，可是沒用。麗迪只要認定是自己的責任，就會義無反顧去做，而且堅定不移。」

「那是你先生死前多久的事？」

「我想兩三年吧。藍道是在她走之前立下的遺囑，後來也沒有改動過。他對我說：『我們沒有子女，』我們的兒子兩歲時死了。『你我走了以後，最好是由麗迪把錢繼承過去。她一定會在股市大顯身手，震驚商界。』

「你知道，」蓓兒繼續說，「藍道在賺錢的遊戲中得到太多樂趣了。問題不在錢，而在於有投機、有風險、有樂趣。麗迪也喜歡這一切，她具有同樣的冒險精神和敏銳度。可憐的麗迪，從來沒有過平凡的樂趣……戀愛、惹男人注意、向男人耍賴、成家、生兒育女，以及真實生活的點點滴滴。」

蓋達克心想，這位老太太一生受痼疾折磨，唯一的孩子夭折，丈夫也死了，一個人過著孤寂的寡居生活，卻又覺得別人可憐、可悲，真是奇怪。

老太太朝他點點頭。

「我知道你在想什麼，可是我這輩子真的沒有白活。很多東西也許會被奪走，但我真的都擁有過。我年少時漂亮快樂，嫁給我深愛的人，他對我的愛也從來沒有停止……說到孩子，孩子雖死了，但我畢竟和他度過了寶貴的兩年。我的肉體上是有過很多痛苦，不過正因為如此，才懂得如何享受疼痛停止時的歡樂。再說，大家都對我那麼好……我是個幸運的女人，真的。」

蓋達克從她的話裡找到一個機會。

「戈德勒太太，你剛才說你先生之所以把錢留給布萊克小姐，是因為他沒有其他的繼承人。但嚴格說起來並不是這樣，對吧？他還有個妹妹。」

「啊，索妮雅。可是他們幾年前吵過架後，便不相往來了。」

「戈德勒先生反對她的婚事？」

「是的，她嫁給一個男的，叫……是姓什麼……」

「史丹佛。」

「就是史丹佛，狄米崔．史丹佛。藍道說他是個騙子，兩個男人從一開始就不對頭。但索妮雅瘋狂地愛著他，一心一意想嫁給他。我從來就不覺得她不該嫁他呀。男人對這種事的看法真是奇怪，索妮雅又不是小孩，都已經二十五歲了，她很清楚自己在做什麼。我相信他是個騙子……我的意思是，真正的騙子。我覺得他一定有過犯罪前科……藍道總是懷疑他當時用的是假名。這一切索妮雅都很清楚，問題是——藍道當然不能苟同——狄米崔實在太有女人緣了，而且他愛索妮雅就和索妮雅愛他一樣深。藍道認定他娶她是為了錢，但其實不是這樣。索妮雅長得很漂亮，也很有個性，如果這場婚姻的結局不好，如果狄米崔對她不好或背叛她，她一定會一走了之。索妮雅是個富婆，可以隨心所欲地生活。」

「兩人的嫌隙就一直沒有敉平嗎？」

「沒有。藍道和索妮雅本來就處不好，她氣藍道反對她的婚姻，便說：『好吧，既然你這麼不通人情，以後我們就一刀兩斷吧！』」

「但她沒有對你也一刀兩斷吧？」

蓓兒笑了。

「沒有，十八個月後，我接到她的信。我記得信是從布達佩斯寄來的，但她沒有留下地址。她要我告訴藍道，她幸福極了，而且生了一對雙胞胎。」

「她有提到孩子的名字嗎？」

蓓兒又微微一笑。

「她說他們是正午剛過出生的，她打算叫他們皮普和艾瑪。當然這很有可能只是在開玩笑。」

「之後你就再也沒聽到她的消息了？」

「對。她說她和丈夫要帶孩子去美國住一陣，然後我就沒再聽到她的任何消息了……」

「你還保存著那封信吧？」

「沒有，信丟了。我把信唸給藍道聽，他只是咕噥說：『總有一天她會後悔嫁給那傢伙。』他就說了這些而已，我們真的把她遺忘了，索妮雅已走出了我們的生活。」

「然而戈德勒先生卻把財產留給了索妮雅的孩子，以防布萊克小姐先你而去？」

「哦，那是我的主意。藍道告訴我遺囑的事時，我對他說：『萬一麗迪比我先走呢？』他感到很詫異。我說：『啊，我知道麗迪壯得像牛一樣，而我則弱不禁風……可是萬一有了意外呢？而且人家不是說，病弱的人也許更長壽。』然後他說：『但我沒人可以繼承了呀，半個也沒有。』我說：『還有索妮雅。』他馬上說：『把我的錢讓給那傢伙？不，門都沒有！』我說：『那麼給她的孩子吧。皮普和艾瑪，現在說不定又多出好幾個了。』他雖然嘀咕半天，但還是把這一條加進去了。」

「從那時起，」蓋達克緩緩說，「你就一直沒聽到索妮雅和她孩子的消息？」

「沒有。他們可能死了，也可能在任何地方。」

更可能在奇平村，蓋達克心想。

蓓兒．戈德勒彷彿看透了他的心思，她的目光裡露出了驚訝。她說：「別讓他們傷害麗迪。麗迪是好人，非常好，你要保護她……」

她的聲音突然消失。蓋達克看見她的嘴角和眼裡忽然一灰。

「你累了，」他說，「我得走了。」

她點點頭。

「叫麥克蘭護士進來，」她小聲地說，「好好照顧麗迪，絕對不能讓她出事，好好看著她……」

「我會盡力的，戈德勒太太。」蓋達克站起身，朝門口走去。

蓓兒的聲音細若遊絲，在他身後飄蕩：「時間不多了……我死之前，她有危險……照顧……」

麥克蘭護士從蓋達克身邊走過時，他不安地問道：「希望我沒有讓她的病情惡化。」

「啊，我想不會的，蓋達克先生。我跟你說過，她會突然很累。」

後來他問護士。

「我只有一件事沒來得及問戈德勒太太，她有沒有過去的照片？如果有，我想……」

護士打斷他說：「恐怕沒有，開戰之初，她便把所有私人文件、物品連同家具放在倫敦的宅邸。當時戈德勒太太病得很重。後來東西全被炸壞了，失去那麼多紀念物和證件，戈德勒太太感到非常心疼，只怕那些東西全付之一炬。」

那就到此為止了，蓋達克心想。

然而他覺得此行並沒有白費。皮普和艾瑪這兩個傳說中的雙胞胎，確實真有其人。

蓋達克想，這對雙胞胎是在歐洲某處長大的。雖然索妮雅．戈德勒結婚時還是個富婆，但戰亂期間，歐洲的貨幣波動極大，兩名年輕人的父親又有前科。假如他們身無分文地來到英格蘭，他們會幹些什麼？尋找那些有錢親戚的下落。而他們的舅舅，一個腰纏萬貫的富豪，已魂歸西天。也許他們會先去找遺囑，看看他們或他們的母親有沒有機會繼承遺產。於是他們去打探遺囑內容，發現有麗迪亞．布萊克這個人。接著他們再打探藍道．戈德勒遺孀的狀況。她是個病人，住在蘇格蘭，而且活不久了。要是這個麗迪亞．布萊克比她先死，他們就可以拿到一筆鉅額財產。所以，接下來他們會怎麼做？

他們當然不會來蘇格蘭，而是先找到麗迪亞．布萊克，到她那兒去……但不是以真實身分出現。他們會一道去，還是分別去？艾瑪。嗯，皮普和艾瑪……

這兩人或其中一人必定在奇平村，蓋達克心想，沒有的話，我的名字就倒著寫……

15 可口死了

布萊克小姐正在小圍場廚房裡給米姬下指示。

「番茄三明治和沙丁魚三明治，還有你很會做的鬆餅，另外再請你做點拿手的蛋糕。」

「你要這麼多東西，有派對嗎？」

「是邦妮小姐的生日，有些客人會過來喝茶。」

「她這種年紀了還過什麼生日，還不如忘掉算了。」

「可是她不想忘。好多人要給她送禮物；而且開個小派對也很好呀。」

「上次你也這麼說，結果看看發生了什麼事！」

布萊克小姐忍住脾氣沒發作。

「好啦，這次不會有事。」

「你怎麼可能知道會發生什麼？我整天都在發抖，晚上我得鎖上門，還得看看衣櫃裡有沒有躲人。」

「這樣你一定覺得比較安全放心了吧。」布萊克小姐冷冷地說。

「你要我做的蛋糕，是……」

米姬吐出一個音，這在布萊克小姐那習慣英語的耳朵聽來，倒像是德文或兩隻貓在互吐口水。

「就是這個，那種很油的蛋糕。」

「沒錯，是滿油的，不過我什麼也沒有啊！沒辦法做那種蛋糕。我需要巧克力、很多奶油、糖和葡萄乾。」

「你可以用美國寄來的這罐奶油，還有我們原本準備留到聖誕節用的葡萄乾，這裡有一大片厚巧克力和一磅白糖。」

米姬的臉頓時燦然如花。

「好，我會做出很棒很棒的蛋糕。」她欣喜若狂地大聲說，「蛋糕會香噴噴的，入口即化！蛋糕上面再澆上巧克力碎片，我會用心做，上面還要寫著『祝福你』的字樣。英國人做的蛋糕吃起來像沙子，他們根本沒吃過這樣的蛋糕。他們一定會說真可口、真可口……」她的臉色又是一沉。「派屈克先生竟然把我的蛋糕叫成『可口死了』！我可不准別人這樣叫它！」

「人家其實是在恭維你，」布萊克小姐說，「他的意思是，吃了這樣的蛋糕死都值得。」

米姬滿腹狐疑地望著她。

「可是我不喜歡什麼死不死的。他們不會因為吃了我做的蛋糕就死掉，不會的，他們會覺得非常非常幸福……」

「我相信一定會。」

布萊克小姐鬆口氣，轉身離開廚房，這次談話終於有了「善終」。和米姬談話，結果誰也難料。

她在廚房外面碰見朵拉·邦妮。

「噢，麗迪，要不要我進去告訴米姬怎麼切三明治？」

「別去，」布萊克小姐說著硬將邦妮拖到走廊上。「她現在心情很好，我不想讓她受到影響。」

「但是我可以教她怎麼……」

「拜託你什麼也別教她，朵拉。中歐人不喜歡聽人使喚，他們很討厭這樣。」

朵拉疑惑地望著她，接著忽然綻開微笑。

「艾德蒙·司威頓剛才打電話來祝我生日快樂，還說下午要帶一罐蜂蜜來送我。真好，不是嗎？天曉得他怎麼會知道今天是我的生日。」

「好像大家都知道，一定是你一直在談這件事，朵拉。」

「哦，我只是碰巧提到今天我滿五十九歲嘛。」

「你六十四歲啦。」布萊克小姐眨著眼說。

「可是辛珂芙小姐說：『你看起來沒那麼老啊！你猜我多大了？』這個問題很難回答呀，因為她看起來怪裡怪氣，哪種年紀都有可能。她說要順便給我送些雞蛋來，因為我跟她說我們的雞最近沒下多少蛋。」

「那麼說，你的生日可以過得很豐盛囉，」布萊克小姐說，「蜂蜜、雞蛋……還有茱莉亞弄來的一大盒巧克力……」

「不知道她去哪弄到這種東西。」

「最好別問，搞不好她是從黑市弄來的。」

「還有你送的可愛胸針。」邦妮小姐低下頭，自豪地望著別在胸前的鑽葉小別針。

「你喜歡？我很高興。我一向不喜歡珠寶。」

「我很喜歡。」

「很好。我們去餵鴨吧。」

§

「哈，」當大夥圍在餐桌邊時，派屈克誇張地叫道，「我前面擺的是什麼？是『可口死了』嗎？」

「噓，」布萊克小姐說，「別讓米姬聽見，她很討厭你這樣稱呼她的蛋糕。」

「但真的是可口死了啊！是邦妮的生日蛋糕嗎？」

「沒錯，」邦妮小姐說，「這次生日真是太棒了。」

她的臉頰因為激動而緋紅。在此之前，伊德布上校為她送上一盒糖果，還彎身鞠躬說：「甜甜的糖給甜甜的人兒。」之後，她的臉就一直紅著。

茱莉亞匆匆掉過頭去，布萊克小姐皺眉望望她。

桌上的佳餚吃完後，大家又傳了一輪字籤餅乾，才從各自的座位上起身。

「我覺得有點不舒服，」茱莉亞說，「是因為蛋糕。我記得上次也是這樣。」

「還是值得一吃。」派屈克道。

「這些外國人很會做糕點，」辛珂芙小姐說，「就是不會做純粹的煮布丁。」

大家出於尊重，都沒發表意見，但派屈克實在很想問問，是不是真的有人想吃「純粹的煮布丁」。

「你請了新園丁啦？」大家回到客廳後，辛珂芙小姐問布萊克小姐。

「沒有。怎麼了？」

「我看見有個男的在雞棚周圍探頭探腦。那人挺帥氣的，很像軍人。」

「哦，那個呀，」茱莉亞說，「那是我們的偵探。」

伊德布太太的手提包一下掉在地上。

「偵探？」她喊道，「那……那是為什麼呢？」

「我也不知道，」茱莉亞說，「他在四處走動，盯著小圍場。我猜他是在保護麗迪阿姨吧。」

「胡說八道，」布萊克小姐說，「我會自己保護自己，謝了。」

「那件事應該已經過去了吧，」伊德布太太叫道，「不過我本來就想問你，他們為什麼把審訊延後了？」

「警方還有疑問，」她丈夫回答道，「就是這個原因。」

「他們還有什麼疑問？」

伊德布上校搖搖頭，一副明明知道卻不想講的樣子。討厭上校的艾德蒙·司威頓說了。

「就是，我們大家都被懷疑。」

「被懷疑什麼？」伊德布太太又問。

「別問了，老婆。」她丈夫說。

「懷疑有人會伺機而動，」艾德蒙說，「一逮到機會就下手謀殺。」

「噢，拜託，請別這樣說，司威頓先生。」朵拉·邦妮哭了起來。「我相信不會有人想殺親愛的麗迪。」

大家一時尷尬極了。艾德蒙脹紅著臉低聲說：「我只是開開玩笑而已。」

妃麗柏提高嗓門，建議大家聽聽六點整的新聞，眾人爭先恐後表示同意。

派屈克低聲對茱莉亞說：「如果哈蒙太太來就有意思了，她一定會扯開嗓門接著說：『但我覺得還是有人在找機會向你下毒手吧，布萊克小姐？』」

「幸好她和那個瑪波小姐都沒來，」茱莉亞說，「那個老太太很愛東探西探，腦子裡也不知道在想些什麼，表面完全看不出來。」

大家聽著新聞，一下子便把話題轉到原子戰爭的恐怖話題上。伊德布上校說，真正威脅人類文明的絕對是俄國人，而艾德蒙卻表示自己有幾位可愛的俄國朋友……大家對他的說法反應十分冷淡。

客人們再次謝過女主人後，派對便告結束了。

「開心嗎，邦妮？」送走最後一位客人後，布萊克小姐問道。

「啊，是的。但我的頭疼得厲害，我想是因為太興奮了吧。」

「是那個蛋糕，」派屈克說，「我覺得肝怪怪的。而你一整個早上都在啃巧克力。」

「我想去躺一躺，」邦妮小姐說，「吃兩片阿斯匹靈，然後好好睡一覺。」

「這主意不錯。」布萊克小姐表示。

邦妮小姐上了樓。

「要我幫你關鴨子嗎，麗迪阿姨？」

布萊克小姐正色看著派屈克。

「如果你保證能鬥好那道門的話。」

「我會的，我發誓一定會。」

「來杯雪利酒吧，麗迪阿姨，」茱莉亞說，「以前我奶媽常說：『雪利酒可以暖胃。』雖是歪理，不過用在這時候倒挺恰當的。」

「好吧，或許喝杯酒也不錯，我實在吃不慣油膩的東西。唉，邦妮，你把我嚇了一跳，怎麼啦？」

「我找不到我的阿斯匹靈。」邦妮小姐悶悶不樂地說。

「那麼拿我的去吃吧，在我床頭。」

「我的梳妝台上也有一瓶。」妃麗柏說。

「謝謝，非常感謝，要是我找不到的話……可是我明明記得放在某個地方呀，一瓶新買的，我到底放到哪兒去了？」

「浴室裡有一大堆，」茱莉亞不耐煩地說道，「家裡多的是阿斯匹靈。」

「真氣自己這麼粗心大意，亂放東西。」邦妮小姐說，然後又回到樓上去了。

「可憐的老邦妮，」茱莉亞扶了扶自己的眼鏡說，「你覺得我們要不要給她喝一點雪利酒？」

「最好不要，」布萊克小姐說，「她今天已經太興奮了，這其實對她並不好，只怕她明天還會更糟。不過，我覺得她今天過得很開心！」

「她高興極了。」妃麗柏說。

「我們給米姬一杯雪利酒吧，」茱莉亞建議道。「喂，派屈克，」茱莉亞聽見派屈克進門時喊道，「叫米姬過來。」

米姬被叫了進來，茱莉亞幫她倒了一杯雪利酒。

「敬世界上最棒的廚師。」派屈克說。

米姬十分滿足……但還是覺得應該表示一下抗議。

「唉，我又不是真的廚師。我在我們國家可是坐辦公室的。」

「那簡直是浪費人才，」派屈克說，「坐辦公室怎麼能與製作可口死了相提並論？」

「噢，我跟你說過我不喜歡……」

「我才不在乎你喜歡什麼呢，米姬，」派屈克說，「這是我給它取的名字。讓我們為可口死了乾杯，就算人為食亡也值得。」

§

「妃麗柏，我親愛的，我想和你談談。」

「哦，布萊克小姐？」

妃麗柏略微吃驚地抬起頭來。

「你在擔心什麼，對吧？」

「擔心？」

「我發現你最近一臉憂心，沒出什麼事吧？」

「啊，沒有，布萊克小姐。為什麼會出事？」

「呃，我在想，也許你和派屈克……」

「派屈克？」妃麗柏這下看起來真的頗為吃驚了。

「這麼說應該和他沒關係。如果我說錯了，請你原諒。可是你們兩人時常在一塊，派屈克雖是我表弟，但我不認為他會是個好丈夫，總之，至少短期間內不會是。」

妃麗柏的臉一僵。

「我不會再嫁人了。」她說。

「啊，會的，總有一天你會的，親愛的孩子，你還年輕哪。但我們用不著討論這個。是不是有別的麻煩？比如金錢方面的事？」

「沒有，我沒事。」

「我知道你有時會為兒子的教育費著急，所以才想跟你說這件事。今天下午我開車去米徹斯特見了貝丁菲律師。最近這裡很不安寧，所以我想重新立個遺囑，以防不測。除了留給邦妮的那筆錢外，我其他的財產都留給你，妃麗柏。」

「什麼？」妃麗柏一驚，緊盯著對方，表情十分驚慌，幾近恐懼。「可是我不要，真的不要……啊，我寧願不要……這究竟是為什麼？為什麼要給我？」

「也許是，」布萊克小姐用一種奇特的語氣說，「因為再也沒有別人了吧。」

「可是還有派屈克和茱莉亞啊。」

「沒錯，是還有派屈克和茱莉亞。」布萊克小姐的語氣仍然十分怪異。

「他們是你的親戚呀。」

「只是遠房的親戚，他們沒有權利對我要求什麼。」

「可是我……我也沒有。我不知道你是怎麼想的……噢，我不要。」

她的眼神裡敵意多於感激，而且看來十分驚懼。

「我知道自己在做什麼，妃麗柏。我很喜歡你，而且你又有個孩子……如果我現在死了，你得不到多少……但幾週後，情況可能就不一樣了。」

她的目光緊緊盯住妃麗柏的眼睛。

「可是你不會死呀！」妃麗柏抗議道。

「如果我能預先防範，應該不會。」

「防範？」

「對。好好想想吧，別再擔心了。」

布萊克小姐突然走出房間，妃麗柏聽見她在走廊裡和茱莉亞說話的聲音。

過了一會兒，茱莉亞走進了客廳。

她眼裡閃著銳利的光芒。

「你的城府可真深哪，妃麗柏。原來你是那種暗地裡來的人，是一隻狐狸。」

「你聽說了……」

「是呀，我聽說了。我是刻意被告知的。」

「你是什麼意思？」

「我們的麗迪可不是傻瓜呀……不過，不管怎麼說，你手腕挺好的，妃麗柏，絲毫不費吹灰之力，不是嗎？」

「噢，茱莉亞，我沒有那個意思，我從來就沒想過……」

「沒有嗎？你當然有。你什麼都缺，不是嗎？尤其缺錢缺得緊。可是你給我記住，要是麗迪阿姨有個三長兩短，你就是頭號嫌犯。」

「但我怎麼可能呢？這種時候殺掉她，我豈不是太笨了……」

「這麼說，你確實知道那個蘇格蘭老太婆快斷氣囉？我還一直納悶呢！妃麗柏，現在我開始相信你的確是隻厲害的狐狸了。」

「我並不想搶去你和派屈克的東西。」

「不想嗎，親愛的？很抱歉，我無法相信你。」

16 蓋達克的歸來

蓋達克警官乘夜車歸來，但他夜裡睡得極糟，一路做著噩夢。他一遍又一遍地跑過某個古堡的昏暗走廊，拚命想趕到什麼地方，或想及時阻止什麼。最後他夢見自己醒來，渾身頓覺解脫。然後，他包廂的門徐徐滑開了，麗迪亞・布萊克把血淋淋的頭伸進來，望著他，一面怪他：「你為什麼不救我？你要是盡力，是能夠辦到的。」

這下子他真的醒了。

謝天謝地，警官總算到達了米徹斯特。他直接趕回局裡，向李斯泰做彙報，後者聽得很仔細。

「此行並未使案情有所進展，」他說，「不過證實了布萊克小姐的話。皮普和艾瑪……哼，我要知道他們是誰。」

「派屈克、茱莉亞・西蒙斯的年齡與那兩人相符，局長。若是我們能夠證實，布萊克小姐從他們小時便沒見過他們……」

李斯泰抿嘴一笑，說道：「我們的盟友瑪波小姐已經幫我們證實了。實際上，布萊克小姐兩個月前才第一次見到他們。」

「那麼，果不其然，局長……」

「事情沒這麼簡單，蓋達克。我們一直在進行調查。就目前所知，派屈克和茱莉亞似乎沒有嫌疑。派屈克在海軍的檔案是真實的，他的表現十分良好。我們也到戛納查過了，一位西蒙斯太太很不高興地說，她兒子和女兒的確是跟表姐麗迪亞・布萊克住在奇平村。結果就是這樣！」

「而那位西蒙斯太太就一定是真正的西蒙斯太太嗎？」

「人家她叫西蒙斯太太已經很久了，我只能這麼說。」李斯泰冷冷地答道。

「這似乎夠清楚了。只有這兩人的年齡吻合，布萊克小姐本身並不認識他們。如果要找皮普和艾瑪，喏，人就在那兒。」

局長若有所思地點點頭，然後把一張紙推向蓋達克。

「這是我們調查伊德布太太的結果。」

警官邊看邊豎起了眉毛。

「有意思，」他說，「她真的把她老公完全蒙在鼓裡，不是嗎？但我看和這個案子沒什麼關係。」

「表面上看來是沒有。」

「但這一條與海默斯太太有關。」

蓋達克又揚起了眉毛。

「我看我得再和海默斯太太談一談。」他說。

「你認為這個線索可能與本案有關？」

「有可能。當然，這只能碰運氣了……」

兩人一時陷入了沉默。

「佛萊哲有什麼進展嗎，局長？」

「佛萊哲非常努力，在取得布萊克小姐的同意後，他對小圍場做了一次例行搜查，但並無重大發現。然後他想查證誰有機會給那道門上油，找出米姬外出時還有誰待在宅邸裡，結果情況比我們想像的還要複雜，因為她幾乎每天下午都要出去散步，通常是到村裡，然後在藍鳥喝杯咖啡。因此，一旦布萊克和邦妮小姐出門採黑莓時——大部分是在下午——進出那裡就如入無人之境。」

「而且門通常不會上鎖嗎？」

「以前都不鎖，但我想現在會了。」

「佛萊哲查到什麼結果？房子空無一人時，誰溜進去了？」

「實際上他們全去過了。」

李斯泰看了看面前的紙頁。

「莫加璐小姐送了一隻母雞去孵蛋（聽起來挺複雜的，不過這是她說的），她十分慌張，而且說話自相矛盾。但佛萊哲認為那是因為她的個性如此，而非出於內疚。」

「也許吧，」蓋達克承認，「她心緒亂掉了。」

「接著，司威頓太太來拿布萊克小姐幫她留在廚房桌上的馬肉，因為那天布萊克小姐開車去米徹斯特，只要去那裡，她總會幫她帶點馬肉回來。你看出什麼名堂沒有？」

蓋達克思考著。

「布萊克小姐幹嘛不在回來路經司威頓太太家時，順便把馬肉給她？」

「我不知道，但她沒有。司威頓太太說她——布萊克小姐——一向都把馬肉放在廚房桌上，而她——司威頓太太——喜歡等米姬不在的時候再去取，因為米姬有時候很不客氣。」

「解釋得倒是很連貫。下一個呢？」

「辛珂芙小姐。她說她最近根本沒去，但其實她去了。因為米姬有一天看見她從邊門出來，巴特太太也一樣……她是本地人。辛珂芙小姐後來承認自己可能去過，但她忘了，也不記得去幹什麼，只說應該是順道去看看而已。」

「這倒是很奇怪。」

「顯然和她的人一樣怪。然後是伊德布太太，她在那一帶溜狗，所以順道進去看看布萊克小姐是否能借她針織的打樣，但布萊克小姐不在。她說她當時等了一會兒。」

「只有這樣嗎？可能她還四處打探，給門上了油吧。上校呢？」

「他拿了一本關於印度的書去，說是布萊克小姐表示想看這本書。」

「她有嗎？」

「布萊克小姐說她根本不想看，但推不掉。」

「那倒是真的，」蓋達克說，「要是有人硬要借你書，你真的很難推得掉！」

「我們不知道艾德蒙・司威頓是否去過小圍場。他的話含糊其辭，說是偶爾也會順道去那裡，替他母親辦點事，但他認為最近應該沒去。」

「所以這些話全都不是肯定的囉。」

「是的。」

李斯泰露齒笑道：「瑪波小姐也是活動頻繁。佛萊哲說，她有天上午去藍鳥喝咖啡，又去礫石山莊喝了雪利酒，再到小圍場品茶。她大力讚美司威頓太太家的花園，還順便去伊德布上校家，欣賞他的印度古玩。」

「她能告訴我們這個伊德布上校到底是真是假嗎？」

「她會弄清楚，我想……他看起來似乎沒問題。我們會與遠東的政府機關核對，釐清他的身分。」

「這期間，」蓋達克打斷他的話。「你認為布萊克小姐會同意離開嗎？」

「你是說離開奇平村嗎？」

「對。不妨帶著忠實的邦妮同行，去一個不為人知的地方。她大可到蘇格蘭和蓓兒・戈德勒住，要去那邊可不容易。」

「住下來等著她斷氣？我想她不會這麼做，任何一個善良的女人都不會喜歡這個建議。」

「如果事關她的性命……」

「安啦，蓋達克，殺一個人可沒有你想像的那麼容易。」

「是嗎，局長？」

「呃，我同意從某方面來說，其實也很簡單。方法很多，比如用除草劑下毒、等她出來關雞鴨時給她當頭一棒，這都很好下手。不過要殺人又要不被懷疑，就大大不容易了。凶手現在一定意識到自己受到了監視。原來精心策畫的計謀失敗了，這位神祕的凶手只得另做打算。」

「這我知道，局長。但凶手得考慮時間因素，戈德勒太太來日無多，很可能隨時斷氣，這表示凶手無法多做等待。」

「沒錯。」

「還有，局長，凶手一定知道我們在調查每個人的底細。」

「這是很費時間的，」李斯泰嘆道，「我們得和印度那邊核對。不錯，這是件既費時又枯燥的工作。」

「因此，我們非得快馬加鞭不可，我相信危險迫在眉睫。這涉及一大筆財富，萬一蓓兒・戈德勒死了……」

一名警員走進來，蓋達克立即住口。

「萊格警佐從奇平村打來的電話，局長。」

「接進來。」

蓋達克警官一直盯著局長，看見局長的表情由嚴肅變成僵硬。

「很好，」李斯泰吼道，「蓋達克警官馬上就過去。」

他放下話筒。

「是……」蓋達克欲言又止。

李斯泰搖搖頭。

「不是，」他說道，「是朵拉・邦妮。她想吃阿斯匹靈，從擺在麗迪亞・布萊克床頭的瓶子裡拿了三片，服了兩片，留下一片。法醫取了那一片送去分析，他說那絕對不是阿斯匹靈。」

「邦妮死了嗎？」

「是的，今天早上發現她死在床上。法醫說是在酣睡中死去的。他說儘管她的身體狀況很差，但他認為不是自然死亡，猜測是中毒。今晚會驗屍。」

「布萊克小姐床頭的阿斯匹靈……好狡詐的惡魔。派屈克告訴我，布萊克小姐扔掉了半瓶雪利酒，然後新開了一瓶。我想她不會隨便亂扔打開過的阿斯匹靈吧。這回誰去過房子裡……最近的一兩天內誰去過？那些藥不可能在那兒擺很久才對。」

李斯泰看著他。

「所有的人昨天都在那兒，」他說，「他們去參加邦妮小姐的生日派對。任何一個人都可能溜上樓，神不知鬼不覺地把藥片掉包。當然了，住在小圍場裡的每個人，也都可能隨時下手。」

17 相簿

瑪波小姐全身裹得密密實實，站在牧師家大門口，從圓圓手裡接過一張便條。

「告訴布萊克小姐，」圓圓說，「朱利安很遺憾不能親自去，洛克村有位教民在彌留之際。如果布萊克小姐想見他的話，他會在午飯後趕過去。便條是關於葬禮安排的事，若驗屍審訊訂在星期二，他建議葬禮訂在星期三。可憐的邦妮，她就是這樣，就偏偏會拿到下了毒的阿斯匹靈，那本來是給別人預備的。再見了，親愛的阿姨，但願這段路對你來說不會走得太辛苦，可是我一定得送那孩子去醫院啊。」

瑪波小姐表示路途不算太遠，然後圓圓便趕緊離開了。

瑪波小姐一邊等待布萊克小姐，一邊環顧客廳四周，同時思忖那天上午朵拉・邦妮在藍鳥說的話究竟是何含義。邦妮說，她覺得派屈克「給檯燈動了手腳」，好「把燈弄熄」。什麼檯燈？他又是如何「動手腳」的？

瑪波小姐斷定，邦妮指的一定是放在拱門邊桌上的那盞檯燈。她還提到牧羊女或牧羊人（那實際上是德瑞斯頓出產的一件精品瓷器，一個身披藍衫、下穿紅褲的牧羊人手持一盞燈）原是燭台，如今改成了檯燈。燈罩是用純羊皮紙做的，有點偏大，幾乎遮住了陶瓷的人體。朵拉・邦妮還說了些什麼？「我記得清清楚楚是牧羊女的，可是到了第二天……」現在自然是牧羊人了。

瑪波小姐記得她和圓圓去喝茶時，朵拉・邦妮說過檯燈原是一對。當然了，牧羊人配牧羊女嘛。案發當天還是牧羊女，到了第二天就變成另外一盞檯燈，也就是現在的這盞牧羊人。檯燈在夜裡被調換了，而朵拉・邦妮有理由（或並無理由）相信掉包的人是派屈克。

為什麼？是因為若去檢查原本的燈，便能發現派屈克是如何「將燈弄熄的」。他又是怎麼弄的呢？瑪波小姐仔細端詳面前的檯燈。電燈的線順著桌沿牽進了牆壁，電線中段有個梨形的開關。但瑪波小姐看了也是沒用，因為她對電器實在一竅不通。

不知那盞牧羊女檯燈現在何處？在儲藏室，還是被扔掉了……朵拉・邦妮撞見派屈克拿著羽毛和裝油的杯子時是在什麼地方？瑪波小姐決定把這些疑點留給蓋達克警官。

最初布萊克小姐一下就判斷啟事是派屈克登的，這種直覺式的看法往往證實是對的，因為如果你相當了解一個人，就會知道他們心裡在想些什麼……

派屈克・西蒙斯……

一個年輕、帥氣而迷人的小夥子，一個令少女、老嫗都喜歡的男子。也許藍道・戈德勒的妹妹嫁的就是那種男人。派屈克．西蒙斯有可能是「皮普」嗎？但戰時他在海軍哪，這點警方很快就查出來了。

只不過，有時候冒名頂替的事是會發生。

只要你夠大膽，就能大撈一筆，然後逃之夭夭……

門開了，布萊克小姐走進來。瑪波小姐覺得她看上去老了好幾歲，生命力與精力似乎從她身上抽空了。

「很抱歉這樣打擾你。」瑪波小姐說，「但牧師去照顧一位彌留中的教民了，而圓圓又急著送孩子到醫院看病。牧師有張便條要給你。」

她遞上便條，布萊克小姐接過去打開來。

「請坐，瑪波小姐，」她說，「還麻煩你送便條來，真是萬分感謝。」

她將便條看了一遍。

「牧師是個非常體恤別人的人，」她靜靜表示，「不會自以為是的去安慰別人……請轉告他，這個安排非常合適。朵拉……她最喜歡的讚美詩是『照亮仁慈之光』。」

她突然哽咽起來。瑪波小姐輕聲說道：「我只是一個陌生人，但我感到非常非常難過。」

麗迪亞．布萊克小姐終於控制不住自己，失聲痛哭。那種錐心之痛與絕望之情，令人同情不已。瑪波小姐一動不動地坐著。

布萊克小姐終於坐直了身子。她面容浮腫，淚痕滿頰。

「真抱歉，」她說，「我……我剛才想到，自己痛失了多少東西。她……她是我唯一的老友，唯一能與我共享過去的人。現在她卻走了，孤零零地撇下我一個人。」

「我了解你的意思，」瑪波小姐說，「當最後一位共享往昔的人離去後，人確實會變得孤獨。我有甥兒女，也有好朋友，卻沒有一個人了解我兒時的事情，沒有一個屬於舊日時光的友人。我已孤獨了好長一段日子了。」

兩個女人靜靜地坐了一會兒。

「你真是善解人意，」布萊克小姐說，起身走到寫字檯前。「我必須回信給牧師。」

她的手不聽使喚地拿起筆，慢慢寫著。

「是風溼，」她解釋道，「有時候我幾乎什麼都沒辦法寫。」

她封了信封，然後寫下收信人的姓名。

「麻煩你幫我捎給牧師，我將不勝感激。」

聽到走廊裡傳來一個男人的聲音，她很快地說道：「是蓋達克警官。」

她走到壁爐台的鏡子前，往臉上撲了點粉。

蓋達克走進來，臉色陰沉慍怒。他不滿地望了一眼瑪波小姐。

「哦，」他說，「原來是你在這兒。」

布萊克小姐從壁爐前轉過身來。

「瑪波小姐是好心送來牧師的便條。」

瑪波小姐慌慌張張地說道：「我這就走。千萬別讓我干擾你的工作。」

「昨天下午你參加了這兒的派對了嗎？」

瑪波小姐怯生生地答道：「不，不，我沒有。圓圓開車送我去拜訪一些朋友。」

「這麼說來，你沒有什麼可以告訴我的了。」

蓋達克毫不客氣地拉開門，瑪波小姐尷尬地溜之大吉。

「這些老太婆實在也太愛管閒事了。」蓋達克說。

「你這麼說對她並不公平，」布萊克小姐說，「她真的是來送牧師的便條。」

「是吧。」

「我想不是窮極無聊來打探消息。」

「呃，也許你說得沒錯，布萊克小姐，但依我看，她就是來管閒事……」

「這個老太太絕對不會傷害別人。」布萊克小姐表示。

你可要曉得，她和響尾蛇一樣危險呢，警官心裡惡毒地想。但他並不打算說服別人相信他。既然他已確定凶手還逍遙法外，目前還是少說為妙吧。他可不希望下一個被人幹掉的是瑪波小姐。

凶手就在某處……在哪兒呢？

「我就不多安慰你了，布萊克小姐，」他說，「事實上，我對邦妮小姐的死感到非常內疚。我們本來應該能夠阻止。」

「我不明白你能如何阻止。」

「是的，呃，是不容易。但現在我們得加緊工作了。這是誰幹的，布萊克小姐？是誰朝你開了兩槍？而且如果我們不趕緊破案，凶手不久可能還會再殺害別人。」

麗迪亞．布萊克顫聲說：「我不知道，警官，我什麼都不知道！」

「我和戈德勒太太核對過了，她盡可能地協助我，可惜所知很有限。只有幾個人能從你的死亡中獲利。首先是皮普和艾瑪。派屈克和茱莉亞的年齡吻合，但他們的來歷似乎又沒問題。總之，我們不能只針對他們兩個。請告訴我，布萊克小姐，如果你看見索妮雅．戈德勒，你能認出她嗎？」

「認出索妮雅？當然了……」她突然停下來。「不，」她慢慢說道，「現在大概認不出來了。都過這麼久了，三十年啊……她現在一定變成老太婆了。」

「你還記得她過去是什麼樣子嗎？」

「索妮雅嗎？」布萊克小姐思索片刻。「她的個子很嬌小、很黑……」

「有什麼特徵嗎？舉止方面呢？」

「不，不，我想沒有。她生性樂觀，常常樂呵呵的。」

「現在可能不那麼樂觀了，」警官說道，「你有她的照片嗎？」

「索妮雅的嗎？讓我想想……不算是很正式的照片，我有些舊的照片，放在某個相簿裡，我想至少應該有張她的吧。」

「啊，能讓我看看嗎？」

「當然可以。不過我把相簿放到哪兒去了呢？」

「告訴我，布萊克小姐，你覺得司威頓太太有沒有可能是索妮雅．戈德勒？」

「司威頓太太？」布萊克小姐驚愕地看著他。「但她先生是公務員哪！好像先是在印度工作，後來調到香港。」

「這只是她告訴你的片面之詞而已。按我們在法庭上的說法，這並不是根據『親身了解』的吧？」

「對，」布萊克小姐緩緩說，「照你這麼說來，那我確實是不清楚……可是司威頓太太？噢，太荒謬了！」

「索妮雅．戈德勒以前演過戲嗎？業餘的話劇演出？」

「哦，是的，她演得很好。」

「這就對了！還有一點，司威頓太太戴著假髮。」警官糾正道，「至少哈蒙太太是這麼說的。」

「是的，我想有可能是假髮，才有那麼多灰色的小捲。不過我還是覺得很荒謬。她人真的很不錯，有時候還很逗趣。」

「接著還有辛珂芙小姐和莫加璐小姐。她們兩人當中，有誰可能是索妮雅．戈德勒？」

「辛珂芙小姐太高了，她像男人一樣高。」

「那麼莫加璐小姐呢？」

「噢，可……噢，不，我相信莫加璐小姐不會是索妮雅。」

「你的視力不太好，是吧，布萊克小姐？」

「你是指，我是近視眼？」

「對。我想看看索妮雅．戈德勒的照片，即便是很久以前照的，而且可能與現在也不像了。我們受過專業訓練，有辦法找出相似之處，這點外行人是絕對做不到的。」

「我會盡量幫你找。」

「現在可以嗎？」

「什麼，馬上就要？」

「麻煩你。」

「好吧。讓我想想。櫃子裡有好多書，我在清理時見過那本相簿。當時茱莉亞幫著我清理，我記得她還笑我們那個年代穿的衣服……我們把書搬到客廳的架子上，然後把相簿和一大捆《藝術雜誌》放去哪裡了？我的記性簡直糟透了！也許茱莉亞會記得，她今天在家。」

「我去找她。」

警官結束問話後，在樓下所有房間都沒找到茱莉亞。問米姬西蒙斯小姐哪裡去了，她卻氣呼呼地說不關她的事。

「又問我！我人待在廚房裡，我只關心午飯的事。我吃的沒有一樣不是我自己做的。沒有一樣不是。你聽見了嗎？」

警官朝樓上喊：「西蒙斯小姐。」但沒有回音，於是他便上了樓。就在樓梯轉角處，他幾乎與茱莉亞撞了正著。她剛從門裡出來，門後是一道彎折的小樓梯。

「我在閣樓裡，」她解釋說，「什麼事？」

蓋達克警官做了解釋。

「那些舊相簿？對，我記得很清楚。我們好像把相簿放到書房的大櫃子裡了。我去找出來給你。」

她帶著警官下樓，推開書房的門。靠窗處有個大櫃子，茱莉亞拉開櫃門，裡面堆著亂七八糟的東西。

「全是些破爛東西，」茱莉亞說，「可是上了年紀的人就是捨不得扔掉。」

警官跪在地上，從最下面一格拿出兩本老相簿。

「是這些嗎？」

「對。」

布萊克小姐走進來加入他們的行列。

「啊，原來我們把相簿放到這兒，我都不記得了。」

蓋達克將相簿擺到桌上，一頁一頁翻起來。戴著大車輪帽的女人，穿著裙長及腳的女子。照片下都寫了註解，只是年月已久，墨水都褪了色。

「應該在這一本裡，」布萊克小姐說，「大概在第二十三頁吧。另一本是索妮雅結婚出走後才照的。」她翻到一頁。「應該在這裡。」她手上停了下來。

紙頁上有幾處空白。蓋達克低頭唸著褪色的字樣：「索妮雅、自己、藍道．戈德勒」，接下去是「索妮雅與蓓兒在海灘」，對頁寫著「斯凱恩的野餐」。他翻到下一頁。「夏洛蒂、自己和藍道．戈德勒。」

蓋達克站起來，嘴唇繃得死緊。

「有人把照片拿走了……一定是不久前才拿的。」

「前幾天我們看的時候並沒有空白的呀，對吧，茱莉亞？」

「我沒看仔細……我只注意到她們的衣服。可是……你說得沒錯，麗迪阿姨，是沒有空白。」

蓋達克的臉色更沉了。

「有人……」他說，「把相簿中所有索妮雅的照片全拿掉了。」

18 信件

「很抱歉又來打擾你，海默斯太太。」

「沒關係。」妃麗柏冷冷地說道。

「我們進這個房間裡談好嗎？」

「書房嗎？好吧，如果你想的話，書房裡沒生火，很冷。」

「不要緊，時間不會太長，而且在裡面談話，不大可能被偷聽。」

「這點很重要嗎？」

「不是對我，海默斯太太，可能對你比較重要。」

「你是什麼意思？」

「你跟我說過，海默斯太太，令夫是在義大利陣亡的？」

「怎麼了？」

「告訴我實話不是比較省事？其實他是從兵團裡逃走了，對吧？」

海默斯太太臉色一下雪白，手不自主地張合。

她痛苦地說：「你非得把別人的瘡疤挖出來不可嗎？」

蓋達克冷冷地表示：「我們警方不希望別人對我們隱瞞身分。」

她沒有作聲，接著她說：「所以呢？」

「你這『所以呢』是什麼意思，海默斯太太？」

「我的意思是，你打算怎麼辦？告訴所有人嗎？這樣有必要嗎？這樣公平嗎？你於心何忍？」

「沒人知道嗎？」

「這裡誰也不知道，」她的聲音變了。「我兒子就不知道。我不想讓他知道，我永遠不願讓他知道。」

「那麼，聽著，你冒的風險很大呢，海默斯太太。等到孩子長大懂事之後就告訴他吧，萬一有一天他自己發現了真相，這對他並不好。如果你繼續騙他，說他的父親是個英勇的烈士……」

「我沒這樣做，我沒那麼不誠實，我只是隻字不提而已。他父親是陣亡……對我們來說等於是陣亡了。」

「但你先生還活著嗎？」

「也許吧，我怎麼會知道？」

「你最後一次見到他是什麼時候，海默斯太太？」

妃麗柏很快說道：「我很多年沒見到他了。」

「你確定嗎？比如說，兩週前你有沒有見過他？」

「你想暗示什麼？」

「我一直覺得你不太可能在涼亭和魯迪．謝爾茲會面，可是米姬又說得煞有介事。海默斯太太，我認為那天上午你收工回來後，去見的男人就是你先生。」

「我在涼亭裡沒見到任何人。」

「也許他缺錢用，你接濟他一點？」

「我跟你說了，我沒和他見面。我在涼亭沒見到任何人！」

「逃兵通常都是些亡命之徒，常常參與搶劫之類的勾當，而且他們有從國外帶回來的外國製左輪槍。」

「我不知道我丈夫在哪兒，我很多年沒見過他了。」

「你還是堅持這麼說，海默斯太太？」

「我沒別的可說了。」

§

蓋達克結束了與妃麗柏．海默斯的談話，心中又氣又惱。頑固得像頭驢一樣，他憤憤地自言自語。

他相信妃麗柏在撒謊，卻無法突破她的心防。

但願他能對這位以前做過船長的海默斯了解一些，他手上的訊息很少，只有一份部隊紀錄，但看不出海默斯有犯罪的可能。

總之，那扇門看起來應該不是海默斯上的油。是小圍場裡的人幹的，要不就是可自由進出小圍場的人幹的。

蓋達克站著朝樓梯往上望，心想，茱莉亞究竟在閣樓上做什麼？他覺得愛挑剔的茱莉亞應該不會喜歡去閣樓那種地方。

她待在上面做什麼？

蓋達克輕手輕腳地跑上二樓。附近沒有人，他推開茱莉亞先前走出來的那道門，沿著狹窄的樓梯爬進閣樓裡。

裡頭有些大小皮箱、各種壞掉的家具，像是缺腿的椅子、摔破的陶瓷檯燈，還有老式的餐具。蓋達克轉向大皮箱，打開其中一個箱蓋。箱子裡全是衣服。質地很好的舊女裝，想必是布萊克小姐或她亡妹的衣服。

他打開另一口箱子。

全是窗簾。

蓋達克找到一只公事包，裡面有些證件和信件。信件已年深日久，紙頁都發黃了。

他看了看箱子的外殼，上面標有CLB的字樣。他推想這一定是布萊克小姐之妹夏洛蒂的箱子。他打開其中一封信。信是這樣寫的：

最親愛的夏洛蒂：

昨天蓓兒感覺不錯，想去野餐，藍道便也休了一天的假。阿斯沃吉爾股票發行後獲得極大成功。藍道對此十分高興。優先股已超過面值了。

他略過餘下的部分，看了一眼簽名：「愛你的姐姐麗迪亞」。

他另外又挑了一封信。

親愛的夏洛蒂：

希望你能下決心去見見別人。你知道嗎，你實在是想太多了。情況並沒有你想的那麼嚴重，何況人們並不在意這種事，你偏要把它想成殘障。

他點著頭。他記得蓓兒．戈德勒說過，夏洛蒂．布萊克被毀容了或有某種殘疾。結果麗迪亞辭去工作，回家照料妹妹。這些信透露了她對殘疾者的疼愛與憂慮。她在給妹妹的信中，不厭其煩地詳述自己身邊發生的每一件事，並把病痛中的妹妹可能感興趣的細節一一娓娓道出。而夏洛蒂也一直保存著這些信件，信中偶爾還會附上一些奇怪的照片。

蓋達克突然心念一動，說不定他能從這裡面找到一絲線索。這些信件的內容，布萊克小姐自己可能早已忘了。這裡忠實地重述過去，也許其中能有助於他釐清謎團的線索和照片。信中可能——只是可能——夾有一張索妮雅．戈德勒的照片，而在相簿裡抽走索妮雅照片的人，也許並不知道這一點。

蓋達克警官小心地重新把信包紮起來，闔上箱子，走下樓。

麗迪亞．布萊克站在下面樓梯的拐角處，驚愕地望著他。

「剛才是你在閣樓嗎？我聽見腳步聲，但不知道是誰……」

「布萊克小姐，我在閣樓裡發現一些信，是你多年前寫給令妹的。能讓我帶回去嗎？」

她憤怒得脹紅了臉。

「你非得幹這種事嗎？為什麼？那些信對你有什麼好處？」

「也許我能在裡面找到索妮雅．戈德勒的照片，看出她的性格……也許有些提示、事件能對案情有所幫助。」

「這些都是私人信件，警官。」

「我知道。」

「你反正會拿的，你有辦法拿的，你一定可以輕易取得。好吧，拿走，拿走吧！不過裡面沒什麼索妮雅的資料，我幫藍道工作一兩年後，她就結婚離開了。」

蓋達克固執地說道：「可能會有什麼發現。」他補充道：「每一件事我們都不能放過，你真的非常危險。」

布萊克小姐咬咬唇說：「我知道。邦妮死了……因為她吃了本來要給我的阿斯匹靈。下一個可能會輪到派屈克、茱莉亞、妃麗柏或米姬……輪到還有大好前程的年輕人，輪到一個不小心喝到我的酒或我的巧克力的人。噢！把信拿走，拿走吧。看過後，把它們都燒了。這些信除了對我和夏洛蒂外，對任何人都不具意義。往事已矣，一切都過去了，都一去不復返了。如今誰也不記得……」

她抬起手，按住頸上的珍珠短鍊。蓋達克覺得那串鍊子與她的衣服極不搭配。

她又說了一遍。

「把信拿走吧。」

§

翌日下午，蓋達克警官到牧師家拜訪。

這日天色撲灰狂風大作。

瑪波小姐把椅子拉近火爐，手裡織著毛線。圓圓趴在地板上爬來爬去剪裁式樣。

瑪波小姐往後一靠，將眼前的一綹頭髮拂開，然後若有所期地望著蓋達克。

「我不知道這樣做是否違反保密條例，」警官對瑪波小姐說，「但是我想請你看看這封信。」

他解釋了自己在閣樓裡發現這些信件的原委。

「那些信相當感人，」他說，「為了希望妹妹能健健康康活下去，布萊克小姐真是傾其所能。你可以清楚感受到這對姐妹有位什麼樣的父親。老布萊克醫生是個蠻橫無道、自以為是的人，自認他的想法與做法才是最正確的。他的固執也許害死過成百上千的病人。他絕對無法忍受任何新思想或新方法。」

「我不會在這點上責怪他，」瑪波小姐道，「我一向認為，年輕的醫生太急試驗。等把我們的牙齒全弄壞，在身體裡注射超量的藥物，並一點一點地割去我們的內臟後，才向我們承認他們已經無能為力。說實話，我倒比較喜歡以前只用幾大瓶藥治療的方式，反正如果不合適，倒掉就算了。」

她接過蓋達克遞上的信。

蓋達克說：「請你看這封信，是因為我認為，你比我更容易理解上一代的人。我實在不明白這些人的腦子在想什麼。」

瑪波小姐打開了脆而易碎的信紙。

最親愛的夏洛蒂：

我有兩天沒寫信給你了，因為我們發生了一場可怕的家庭紛爭。藍道的妹妹索妮雅（還記得她嗎？那天她開車載你出去。我好希望你能多出門啊）說她想嫁給一個叫狄米崔・史丹佛的人。我只見過他一面，是個非常有魅力的男人，但我覺得他不太靠得住。藍道極力反對，說他是個無賴和騙子。蓓兒只是微微笑了笑，躺在沙發上。一向冷靜的索妮雅對藍道大發雷霆，昨天我還以為她想殺了他！

我已盡力了。我找索妮雅談，又和藍道談，希望兩人冷靜下來好好想想。可是等兩人湊到一塊，又開始大吵特吵！你無法想像這有多累人。藍道一直找人去查詢，這個史丹佛似乎真的一無是處。

這段期間他也無心工作，辦公室由我繼續操持，從某方面來說，這其實相當有意思，因為藍道完全放手讓我去做。昨天他對我說：「謝天謝地，世上還有一個腦子正常的人。麗迪，你絕不可能愛上一個無賴，對吧？」我說我認為自己不可能愛上任何人。藍道說：「我們來討論幾件新的投資案吧。」他有時實在太愛玩火了，總是遊走在法律邊緣。「你堅持要我走正途、做好人，對吧，麗迪？」有一天他說。我當然堅持了！我真不明白，為什麼有人可以昧著良心做事……可是藍道真的可以。他覺得只要不違法就行了。

蓓兒對這件事只是一笑置之，覺得不必對索妮雅的事小題大做。「索妮雅自己有錢，」她說，「只要她願意，為什麼不能嫁給他？」我說這樁婚事是個可怕的錯誤，蓓兒卻說：「嫁給一個你所愛的男人不會是個錯誤……就算將來後悔，也不算錯。」她還說：「我想索妮雅是為了錢，才不想和藍道鬧翻。她非常愛錢。」

沒別的了。爸爸怎麼樣？我不想說「向他致上我的愛」。不過你要是覺得這樣比較好，就隨你吧。近來見的人多些了嗎？親愛的，你不能老是病懨懨的。

索妮雅向你問好，她剛進來，雙手緊了又鬆、鬆了又緊，看起來像隻憤怒的貓，我看八成又和藍道吵架了。當然，索妮雅很會挑起事端，總是用冷冷的眼光鄙視你。

姐姐好愛你啊，親愛的，要振作起來。這種碘療法也許會讓你大有起色，我一直在查詢，似乎很有療效。

愛你的姐姐　麗迪亞

瑪波小姐把信摺好，還給警官，神情有些恍惚。

「你對她有什麼看法？」蓋達克問，「對她有什麼印象？」

「索妮雅嗎？透過另一個人的眼光去看一個人是很難的……索妮雅決心照自己的意思去做……這點我想沒有疑問，而且她想在兩邊都占上風……」

「『雙手緊了又鬆、鬆了又緊，看起來像隻憤怒的貓』，」蓋達克唸唸有詞。「你知道這句話使我想起誰嗎？」

他皺起眉頭。

「查詢……」瑪波小姐喃喃自語。

「但願能弄到那些查詢的結果。」蓋達克說。

「這封信使你回想起聖瑪莉米德的事，對吧？」圓圓問，但由於她嘴裡含著別針，所以聽起來很不清楚。

「我說不上來，親愛的。布萊克大夫也許有點像威斯勒的傳教士科蒂斯先生。這個傳教士不願讓自己的孩子戴牙套，他說如果孩子齙牙，那也是上帝的旨意。我告訴他：『你不也是在刮鬍子、理頭髮嗎？讓你的髮鬍留長可能也是上帝的旨意呀。』他說那是兩回事。典型的大男人，可是這對我們目前的問題沒有幫助。」

「我們一直查不出那把槍的來源，槍不是魯迪．謝爾茲的。要是知道奇平村裡誰有左輪槍就好了」

「伊德布上校有一把，」圓圓說，「放在他的衣領抽屜裡。」

「你怎麼會知道，哈蒙太太？」

「巴特太太告訴我的，她是我家的傭人。事實上，她一週來兩次。她說，伊德布上校是軍人出身，自然有把左輪槍了；而且要是竊賊闖進去，這種槍也比較好使。」

「她是什麼時候跟你說的？」

「很久以前了。我想大概是半年前吧。」

「伊德布上校……」蓋達克自言自語道。

「很像在活動轉盤上打靶子吧？」圓圓嘴裡含著別針說，「轉呀轉，結果每次打中的東西都不一樣。」

「是啊。」蓋達克呻吟道。

「伊德布上校去小園場送過書，他也有可能給門上油。不過他沒隱瞞自己去了小園場，不像辛珂芙小姐。」

瑪波小姐輕輕咳了一聲。

「你得體諒這個時代的人哪，警官。」

蓋達克不解地望著她。

「畢竟，」瑪波小姐說，「你是警察，對吧？人們不可能什麼都對警察講的，不是嗎？」

「有什麼不能講的，」蓋達克道，「除非他們想隱瞞犯罪的事。」

「她指的是奶油，」圓圓說，一面奮力爬過桌邊，壓住一張飄起來的紙。「拿雞去換牛油和玉米，有時候是奶，有時甚至是鹹肉。」

「把布萊克小姐的便條拿給他看吧，」瑪波小姐說，「已經過了一段時間了，不過讀起來還是像是第一流的神祕故事。」

「我把它放在哪兒了？你說的是這一張嗎，瑪波阿姨？」

瑪波小姐把便條拿過來，瞧了瞧。

「對，」她滿意地說，「就是這張。」

她將便條遞給警官。

布萊克小姐寫道：「我做了一些調查，日期是星期四。三點後任何時間都行。如果有我的份，請放在老地方。」

圓圓吐出別針，哈哈大笑。瑪波小姐注意看著警官的表情。

牧師太太搶著解釋說：「星期四是附近農場做牛油的日子，他們會讓熟朋友拿一點，通常都是辛珂芙小姐去拿的，她和那兒的農民很熟，我想是因為她養豬的緣故吧。但這些都是暗地進行的，類似地方上的以物易物。去拿牛油，就送點黃瓜或之類的東西；或者等殺豬時再加點別的什麼。偶爾牲口會意外死亡，必須銷毀。哎呀，你懂的嘛。只是人們不能對警察直說，因為這種交易大概是非法的……不過詳情大家也不是很了解，法律的東西實在太複雜了[5]。我猜是辛珂芙帶了一磅牛油或什麼的溜進了小圍場，然後把牛油放在老地方。順便說一下，老地方就是餐具櫃下裝麵粉的箱子……但裡面並沒有麵粉。」

蓋達克嘆了口氣。

「真高興碰到你們兩位女士。」他說。

「過去還有布票呢，」圓圓說，「通常布不准買賣，會被視為不正當。沒有人在用錢交易，像巴特太太、芬奇太太和哈金斯太太想穿點特別一些的羊毛衫或冬裝，就得用購布票去支付，而不是用錢買。」

「你最好別再說下去了，」蓋達克道，「這全都是違法。」

「那就不該有這些愚蠢的規定，」圓圓說，又把別針塞回嘴裡。「當然啦，我沒那麼做，因為朱利安不喜歡我這樣，所以我就沒做。但我當然知道是怎麼回事。」

蓋達克突然覺得很絕望。

「這些事聽起來如此愉快和平常，」他說，「既有趣又單純更無傷。但事實上這裡已經死了一男一女，我若不再加把勁，還可能會有個女人喪命。先別管皮普和艾瑪了，現在我只想知道索妮雅長什麼模樣，這些信件裡有一兩張照片，卻可能沒有一張是她。」

「你怎麼知道不是她？你知道她以前的長相嗎？」

「她的個子很嬌小、很黑，這是布萊克小姐說的。」

「真的嗎？」瑪波小姐道，「這就十分有趣了。」

「有一張照片讓我隱約想起了某個人，是位漂亮的高個子女孩，頭髮盤在頭頂。我不知道她是誰，總之不可能是索妮雅。你們覺得司威頓太太年輕時會不會很黑呀？」

「不可能很黑，」圓圓道，「她有一雙藍色眼睛。」

5 二次戰後，英國物資一律以配給方式分配，人民必須拿各種票券去兌換物品。

「真希望能有狄米崔・史丹佛的照片，不過我想這是個奢望……嗯，」蓋達克拿起信。「很遺憾這信沒有給你任何提示，瑪波小姐。」

「啊？有啊！」瑪波小姐說，「這信給了我很多提示。再把信看一遍，警官，特別是講到藍道・戈德勒調查狄米崔・史丹佛的那一段。」

蓋達克直瞪著她。

電話鈴響了。

圓圓從地上站起來，走到走廊。維多利亞時期的電話通常放在走廊，現在依然沒變。她回到客廳對蓋達克說：「找你的。」

警官略感吃驚，走出去接電話……而且還小心地隨手關上客廳的門。

「蓋達克嗎？我是李斯泰。」

「是，局長。」

「我仔細看了一遍你的報告。在你和妃麗柏・海默斯談話時，她確定表示過，自從她丈夫逃兵後，就沒再見過他了嗎？」

「沒錯，局長。她說得很肯定，可是我覺得她沒說實話。」

「我同意你的看法。還記得十天前那個案子嗎？有個男人被大卡車撞倒，後來被送到米徹斯特總醫院，結果是腦震盪及盆骨破裂，還記得嗎？」

「就是把一個小孩從車輪下搶救出來、自己卻被輾傷的那個人嗎？」

「就是他。他身上沒有任何證件，也沒人來指認他。看樣子他好像正被警方追緝。昨天夜裡他死了，沒有醒來過。不過他的身分查出來了，是個逃兵，名叫羅納德．海默斯，以前住在南洛姆郡，當過船長。」

「是妃麗柏．海默斯的丈夫？」

「對。他身上有到奇平村的公車票，對了，還有不少錢呢。」

「這麼說，他的確從妻子那兒拿到錢了？我總覺得米姬在涼亭看到和海默斯太太說話的人，應該就是他。當然，海默斯太太矢口否認。局長，車禍是在命案發生之前……」

李斯泰幫他把話說下去。

「是的。他是在二十八日被送到醫院的，而小圍場的搶劫則發生在二十九日，因此他不可能與本案有任何關聯。不過他的妻子當然還不知道車禍的事，也許她一直懷疑她先生有嫌疑，所以隻字不提也是很自然，畢竟他以前是她先生嘛。」

「他真是見義勇為啊，不是嗎，局長？」蓋達克緩緩說。

「從車輪下救出小孩嗎？是啊，真是英勇。我想海默斯從部隊逃跑，絕非因為膽怯。不過，這都是過去的事了，對一個自毀名聲的人而言，這倒是死得壯烈。」

「我很替海默斯太太感到高興，」警官說，「還有他們的兒子。」

「是的，孩子不必因父親而蒙羞，那位少婦又可以再婚了。」

蓋達克緩緩表示：「我想，局長……這樣一來，又有一些可能性了。」

「既然你在那邊，最好由你去告訴她這個消息吧。」

「我會的，局長，我這就去。但最好還是等她回到小圍場再說，她大概會很震驚。再說，我還想先和別人談一談。」

19

重建案情

「我走之前，會在你旁邊放一盞燈。」圓圓說，「這兒很暗，暴風雨大概快來了。」

圓圓把那盞小桌燈挪到桌子另一邊，讓燈光照著瑪波小姐的毛線，瑪波正坐在寬大的高背椅上。

電線從桌子上牽過，貓咪阿泰一個箭步跳到桌上，對著電線又撕又咬。

「別這樣，阿泰，不可以……真可怕。瞧你，都把電線咬穿、咬破了。你這隻笨貓咪，這樣會觸電的。」

「謝謝，親愛的。」瑪波小姐說著伸手去開燈。

「不是從那邊開的，你得按電線中間的那個小開關……等等，我把這些花拿走，免得擋到光。」

圓圓把桌子另一端的玫瑰挪走。阿泰搖擺著尾巴，爪子突然一伸，頑皮地對著圓圓的手臂抓了一下。花瓶裡的水給灑了出來，潑在被咬穿的電線和阿泰身上，牠憤怒地叫了一聲，從桌上跳到地上。

瑪波小姐按下梨形開關，被貓咬破及被水打溼的地方一下子劈劈啪啪地閃起了火花。

「噢，天哪，」圓圓說，「保險絲燒斷了。我看這裡所有的燈都打不開了。」她一個個去試開關。「沒錯，全熄了。真沒道理，全都得靠一個小東西，還把桌子燒壞一小片。臭阿泰，全是牠的錯。瑪波阿姨，怎麼了？嚇著你了嗎？」

「沒什麼，親愛的。只是我突然明白了以前就該發現的東西……」

「我這就去換保險絲，然後再去朱利安的書房把檯燈拿過來。」

「不用了，親愛的，別麻煩了，你會趕不上車子的。我不再需要燈光了，我只想靜靜坐著，想點事。快去吧，孩子，否則就要搭不上車了。」

圓圓走後，瑪波小姐靜靜地坐了一兩分鐘。屋子裡空氣溼重，預示著外面不斷聚集的暴雨。

瑪波小姐把一張紙挪到面前。

她先寫下「檯燈」，然後在兩個字下面畫了條粗線。

過了一會兒，她又寫下一個詞。

瑪波小姐的筆在紙上迅速滑動，不知在寫些什麼……

§

礫石山莊的客廳有著低矮的天花板和花格玻璃窗，此刻辛珂芙小姐和莫加璐小姐正在裡面爭論。

「莫加璐，你這個人的問題啊，」辛珂芙小姐說道，「就是不肯用心。」

「可是我跟你說了，辛珂芙，我什麼也不記得。」

「喂，聽好了，艾梅・莫加璐，我們得做點有用的思考，到目前為止，我們還沒突破案情。門的那件事我弄錯了，你根本沒有為兇手扶門，因為你已經被殺了，莫加璐！」

莫加璐小姐淡淡一笑。

「我們家能請到奇平村唯一不會道人長短的清潔婦，實在是我們的運氣。」辛珂芙小姐接著說，「平時我對這點是十分心懷感激的，可是這次不然，它害我們一開始就弄錯方向。村裡的人都知道小圍場的客廳裡有第二道門可以用，而我們竟然到昨天才知道這件事……」

「我還是不太懂……」

「這再簡單不過了。我們原先的假設完全正確：你不可能一邊扶著門，一邊揮著手電筒，同時還舉槍射殺別人。我們捨棄了門，留下槍和手電筒，結果我們錯了。我們應該略去的是槍，不是門。」

「可是劫匪確實有槍呀，」莫加璐小姐說，「我看見了，就在他身邊的地上。」

「那是在他死後啊，這樣就很清楚了：開槍的人不是他……」

「那麼會是誰開的槍？」

「我們要查的就是這個。不管是誰開的槍，反正就是此人把兩片毒阿斯匹靈放到布萊克小姐的床頭，害可憐的朵拉．邦妮冤死。而這不可能是魯迪．謝爾茲幹的，因為他已經死了。一定是搶案發生當晚在客廳裡的人，而且這個人可能還參加了生日派對。那天沒去的只有哈蒙太太。」

「你認為生日派對當晚，有人把那些阿斯匹靈放到那裡？」

「是吧？」

「不過是怎麼弄的？」

「我們不都去上過廁所嗎？」辛珂芙小姐粗聲說，「我因為蛋糕黏手，所以去浴室洗過手。小美人伊德布夫人不也跑到布萊克小姐的臥房裡撲粉嗎？」

「辛珂芙！你認為是她……」

「我還不知道。若真是她，那就太明顯了。假如你要去放藥片，一定不會希望有人看見你在臥房裡吧。我只是想說，當時有很多機會。」

「男士們沒有上樓。」

「還有另一座樓梯呢。何況，就算是男士們離開房間，你總不會跟在他身後，看他是不是真的跟你去相同的地方吧，這樣太奇怪了！好了，別跟我抬槓，莫加璐。我想回到謀殺麗迪・布萊克的動機，現在，先牢記那些事實，因為這一切將取決於你。」

莫加璐小姐露出緊張的神情。

「噢，親愛的辛珂芙，你知道我這人腦袋最不清楚了。」

「問題不在你的腦子，而在於眼睛。問題是當時你看見了什麼。」

「我什麼都沒看見。」

「我剛才說了，你的問題就在於你不肯用心。現在注意，這是當晚的情況：不管向麗迪・布萊克下手的人是誰，那天晚上一定在房間裡。他（我用「他」是為了方便稱呼，但他未必是男的，也有可能是女人。不過當然啦，男人都滿壞的），呃，他事先在客廳通外面的門上上油，而這道門應該是被閂死的。別問我他是什麼時候下手的，因為這會把事情攪混。老實說，我就可以隨時走進奇平村任何人的家中，待個半小時，隨心所欲地做任何事，而且神不知鬼不覺。只要弄清楚傭人在哪兒，主人什麼時候出去、確切的去處、要去多久等等。好吧，現在繼續往下說。他給第二道門上了油，這樣開門時就沒有聲音了。他的安排是這樣的：燈滅，A門（平時在使用的門）嘩一下子打開。晃動手電筒，叫大家舉手。同時，就在我們大家瞠目結舌的時候，X（這樣叫最合適）悄悄從B門摸黑溜到走廊，來到那個瑞士白癡的身後，朝麗迪・布萊克開了兩槍，然後槍殺了那個瑞士佬，扔下槍……只有像你這樣不喜歡動腦筋的人，才會以為這是瑞士佬開槍的證據。後來等大家四處找打火機的時候，他再趁隙飛快溜回客廳。明白了嗎？」

「是的，是……的。但那到底是誰呢？」

「這個嘛，要是連你都不知道，莫加璐，那就沒人知道了！」

「我？」莫加璐驚叫道，「我什麼都不知道呀，我真的不知道，辛珂芙！」

「用用你的腦袋吧，首先，燈滅的時候，大家都在哪裡？」

「我不知道。」

「不，你知道的。你只是昏了頭，莫加璐。你知道當時自己在哪兒，對吧？你在門的背後。」

「是，是的，我是在門背後。門打開的時候還撞到我的雞眼。」

「你幹嘛不去找個腳科醫生看看，偏要把自己弄得那麼狼狽？總有一天你會得敗血症。好了，你是在門的背後，對吧？我靠著壁爐站著，而且快渴死了。麗迪・布萊克在拱道的桌邊，正要伸手拿菸。派屈克穿過拱道，到小客廳去拿麗迪・布萊克放在那裡的酒。沒意見吧？」

「是，是，這些我都記得。」

「很好，有人跟著派屈克走過內廳，或者正要跟他去，是個男的。問題是，我忘了到底是伊德布或艾德蒙・司威頓。你還記得嗎？」

「不，不記得。」

「是你不肯想！還有一個人去了內廳，是妃麗柏・海默斯。這點我記得很清楚，因為我發現她的背部又直又漂亮，我還對自己說：『這女人騎馬時一定很好看。』我望著她的時候，心裡就是在想這個。她走到內廳的壁爐前，我不知道她去那兒拿什麼，因為就在這時，燈滅了。

「當時每個人的位置就是這樣：客廳裡有派屈克．西蒙斯、妃麗柏．海默斯，還有伊德布上校或艾德蒙．司威頓……但究竟是哪一個還不清楚。現在，莫加璐，注意了，很可能是這三人當中的某一個幹的。任何人要想從遠處的那道門出去，一定得先占個方便的位置，等燈一滅才好行動。所以我說，最有可能就是這三個人中的一個。若是如此，那麼莫加璐，你就無能為力了！」

莫加璐小姐的臉色一亮。

「話又說回來，」辛珂芙小姐接著說，「也有可能不是這三個人，這時你就派得上用場了，莫加璐。」

「可是我怎麼會知道？」

「我剛說過了，要是連你都不知道，就沒人知道了。」

「但我就是不知道！我真的不知道呀！我當時什麼也看不見！」

「噢，你看得見。你是唯一能看見的人。你當時站在門後，不可能看著手電筒的光，因為門擋在你和光之間。你看的是另一個方向，和手電筒的光照射的方向一樣。我們其他的人都被電光射得頭昏眼花，而你卻沒有。」

「對，對，也許吧，是的，但我什麼也看不見，手電筒晃來晃去的。」

「那麼手電筒照到什麼了？是停在大家的臉上，對吧？還是照在桌子上？或者是椅子上嗎？」

「是，是的，沒錯……邦妮小姐張大了嘴，眼珠子都快爆出來了，她張大眼睛眨著。」

「這就對了！」辛珂芙小姐如釋重負地鬆了一口氣。「要讓你用腦袋可真難哪。後來呢？接著講。」

「後來我就沒再看見什麼啦，真的。」

「你是說，你只看見一個空屋子嗎？裡頭沒站人？也沒坐人？」

「不，當然不是這樣。邦妮小姐瞪大眼睛，哈蒙太太坐在椅子的扶手上，眼睛閉得緊緊的，手蒙住臉，像個小孩似的。」

「很好，哈蒙太太和邦妮小姐。你還不明白我想幹什麼嗎？難就難在我不想用自己的想法影響你。可是一旦把你看見的人排除了，我們就可以觸及重點……有誰是你沒看見的。明白了嗎？另外，除了桌子、椅子、菊花等，還剩下一些人：茱莉亞．西蒙斯、司威頓太太、伊德布太太、伊德布上校和艾德蒙．司威頓這兩人中的一個、朵拉．邦妮、圓圓．哈蒙等。把他們一個一個刪掉。快想呀，莫加璐，好好想想，這些人中當時有人不在場嗎？」

樹枝敲在敞開著的窗上，莫加璐小姐嚇得微微跳起來。她閉著眼，自言自語。

「桌上的花……大扶手椅……手電筒還沒照到你，辛珂芙；哈蒙太太，是的……」

電話鈴急促地響了起來。辛珂芙小姐走到電話前。

「喂，是的。警察局？」

溫順的莫加璐小姐緊閉著雙眼，腦海裡浮現二十九日當晚的情景。手電筒一個個照著大家，窗子、沙發、朵拉・邦妮、牆壁、擺檯燈的桌子、拱道、左輪槍突然開火……

「太怪了！」莫加璐小姐說。

「什麼？」辛珂芙小姐朝話筒怒喊道，「今早就在那兒了？幾點？搞什麼鬼，你怎麼現在才打給我？我要叫防止虐待動物協會的人抓你。不小心？你只會說這些嗎？」

她砰的一聲掛上話筒。

「是狗狗，」她說道，「狗狗今早就在警察局裡了……從八點開始，而且滴水未進！那幫白癡竟然拖到現在才打電話來。我現在就去接牠回來。」

辛珂芙小姐衝出房子，莫加璐小姐跟在她後面尖聲喊道：「聽我說呀，辛珂芙，有件事很怪，我弄不明白……」

辛珂芙小姐已經衝出門，跑到車棚去了。

「等我回來再接著講吧，」她喊道，「我不等你了。你怎麼又穿著臥室拖鞋跑出來了？」

她點燃引擎，猛地將汽車倒出車庫，莫加璐小姐很快地閃到路邊。

「可是聽我說呀，辛珂芙，我必須告訴你……」

「等我回來……」

汽車顫了一下，然後飛奔而去，只有莫加璐小姐的聲音隱約追隨著車子。

「太怪了，辛珂芙，她當時不在那兒……」

§

天空雲層愈積愈厚、愈沉愈黑。莫加璐呆呆地站在那裡，望著遠去的汽車，第一滴雨開始灑落。

莫加璐焦急地衝到晾衣繩前，幾小時前她才晾了兩件圓領套衫和一套羊毛裝。

她低聲說道：「真是太奇怪了……噢，天哪，來不及收了，本來都快乾了……」

她拚命鬆開不聽使喚的衣夾，聽見有人走近，莫加璐轉過頭去。

接著她熱情地燦然一笑。

「哈囉，快請進來，你會淋溼的。」

「我來幫你。」

「啊，如果你不介意的話……這些衣服要是又弄溼就很麻煩了。我可以把繩子放下來，但我應該搆得著。」

「這是你的圍巾，我幫你圍，好嗎？」

「啊，謝謝你，好的，也許……但願我搆得到這個衣夾……」

圍巾套上了她的脖子，然後，猛然被拉緊……

莫加璐小姐張大了嘴，但已喊不出任何聲音，只有一記微弱的「咯咯」聲，彷彿被噎住似的。

而圍巾，愈拉愈緊……

§

從警察局回來的途中，辛珂芙小姐停下車，讓在街頭匆匆趕路的瑪波小姐上車。

「喂，」她喊道，「你會淋溼的，和我們一起喝杯茶吧。我剛看到圓圓在等公車，你現在回牧師家也沒人，加入我們的行列吧。我和莫加璐正在重現案情，我覺得我們就快要有眉目了。小心狗狗喔，牠很緊張。」

「好漂亮的狗啊！」

「是啊，是隻很可愛的小母狗！那群笨蛋早上就把牠留在警察局裡，卻不通知我。我把他們罵了一頓，一群懶惰的雜……噢，請原諒我講粗話，我是被家裡的愛爾蘭馬夫帶大的。」

小車轉進礫石山莊的小後院。

兩位女士剛下車，就被一大群雞鴨撲上來團團圍住。

「該死的莫加璐，」辛珂芙小姐罵道，「還沒給雞鴨餵玉米。」

「玉米很難弄到吧？」瑪波小姐問。

辛珂芙小姐眨眨眼。

「我和農民大都很熟。」她回答說。

把雞鴨趕開後，她陪著瑪波小姐往木屋走去。

「希望你沒有淋得太厲害。」

「沒有，這件雨衣非常好。」

「要是莫加璐沒生火，我就去弄。喂，莫加璐，這女人跑到哪兒了？莫加璐！狗狗呢？怎麼也不見了。」

一聲淒涼的長鳴從外面傳來。

「該死的臭狗狗。」辛珂芙小姐大步走到門口喊道，「嗨，小可愛，小可愛。這名字很呆，但他們顯然是這樣叫牠的。我們得幫狗狗另外取個名字。嗨，小可愛。」

狗狗正嗅著一件東西，那東西將繩子扯得死緊，繩上幾件衣服在風中翻捲。

「莫加璐竟然連衣服都沒收。她到底去哪兒了？」

狗狗在類似衣堆的東西旁邊嗅來嗅去，然後抬起頭，又嚎叫起來。

「這狗是怎麼回事？」

辛珂芙小姐大步穿過草地。

瑪波小姐擔憂地跑在她身後。兩人雙雙站在那裡，任雨點打在身上。瑪波小姐用手環住了辛珂芙的肩膀。

辛珂芙小姐僵立著俯視躺在地上臉色醬紫、長吐著舌頭的屍體。

「我非殺了這傢伙不可，」辛珂芙小姐靜靜說道，「一旦讓我逮住她……」

瑪波小姐問道：「她？」

辛珂芙小姐憤怒地轉向她。

「是的，我知道是誰……就是那三個嫌犯中的一個。」

她佇立片刻，低頭望著死去的朋友，然後轉身朝屋裡走去。她的聲音乾澀，不過十分堅毅。

「我們必須打電話給警方，」她說，「等警方到達時，我會告訴你。從某個角度來看，因為我的錯，莫加璐才會躺在這兒。我只是在找樂子，卻忘了殺人可不是遊戲……」

「是啊，」瑪波小姐說，「殺人不是遊戲。」

「你知道一些事，對吧？」辛珂芙小姐拿起話筒撥號時問道。

她簡單地報完警後，掛上電話。

「他們一會兒就到了。聽說你以前也參與過警方辦案……我想是艾德蒙．司威頓告訴我的。你想聽聽我和莫加璐在做些什麼嗎？」

她簡要地描述了她去警察局之前兩人的對談。

「你知道嗎，就在我離開的時候，她在後面叫我……所以我才知道是個女人，而不是男的……但願我當時能夠等一等，但願我肯停下來聽一聽！我真該死，狗狗多待一會兒又不會怎麼樣。」

「別自責了，親愛的，這樣於事無補。天有不測風雲。」

「是啊，天有不測……我想起來，有個什麼東西敲了一下窗戶，也許她就在窗外，然後……是的，一定是這樣，一定是她正朝房子走來……當時我和莫加璐正在大聲喊話，她聽見了，她全都聽見了……」

「你還沒有告訴我你朋友說了些什麼。」

「她只說了一句話：『她當時不在那兒。』」

辛珂芙小姐頓了頓。

「你明白了嗎？還有三個女人沒有排除嫌疑：司威頓太太、伊德布太太和茱莉亞・西蒙斯。這三人之中的其中一個當時並不在場；她並沒有待在客廳裡，因為她從另一道門溜到走廊了。」

「是的，」瑪波小姐說道，「我明白了。」

「就是這三個女人中的一個。我不知道是哪一個，但我會找出來！」

「對不起，」瑪波小姐說，「可是她……我是說莫加璐小姐，是照你說的那樣說的嗎？」

「照我說的那樣說？你這是什麼意思？」

「噢，親愛的，我該怎麼解釋呢？你說『她當時不在那兒』，每個字都很強調。但你可以用三種不同的方式來說這句話。『「她」當時不在那兒』，強調的是那個人，或者『她當時「不在」那兒』，確認原有的懷疑；還可以說（這和你剛才說話的方式很接近）『她當時不在「那兒」』，強調的是『那兒』。」

「我不知道。」辛珂芙小姐搖搖頭。「我記不得了。我怎麼可能記得呢？是了，她應該是說『「她」當時不在那兒』，我想這種說法才自然吧。可是我不知道，這有什麼區別嗎？」

「有，」瑪波小姐若有所思地說，「我覺得有。這種暗示當然很細微，不過畢竟是種暗示。是的，應該說區別很大……」

20 瑪波小姐失蹤

郵差最近接到命令，說奇平村的信早上要送一趟，下午也要再送一趟。這令他感到十分不耐煩。

今天下午四點五十分整，他送了三封信到小圍場。

一封是某個小孩子寫給妃麗柏·海默斯的，其餘兩封是布萊克小姐的信。她打開信，與妃麗柏在茶几旁坐下來。暴風雨讓妃麗柏今早得以提早收工，因為達雅斯園的花房一關，就沒別的事可做了。

布萊克小姐拆開頭一封信，裡面裝著修理廚房鍋爐的帳單。她氣呼呼地哼了一聲。

「戴蒙開的價格也太離譜了吧，真的非常離譜。不過我想其他人比他好不到哪去。」

她打開第二封信，那筆跡她從未見過。

親愛的麗迪表姐：

我星期二來找你可以吧？兩天前我寫信給派屈克，但是他沒回信，所以我想應該沒問題吧。媽媽下個月會到英格蘭，希望屆時去看你。

如果方便的話，我的火車將於六點十五分抵達奇平村。

愛你的　茱莉亞・西蒙斯

布萊克小姐重新將信看了一遍，她先是震驚，繼而沉下臉。她抬起眼，看著微笑展讀愛子來信的妃麗柏。

「茱莉亞和派屈克回來了沒有？」

妃麗柏抬起頭來。

「回來了，我剛到家時他們就到了。他們上樓換衣服了，兩個渾身都溼透了。」

「麻煩你叫他們下來好嗎？」

「好。」

「等一等……我想讓你看看這封信。」

她把信遞給妃麗柏。

妃麗柏看完信，緊鎖雙眉。

「我不明白……」

「我也不明白。我想也該是我明白的時候了。去叫派屈克和茱莉亞來，妃麗柏。」

「派屈克！茱莉亞！布萊克小姐叫你們哪。」

派屈克跑下樓，進了客廳。

「別走，妃麗柏。」布萊克小姐說。

「哈羅，麗迪阿姨，」派屈克高高興興地說，「叫我嗎？」

「對，我叫你。也許你可以解釋一下這個？」

派屈克看信時，臉上露出一種近乎滑稽的沮喪。

「我原本打算打電報給她的。我真是個混蛋！」

「我猜這封信是你妹妹寫的？」

「是的……沒錯。」

布萊克小姐厲聲問道：「那麼我問你，那位和你一起回來號稱是你妹妹，我表妹，名叫茱莉亞．西蒙斯的年輕女子究竟是誰？」

「呃，你知道，麗迪阿姨，事實上是……我都可以解釋。我知道自己本來不該這麼做，不過我只是在鬧著玩而已，別無他意。如果你讓我解釋的話……」

「我正在等你解釋。這個年輕女人是誰？」

「是這樣的，軍隊解散後不久，我在一個雞尾酒會上碰到她。兩人攀談起來，我跟她說我要來這兒，然後……呃，我想如果帶她一塊來，會很有意思……是這樣的，茱莉亞，真正的茱莉亞，一心想上舞台演出，可是媽媽很反對。不過茱莉亞還是得到一個機會，加入了某個長駐劇團。她想試試自己的身手，但又不想惹媽媽生氣，便讓媽媽以為她乖乖地和我到這兒來接受藥劑師訓練。」

「我還是想知道另外這個女的究竟是誰。」

此時茱莉亞走了進來，她鎮靜如常，態度冷淡。見到她，派屈克如釋重負。

「西洋鏡拆穿了。」他說。

茱莉亞揚起眉毛，鎮靜依舊，她走上前坐下來。

「好吧，」她說道，「都結束了。我想你非常生氣吧？」她以一種近乎冷酷的表情打量著布萊克小姐。「換了我，我也會。」

「你到底是誰？」

茱莉亞嘆口氣。

「我想我是該老實跟你說了。我是皮普與艾瑪中的其中一個，確切地講，我的教名是艾瑪．喬斯林．史丹佛。只是我取了這個名字後不久，爸爸就再也沒用史丹佛這個名字了。他後來稱自己是德古西。

「我父母在我和皮普出生三年後分手，自此分道揚鑣，也把我們兄妹倆拆散了。父親帶的是我，大體而言，他不是個好父親，卻十分迷人。每當他身無分文或者準備去做一些十惡不赦的勾當時，我便被送進修道院接受教育，去承受被拋棄的煎熬。他常常裝出一副闊佬的樣子，支付第一個學期的費用，然後便銷聲匿跡一兩年，把我扔給修女。我們也有過很快樂的時光，一起浪跡天涯。然而，戰爭把我們分開了，我不知道父親的境遇如何，我自己也經歷過一些危險。我在法國反抗軍裡待過一陣子，痛快極了。長話短說吧，我在倫敦落了腳，開始思考自己的未來。我知道媽媽有個哥哥，雖然他和媽媽吵翻了，但死的時候是位大富豪。我去查看他的遺囑，想知道有沒有留給我什麼。結果沒有，換言之，沒有直接給我的遺產。我打探他遺孀的狀況，發現她又老又病，靠藥物維生，來日無多。坦白講，你似乎是我最好的賭注了。你會繼承一大筆財產，而且就我所知，你並沒有子女需要扶養。恕我直說，我覺得如果我能用友善的方式接近你，而你又喜歡上我……畢竟自從藍道舅舅死了之後，情況發生了一點變化，不是嗎？我是說，就算我們曾經有錢過，也都在戰爭中付諸東流了。我想你可能會對一位舉目無親、可憐的孤女動了惻隱之心，而給她一小筆錢。」

「噢，你是這麼想的嗎？」布萊克小姐厲聲道。

「是的。當然，那時我還沒見過你，我想過用哀兵之計……後來也是天上掉下來的好運，我遇到了派屈克，而他恰好又是你的外甥或表弟。這真是天賜良機，我大膽地接近派屈克，而他也樂得上我的當。真正的茱莉亞其實根本不適合演戲，不久我勸服她，說她應該獻身藝術，並叫她在佩斯某個蹩腳的旅社安頓下來，訓練自己當明日之星。

「你不該太苛責派屈克。他很同情我這個孤女……沒多久，他就覺得把我當妹妹帶到這兒來、讓我偽裝成茱莉亞，應該會很有意思。」

「而且他還同意你繼續對警察撒謊？」

「拜託你，麗迪，難道你看不出搶案發生時——或者說發生後——我就覺得我是嫌疑的焦點，因為我有絕佳的殺人動機。不過我現在可以告訴你，我並不是暗算你的人。你不能要我自己出面去承攬罪嫌。就連派屈克也不時在懷疑我，如果連他都這麼想了，警方會怎麼看呢？蓋達克警官給我的印象是，他是個疑心病很重的人。不，我細想過了，我唯一能做的就是繼續佯裝成茱莉亞，等事情平息之後就銷聲匿跡。

「我千算萬算，就是算不到那個笨茱莉亞，也就是真的茱莉亞會和製作人吵架，任性地把整件事弄砸了。她寫信給派屈克，問她能不能過來。派屈克不僅沒有回信不准她來，竟然還把這事忘個精光！」她憤憤地瞪著派屈克。「你這個大白癡！」

她嘆了口氣。

「你不知道我在米徹斯特有多難捱！當然啦，我從沒去過醫院，不過倒是去了別處。我一次又一次地在電影院裡消磨時光，不斷重複地看著那些恐怖電影。」

「皮普和艾瑪，」布萊克小姐低聲說，「儘管警官提了那麼多次，但不知怎的，我從不相信真有其人……」

她試探地看著茱莉亞。

「你是艾瑪，」她說，「那麼皮普在哪兒？」

茱莉亞用明亮無邪的眼光望著她。

「我不知道，」茱莉亞答道，「我根本就不知道。」

「我覺得你在說謊，茱莉亞。你最後一次見到他是什麼時候？」

茱莉亞答話前是否有片刻的遲疑？

她斬釘截鐵地答道：「我們三歲以後，也就是在我母親把他帶走之後，我就沒再見過他了。我既沒見過他，也沒見過我母親，我也不知道他們在哪兒。」

「你要說的就是這些？」

茱莉亞又嘆口氣。

「我大可以說抱歉，但這又言不由衷，因為如果有機會，我還是會做同樣的事……當然，如果沒有謀殺這檔事的話。」

「茱莉亞，」布萊克小姐說，「我這樣叫你是因為我習慣了這名字。你說你曾和法國反抗軍在一起？」

「是的，有十八個月。」

「那麼你應該很會射擊囉？」

那雙冷靜的藍眼睛又與她的眼睛對視了。

「我的槍射得很準，我是第一流的槍手。我沒向你開槍，麗迪．布萊克，雖然這只是我的片面之詞，但我還是要告訴你一點：如果是我朝你開槍，絕不可能失手。」

§

門前的車聲打破了室內的靜默。

「會是誰呢？」布萊克小姐問。

米姬把她頭髮蓬鬆的腦袋伸進來，翻著眼白。

「警察又來了，」她說，「這根本是一種迫害！為什麼他們不肯讓我們靜一靜？我受不了啦。我要寫信給首相，我要寫信給女王。」

蓋達克一把將米姬掃到一邊，緊抿著嘴走了進來，一群人不安地望著他。蓋達克看起來和平時判若兩人。

他嚴厲地說：「莫加璐小姐被謀殺了。她是被勒死的，就在不到一小時前。」他死盯著茱莉亞。「你——西蒙斯小姐——這一天你都在什麼地方？」

茱莉亞小心翼翼地回答：「在米徹斯特。我剛剛才進家門。」

「那你呢？」

他的目光轉向派屈克。

「和她一樣。」

「你們兩個一起回家嗎？」

「是……是的，我們是一起回家的。」派屈克答道。

「不對，」茱莉亞說，「這樣不行，派屈克。這種謊話馬上就會被拆穿，公車上的人和我們很熟，我是搭乘早一點的班車回來的，警官，就是四點抵達這兒的那一班。」

「然後你做了些什麼？」

「我去散步了。」

「朝礫石山莊的方向嗎？」

「不是。我往田野走去。」

他盯住她，茱莉亞臉色蒼白，緊繃著嘴回瞪過去。

雙方都還沒開口，電話便響了。

布萊克小姐用徵詢的眼光看了蓋達克一眼，然後拿起電話。

「喂。誰？噢，是圓圓啊。什麼？不，不，她沒有，我不知道……有啊，他在這兒。」

她放下話筒說：「哈蒙太太要和你說話，警官。瑪波小姐還沒回到牧師家，哈蒙太太很擔心她。」

蓋達克向前跨了兩步，一把抓過話筒。

「我是蓋達克。」

「我好擔心啊，警官。」圓圓像孩子似地顫聲說，「瑪波阿姨出去了，可是我不知道她去哪兒。他們說莫加璐小姐被謀殺了，是真的嗎？」

「對，是真的，哈蒙太太。辛珂芙小姐發現屍體時，瑪波小姐和她在一起。」

「噢，原來阿姨在她那兒呀。」圓圓鬆了口氣。
「不，不，沒有。她大約是……讓我想想……半小時前離開那兒。她還沒到家嗎？」
「還沒，她沒有回家。只有十分鐘的路程，她會去哪兒呢？」
「也許她去拜訪你的鄰居了？」
「我都打過電話了，一個個都打過了。她都不在那裡。我很害怕，警官。」
我也一樣，蓋達克心想。他很快說道：「我馬上過去你那邊。」
「噢，快來吧。有一張條子，她出去之前寫的，我不明白是什麼意思……對我來說簡直像是天書。」
蓋達克放下話筒。
布萊克小姐焦急地問：「瑪波小姐是不是出事了？噢，但願她沒事。」
「我也希望她沒事。」蓋達克的嘴抿得更緊了。
「她年紀太老了，而且很脆弱。」
「我知道。」
布萊克小姐站在那裡，用手去拉扯頸上的珍珠短鍊，一面啞著聲音說：「情況變得愈來愈糟了。不管這些事是誰幹的，這人一定是瘋了，警官，而且是喪心病狂……」
「我懷疑……」
布萊克小姐頸上的短鍊，在她緊張的抓扯下，突然斷開了，光滑潔白的珠子滾了滿地。

麗迪亞痛苦地喊道：「我的珍珠，我的珍珠……」

她的聲音如此痛楚，所有的人莫不驚愕地望著她。她用手按住喉頭，哭著衝出了客廳。

妃麗柏一粒粒去撿珍珠。

「我從未見過她這麼沮喪，」她說，「麗迪一向戴著這條鍊子，也許是什麼特別的人送她的，你看呢？或許是藍道．戈德勒？」

「有可能。」警官緩緩說道。

「這些珍珠不會是……不可能是……不太可能是真的吧？」

妃麗柏問，她仍然跪在地上，一顆一顆拾著燦然生光的珠子。

蓋達克撿了一顆拿在手裡，正想回答「真的？當然不是！」，突然又把話吞了回去。

珍珠會是真的嗎？

這些珠子顆粒碩大，粒粒勻稱潔白，看起來應該是假的。蓋達克忽然想起一樁案子，有個人花了幾先令在當鋪裡買了一串貨真價實的珍珠。

麗迪亞．布萊克向他保證過，家裡沒有貴重的珠寶，但如果這串珍珠剛巧是真的，必然價值不菲。如果又是藍道．戈德勒送的……那麼就更可能價值連城了。

樣子看起來是假的……應該是假的。但萬一是真的呢？

為什麼不能是真的呢？她本人可能並沒有意識到項鍊的價值，或者她故意把鍊子當廉價飾品來戴，藉以保護自己的財物。這鍊子究竟值多少錢？或許是無價之寶，值得下殺手取之……如果有人知道內情的話。

蓋達克猛然一驚。瑪波小姐失蹤了，他必須趕去牧師家。

§

警官發現圓圓和牧師正在等他，兩人一籌莫展，萬分焦急。

「她還沒有回來。」圓圓說。

「她離開礫石山莊時，有沒有說是要回來？」朱利安問。

「她沒這麼說。」

蓋達克慢慢說道，拚命回想最後見到瑪波小姐時的情形。記得當時她的嘴角緊繃，平日溫和無比的那雙眼睛卻蒙著寒霜。那麼嚴峻而堅毅……她想做什麼？去哪裡？

「我最後見到她時，她正在和佛萊哲警佐說話，」蓋達克表示，「就在大門口。然後她走出大門。我還以為她是往這兒來的，我本來應該用車送她……但當時要處理的事太多了，而且她又走得很急。佛萊哲可能知道點什麼吧！佛萊哲在哪兒？」

然而，等蓋達克打電話與礫石山莊聯繫後，才發現佛萊哲並不在那邊，也未留言表示去何處。想來他可能回去米徹斯特了。

警官突然想起圓圓先前在電話上說的事，便轉向她。

「那張紙條在哪兒？你說她在紙上寫了些東西。」

圓圓把紙條拿給他。他在桌上攤開紙條俯身細看，圓圓靠在他肩頭，幫他將信拼出來，那字跡十分潦草，相當難認。

「檯燈」，然後是「紫羅蘭」。接著空一格，寫著：「裝阿斯匹靈的瓶子在哪兒？」下一段文字就更難懂了，「可口死了」。

圓圓讀出聲。

「那是米姬做的蛋糕。」

「查詢。」蓋達克唸道。

「查詢？我想知道是查詢什麼？這是什麼？勇敢地承受起痛苦的折磨……這到底是什麼呀！」

「碘，」警官唸著，「『珍珠』。啊，珍珠。」

「然後是『洛蒂』（Lotty）……不，是『麗迪』（Letty）。她寫的e看起來像o。接下來是伯尼。這又是什麼呢？『養老金』……」

兩人面面相覷，迷惑不解。

蓋達克很快地將這些字重新連起來。

「檯燈。紫羅蘭。裝阿斯匹靈的瓶子在哪兒？可口死了。查詢。勇敢地承受起痛苦的折磨。碘，珍珠。麗迪。伯尼。養老金。」

圓圓問：「這有什麼意義嗎？究竟有沒有意義？我看不出有什麼聯繫。」

蓋達克緩緩說道：「好像有點苗頭了……可是我不知道。奇怪的是，她竟然寫了珍珠。」

「什麼珍珠？你在說什麼呀？」

「布萊克小姐不是一向都戴著那串珍珠短鍊嗎？」

「是啊。我們有時還笑她那鍊子看起來滿假的，不是嗎？我猜她大概覺得很時髦。」

「可能還有別的原因。」蓋達克表示。

「你不會認為那是真的吧？噢！不可能！」

「你看過那麼大的真珍珠嗎，哈蒙太太？」

「可是它們看起來好光滑。」

「反正，現在重要的不是珍珠，而是瑪波小姐。我們得找到她。」

他們必須找到她，以免為時太遲……也許已經遲了？那些鉛筆寫下的字表示她已找到方向了……可是這麼一來就很危險，危險極了。再說，佛萊哲究竟到哪兒去了？

蓋達克從牧師家出來，走到他停車的地方。他唯一能做的就是盡力搜索。

一個聲音從垂枝後傳來。

「長官！」佛萊哲警佐急促地喊道，「長官……」

21 三個女人

小圍場的晚飯已經結束了。這頓飯眾人吃得食不知味，沉默已極。

派屈克很不自在地發現沒人理他，只好不時努力講點話，但還是沒人理他。妃麗柏・海默斯陷入了沉思。布萊克小姐懶得再裝出平時的快活模樣，她換了衣服，下樓時戴著瑪瑙浮雕項鍊，然而她的黑眼圈及發顫的雙手，卻在在表露她心中的恐懼。

茱莉亞整晚依舊一副置之度外的冷漠。

「很抱歉，麗迪，」她說，「我不能就這麼打包走人，我想警方不會容許我這麼做。想來我玷汙貴府——或者隨你怎麼說——的時間不會太長了。蓋達克警官應該隨時會拿著逮捕令和手銬出現吧，老實說，我真不懂他怎麼還不來逮捕我。」

「他正在找那位老太太，瑪波小姐。」布萊克小姐說。

「你認為她也被害了嗎？」派屈克好奇地問，「可是為什麼呢？那老太太能知道什麼？」

「我不知道，」布萊克小姐面無表情地說道，「也許莫加璐小姐告訴她一些事情吧。」

「如果她也被殺，」派屈克說，「推測起來，只有一個人可能下手。」

「誰？」

「當然是辛珂芙啊，」派屈克得意地說道，「那是她最後出現的地方……礫石山莊。我的看法是，她根本沒有離開過礫石山莊。」

「我頭好疼，」布萊克小姐靜靜說著，用手按住前額。「辛珂芙何必殺害瑪波小姐？沒有道理。」

「要是辛珂芙果真殺了莫加璐，那就有道理了。」派屈克得意洋洋地說。

妃麗柏一掃冷漠，突然說道：「辛珂芙不會殺害莫加璐。」

「如果莫加璐說漏了嘴，結果洩漏了她——辛珂芙——就是殺人凶手的祕密，她就會。」

「然而莫加璐遇害時，辛珂芙在警察局。」

「她可以先殺了莫加璐，然後再去。」

麗迪亞．布萊克突然尖聲大叫，把眾人嚇了一大跳。

「謀殺，謀殺，謀殺！你們就不能說點別的嗎？我很害怕，你們知道嗎？我很害怕。以前我並不怕，我原以為我能照顧好自己……可是，你如何防備一個在暗處伺機而動的凶手？啊，上帝啊！」

她把頭埋到手裡。過了片刻後，她抬起頭，生硬地表示道歉。

「我很抱歉。我……我一時失控。」

「沒關係，麗迪阿姨，」派屈克愛憐地說，「我會照顧你。」

「你？」麗迪亞．布萊克以近乎指責的語氣回答說。

就在今晚的晚餐時間即將來臨前，米姬走進來，宣布她不打算做晚飯，氣氛一時間曾稍微轉變了一下。

「我不要在這個屋子裡做任何事，我要回到我房間，把自己鎖在裡面，一直待到天亮為止。我好怕呀！有人一再被害……那個長得傻乎乎的莫加璐小姐，誰會去殺她呀？只有瘋子才會！那麼這一切都是瘋子幹的囉！瘋子是不會在乎殺的人是誰。可是我不想被殺。廚房裡有影子，我聽見了響動……我看見院子裡有人，接著我又在儲藏室門口看見一個影子，然後我聽見了腳步聲。所以現在我要回我房間去了，我要把門鎖好，甚至還要用櫃子抵住門。明早我就告訴那個鐵面警官說我要離開了，要是他不讓我走，我就尖叫到他放我走為止。」

大家對米姬的尖叫記憶猶新，一聽到她如此威脅，便覺得不寒而慄。

「好啦，我要回房了。」米姬重申道，表明自己的意圖。她象徵性地將身上的印花圍裙扔到一邊。「晚安，布萊克小姐。也許到了明天你已不再活著，所以我就先說聲再見了。」

說完米姬飄然而去，房門在她身後輕輕關上。

茱莉亞從座位上起來。

「我去做晚餐，」她以就事論事的口吻說，「這樣安排挺好的……比讓我和你們同桌令大家尷尬好多了。派屈克（既然他自封是麗迪阿姨的保護人），你最好把每道菜都先嘗一遍，我可不想又被冠上毒害別人的罪名。」

於是，茱莉亞燒了一頓極其可口的晚餐。

妃麗柏自願到廚房幫忙，但茱莉亞堅決說不要別人插手。

「茱莉亞，我有些事想說……」

「我可沒時間聽女人的祕密，」茱莉亞堅定地表示，「回飯廳去吧，妃麗柏。」

吃過晚餐，眾人來到客廳，圍坐在火爐邊的茶几旁喝咖啡。但誰都無話可說。大家都在等待，如此而已。

八點三十分，蓋達克警官來電。

「我十五分鐘左右到貴府去，」他宣稱，「我會帶上校和他太太，還有司威頓太太和她兒子過去。」

「可是，警官……我今晚不方便接待客人……」

布萊克小姐似乎已經撐不下去了。

「我明白你的感受，布萊克小姐。我很抱歉，但事情很緊急。」

「你有沒有……找到瑪波小姐？」

「沒有。」警官答道，然後掛斷了電話。

茱莉亞把咖啡盤端到廚房，她驚愕地發現，米姬正對著水槽裡的碗盤出神。

聽到她進來，米姬劈里啪啦就數落起來。

「瞧你把我乾淨的廚房弄成什麼樣子！這個炒鍋，我只……只用來做煎蛋捲的！可是你，你拿它來煮什麼？」

「炒洋蔥。」

「毀了，真的毀了。現在非洗不可了，可是我從來……從來不洗煎蛋捲的鍋子。我都用油墨紙小心擦，這樣就行了。還有你用的這個長柄深底鍋，這口鍋，我只用來燒牛奶……」

「我怎麼會知道你用哪個鍋煮什麼，」茱莉亞生氣地說，「是你自己要去睡覺，幹嘛又爬起來，莫名其妙。走開，讓我一個人安安靜靜地洗碗。」

「不行，不准你用我的廚房。」

「喂，米姬，你真令人忍無可忍！」

茱莉亞憤怒地大步走出廚房，這時門鈴響了。

「我才不去開門呢！」米姬從廚房裡喊道。

茱莉亞低聲粗罵一句，然後大步走到前門。

來的是辛珂芙小姐。

「晚安，」她啞聲說，「很抱歉又闖進來了。警官應該打電話來了吧？」

「他沒告訴我們你要來。」茱莉亞說，一面將客人領到客廳。

「他說除非我願意，否則不必過來。」辛珂芙小姐道，「但我非常願意。」

沒有人敢安慰辛珂芙或提起莫加璐小姐的死。這位高大精幹的女子一臉黯然神傷，使得任何安慰的話都顯得多餘。

「把所有的燈打開，」布萊克小姐說，「給火爐裡再加點火。我很冷，非常冷。過來，到爐火邊吧，辛珂芙小姐。警官說他十五分鐘後就到，現在時間也差不多了。」

「米姬又下來了。」茱莉亞說。

「是嗎？有時候我覺得她瘋了，真的瘋了……不過也許我們全都瘋了。」

「我受不了罪犯都是瘋子的這種說法，」辛珂芙小姐憤怒地喊道，「我覺得罪犯腦子既聰明又正常！」

外面響起了汽車聲，不一會兒，蓋達克便陪同上校夫婦、艾德蒙、司威頓太太走進來。大家都好奇地止住了話。

伊德布上校用平時的語氣說道：「哈！好棒的火。」

伊德布太太不願摘下軟毛帽，緊貼著丈夫坐下來。她那張美麗但缺乏深度的臉蛋，此刻竟似擠壓過的黃鼠狼。艾德蒙的脾氣很糟，對每個人都沒好臉色。司威頓太太盡可能客氣，結果反而顯得造作。

「太可怕了，不是嗎？」她說，「我是指每件事。我看還是少講為妙，因為誰也不知道下一個會輪到誰……就像鼠疫一樣。親愛的布萊克小姐，你不覺得你該喝點白蘭地嗎？即便半杯也好？我向來認為沒有什麼比得上白蘭地更讓人提神醒腦。我……我們這樣好像很無禮，這樣的不請自來，不過，是蓋達克警官硬逼我們來的。太可怕了，還沒有找到她，我是指住在牧師家那位可憐的老太太。圓圓．哈蒙都快瘋了，沒人知道她去哪兒了。老太太沒來我們家，今天我甚至沒見過她，她要是來過，我一定會知道，因為我就在客廳裡……就在房子後面。知道嗎，艾德蒙在他書房裡寫作……那是在前面，所以無論她從哪一頭進來，我們都應該看得見。啊，我真希望那可愛的老太太別出事。願她一切平安。」

「媽，」艾德蒙極其不耐地說，「您能不能別再講了？」

「親愛的，我真的一個字也不想說。」司威頓太太說完，挨著茱莉亞坐到沙發上。

蓋達克警官站在靠門的地方。三個女人面對著他，幾乎坐成一排……茱莉亞和司威頓太太坐在沙發上，伊德布太太則坐在她先生椅子的扶手上。警官並未刻意安排，結果卻如其所願。

布萊克小姐和辛珂芙小姐彎著身子烤火，艾德蒙站在她們附近，妃麗柏則遠遠站在後邊的陰影裡。

蓋達克開門見山地表示：「你們大家都知道莫加璐小姐遇害了。我們有理由相信凶手是名女子，基於其他理由，我們可以將範圍縮得更小。我這就請幾位女士說說她們今天下午四點到四點三十分之間的行蹤。我已經聽過自稱是西蒙斯小姐的年輕女士交代了行蹤，我想請她重複她說過的話。同時，西蒙斯小姐，我必須提醒你，如果你認為你的回答對自己不利，請不必回答，你說的每句話都會被愛德華警員記錄下來，並可能作為法庭上的證詞。」

「這些話你非說不可，對吧？」茱莉亞說。她的臉色格外蒼白，神態卻鎮靜自若。「我再說一遍，四點到四點三十分之間，我正沿著康普頓農場小溪邊的田野散步。我是從長著三棵白楊樹的田野走回到大馬路，就我的記憶，我並未遇見任何人，沒有靠近礫石山莊。」

「司威頓太太，你呢？」

艾德蒙問：「你不先宣讀我們的權利嗎？」

警官轉向他說：「不。目前只有西蒙斯小姐需要而已。我沒有理由認為其他人說的話會對自己不利，但是，任何人當然都有權利請律師在場，律師不在場時也可以拒絕回答問題。」

「噢，可是這麼做既沒必要又浪費時間哪。」司威頓太太大聲說，「我保證可以馬上告訴你我那段時間在幹什麼，你要問的就是這個，不是嗎？現在我可以開始了嗎？」

「是的，請吧，司威頓太太。」

「我想想看……」司威頓太太閉上眼，然後又睜開。「我和莫加璐小姐的遇害當然無關，這一點相信在座的每一位都很清楚。不過，我也是個知情達理的人，我很了解警方得問些最不必要的問題，並鄭重地一一寫下來，作為『紀錄』。對吧？」司威頓太太忽然向忙著記錄的愛德華警員問道，然後還體恤地補上一句：「我說話不會太快吧？」

愛德華警員是位優秀的速記員，但不太懂得應對進退，只見他紅著臉愣愣答道：「還好，夫人。呃，也許稍微慢一點會更好。」

司威頓太太繼續發表長篇大論，並在她認為適宜用逗號或句號的地方停頓下來。

「當然啦，很難說得準確，因為我的時間觀念不是很強。自大戰以來，我們家的時鐘壞了一半，而沒壞的那一半，卻因為沒上發條，不是太快，就是太慢，要不然就根本不走。」

司威頓太太停下來，讓大家了解她一家混亂的時間，然後才認真地接著說：「我想四點時我在翻新我的襪底（結果不知怎地，我竟然弄錯了，用了金銀絲線，你知道嗎，不是素線）。不過，我若不是在做這件事，那麼下雨前，我一定是在外面把枯死的菊花修剪掉……不對，那應該是更早之前的事，在下雨之前做的。」

「那場雨，」警官說，「是在四點十分開始下的。」

「是嗎？這可幫了大忙。是了，那時我在樓上把洗臉盆放在走廊上接水，那地方總是漏水，雨水流得很快，我立刻猜到屋頂的排水管又堵住了。於是我下樓，穿上雨衣雨鞋。我喊了艾德蒙，可是他沒回答，我想他大概寫到精采片段吧，就沒再打擾他了。再說，我以前也常自己弄。拿把掃帚柄，綁到用來往上推窗戶的長棍上就行了。」

「你是說，」蓋達克看到他的屬下一頭霧水，便問道：「你在清理排水管？」

「是啊，管子全給樹葉堵住了。我花了好長時間，而且全身都弄溼了，不過最後我還是把它清乾淨了。後來我進屋子裡換洗——枯葉的味道真臭——然後到廚房把水壺擱到火爐上，那時廚房的鐘指著六點十五分。」

愛德華警員眨眨眼。

司威頓太太得意地結論道：「也就是說，時間剛好是四點四十分。」她補充道：「或接近四點四十分。」

「你到屋外清理排水管時，有人看見嗎？」

「沒有，」司威頓太太表示，「要是有，我馬上就拉他幫忙了！一個人弄很辛苦。」

「那麼照你的說法，下雨這段時間你穿著雨衣雨鞋在屋外，忙著清理排水管，可是從頭到尾沒有人能幫你作證？」

「你可以去看看排水管哪，」司威頓太太說，「很乾淨呢。」

「你聽見你母親叫你了嗎，司威頓先生？」

「沒有，」艾德蒙答道，「我當時睡得很沉。」

「艾德蒙，」他母親責備道，「我還以為你在寫作呢。」

蓋達克警官說：「伊德布太太，現在請你說了。」

「我陪艾濟坐在他書房裡，」伊德布太太回答說，一面用天真無邪的眼睛望著他。「我們在一塊聽收音機，對吧，艾濟？」

出現了一時的靜默，伊德布上校脹紅了臉，握住妻子的手。

「你不懂這些事的，小貓咪，」他說，「我……呃，是這樣的，警官，你突然問我們這件事，內人，呃，內人被弄得很不知所措，她很緊張，繃得很緊，而且她並不了解做供述之前應該要考慮清楚。」

「艾濟，」伊德布太太責備道，「你打算說你沒有和我在一起嗎？」

「我是沒有，對吧，親愛的？我是說，我們得據實回答！警方問話時，這點很重要。那時我正和蘭普森——也就是克羅夫特區的農夫——談論如何靠養雞賺錢。當時大約是三點四十五分。我是雨停後才到家，剛好趕在喝茶之前，是四點四十五分。蘿拉正在烤鬆餅。」

「你也外出過嗎，伊德布太太？」

那張漂亮的臉蛋越發像黃鼠狼了，她的眼神十分慌亂。

「不……不，我只是坐著聽收音機，我沒出去，那時我沒出去，而是更早時候出門的，大約……大約三點半吧，只是去散個小步而已，沒走多遠。」

她似乎期待更多的提問，但蓋達克平靜地說：「就這些了，伊德布太太。」他接著說：「這些供詞會打成文字，到時各位看一看，若內容正確，請在上面簽字。」

伊德布太太忽然惡狠狠地看了他一眼。

「你幹嘛不問其他人當時在什麼地方？比如說海默斯那個女人？還有艾德蒙．司威頓？你怎麼知道他確實在屋裡睡覺？又沒人看見他。」

蓋達克警官心平氣和地說：「莫加璐小姐遇害前說了一些話。案發當晚，有人從這個房間裡開溜了，莫加璐小姐告訴她朋友，當晚她看到了哪些人，將這些人一個個剔除掉後，她發現她沒看見溜掉了的那個人。」

「誰也不可能看見什麼。」茱莉亞說。

「莫加璐就能，」辛珂芙小姐忽然用她低沉的嗓音說道，「她就站在門背後，也就是蓋達克警官現在站的地方。她是當時唯一看得見的人。」

「哈！那是你以為而已！不是嗎？」米姬質問道。

米姬突然一把推開門，衝了進來，幾乎將蓋達克推倒。她非常激動。

「哼，你為什麼不讓我跟其他人一起進來，你這個古板的警察！米姬不過是在廚房打雜的！就讓她留在廚房裡吧！我告訴你，我米姬和別人一樣，我也會看，也許還看得更清楚咧。沒錯，我看到一些事。案發當晚我看見了一些事，我當時不相信，所以一直到現在都沒說。我告訴自己，我要等時機到了，才把當時看到的事說出來。」

「是不是想等一切平靜以後，再跟某個人索取一點錢，嗯？」蓋達克說。

米姬轉向他，一臉怒容。

「為什麼不可以？你幹嘛瞧不起人？既然我一直這麼好心的保持沉默，當然該得到一點好處！尤其等哪天錢來的時候……會有很多很多錢呢。噢！我也聽說了，我知道是怎麼回事。我知道皮普、艾瑪，而她……」她猛然伸手指著茱莉亞。「是這個祕密裡的一員。沒錯，我本來可以等著要錢的，可是現在我害怕了，我寧可先保命。因為或許不久也會有人想殺我，所以我要把我知道的事說出來。」

「好吧，」警官懷疑地說道，「你到底知道些什麼？」

「我告訴你，」米姬慎重地說，「那天晚上我其實不是在餐具室擦銀器，我聽見槍響時，已經來到飯廳了。我從鑰匙孔裡往裡面瞧，走廊上一片漆黑，可是槍聲很響，手電筒掉在地上……我看見了她！我看見她手裡拿著槍，就在他附近。我看見了布萊克小姐。」

「我？」布萊克小姐大吃一驚，從座位上跳起來。「你瘋了！」

「不可能啊，」艾德蒙叫道，「米姬不可能看見布萊克小姐。」

蓋達克斷然打斷他說：「不可能是她嗎，司威頓先生？為什麼不可能？既然拿著槍站在那兒的不是布萊克小姐？那麼是你了，對吧？」

「我……當然不是，去你的！」

「是你偷了伊德布上校的左輪槍。是你跟魯迪．謝爾茲共同密謀好開個大玩笑。你跟著派屈克．西蒙斯走進內廳，等燈一滅，就從上過油的那道門溜出去。你朝布萊克小姐開槍，然後又殺了魯迪．謝爾茲。幾秒鐘後，又溜回客廳，啪啪地打著打火機。」

艾德蒙一時間無言以對，只能氣急敗壞地說道：「你這種說法太歹毒了。為什麼說是我？我究竟有什麼動機？」

「如果布萊克小姐比戈德勒太太還先死亡，有兩個人能繼承遺產。我們只知道這兩人叫皮普和艾瑪。茱莉亞．西蒙斯原來就是艾瑪……」

「而你認為我就是那個皮普？」艾德蒙哈哈大笑。「真是異想天開，荒誕已極！我的年紀是差不多，但也僅此而已。你這混蛋，我可以向你證明我是艾德蒙．司威頓。我有出生證明、中小學畢業證書、大學文憑，一切一切。」

「他不是皮普。」角落的陰影裡傳來一個聲音。

「那麼是你囉，海默斯太太？」

「沒錯。大家都以為皮普是個男孩……茱莉亞當然知道她的同胞胎是個女孩，但我不知道今天下午她為什麼不說……」

「為了家庭的和諧，」茱莉亞說道，「我忽然意識到你是誰。但在那一刻之前，我的確不知道。」

「我與茱莉亞的想法一樣。」妃麗柏顫聲說道，「自從失去丈夫、戰爭結束後，我不知道自己該做什麼。我母親許多年前就死了。我發現我和戈德勒家族的關係，戈德勒太太行將就木，她一死，錢就會落到布萊克小姐手裡。我找到了布萊克小姐的住處，於是我……我就搬到這裡了。我在盧卡斯太太家找了份差事，希望年老無親的布萊克小姐能伸手相助，但不是為了我，因為我能工作，我是希望她能資助哈里的教育費。畢竟，這是戈德勒家的錢，再說她又沒有特別的親人需要花費。」

「後來，」妃麗柏說得更快了，彷彿長期以來積壓在胸中的千言萬語一下決了堤，再快的速度也表達不出她的感受。「發生搶案後，我開始害怕了。因為我覺得，唯一有動機殺死布萊克小姐的人就是我。我完全不知道誰是艾瑪……我們不是那種一模一樣的雙胞胎，我們長得並不相像。因此，似乎只有我會受到懷疑了。」

她停下來，將秀髮自臉上往後梳理。蓋達克猛然意識到，書信匣裡那張褪了色的照片，一定是妃麗柏的母親。她們兩人是如此相像。他也明白了，為什麼看到信上那句「雙手緊了又鬆、鬆了又緊」時，會感到似曾相識了……因為妃麗柏這會兒正在做這個動作。

「布萊克小姐對我很好，非常非常好……我從未意圖謀害她，從來沒有動過這個念頭。可是結果還是一樣，我就是皮普。」她補充道，「你知道，你不用再懷疑艾德蒙了。」

「不必了嗎？」蓋達克說，語氣依然十分尖刻。「艾德蒙．司威頓可是個見錢眼開的小夥子哩，說不定他想娶個有錢老婆，不過如果布萊克小姐不在戈德勒太太之前死掉，他想討的這個老婆就不會有錢了。既然戈德勒太太確定會死在布萊克小姐之前，那麼他就得有所行動了，不是嗎，司威頓先生？」

「這全是胡說八道！」艾德蒙大喊道。

此時，空中突然傳來一聲叫喚，是從廚房裡傳來的……一聲悠長而且令人心驚的尖叫。

「那不是米姬！」茱莉亞喊道。

「不是，」蓋達克警官說，「是那個謀殺了三個人的凶手……」

22
真相大白

警官把注意力轉向艾德蒙．司威頓前，米姬已悄悄溜出了客廳，回到廚房。布萊克小姐進來時，她正在往水槽裡放水。

米姬慚愧得偏開臉去。

「你可真不誠實，米姬，」布萊克小姐輕鬆地說，「原來你都是這麼洗碗的……餐具不能那樣洗。得先洗銀器，水槽裡要放滿水。這麼一點水哪能洗碗？」

米姬順從地又打開水龍頭。

「你不會對我剛剛說的話生氣吧，布萊克小姐？」她問。

「如果對你說的每句謊話都要生氣，我早就氣死了。」布萊克小姐說。

「我要去對警官說是我瞎編的，行嗎？」米姬問。

「他已經知道了。」布萊克小姐和顏悅色地說。

米姬伸手去關水龍頭，就在此時，兩隻手從她後面伸過來，迅速地把她的頭按到裝滿水的水槽裡。

「只有我明白你是頭一次說實話。」布萊克小姐惡毒地說。

米姬猛烈地掙扎擺動，但布萊克小姐很強壯，她雙手牢牢地將米姬的頭按在水裡。

接著在她身後近處，飄起了朵拉・邦妮哀怨的聲音。

「噢，洛蒂……洛蒂……別那樣做……洛蒂……」

布萊克小姐尖叫著揚起雙手，米姬站起來拚命咳著。

布萊克小姐連連尖叫，因為廚房裡再也沒有別的人了。

「朵拉，朵拉，原諒我，我是不得已呀……我不得不……」

她瘋狂地衝向洗滌室的門，然而佛萊哲魁梧的身體擋住了她的去路。這時，瑪波小姐紅著臉，得意地從放掃帚的櫃子裡走出來。

「我一向善於模仿別人的聲音。」瑪波小姐說。

「麻煩你跟我來，女士，」佛萊哲警佐說，「我是你企圖謀害這位小姐的目擊者。我必須警告你，將來還會有其他指控，麗迪亞・布萊克……」

「是夏洛蒂・布萊克，」瑪波小姐糾正道，「那才是她真實的身分，在她從不離身的那條短鍊下，你會發現手術後所留下的疤痕。」

「手術？」

「甲狀腺腫大手術。」

布萊克小姐此刻已平靜下來，看著瑪波小姐。

「這麼說，你全都知道了？」她說。

夏洛蒂．布萊克在桌旁坐下，開始哭起來。

「你不該那樣做，」她說道，「你不該學朵拉的聲音。我愛朵拉。我真的很愛她。」

警官和其他人擠到了門口。

愛德華警員除了本身的本領外，還具備急救和人工呼吸的知識，此刻正忙著救米姬。等米姬能開口說話後，米姬便急著讚揚自己。

「我做得不錯吧？我才聰明哩！而且我很勇敢！啊，我真勇敢！勇敢到差點被害死。可是我不怕。」

辛珂芙小姐猛然推開身邊的人，向在桌邊嗚嗚哭泣的夏洛蒂．布萊克撲過去。

佛萊哲警佐使出全身力氣才將她隔開。

「好了，」他說，「好了……別這樣，別這樣啊，辛珂芙小姐……」

辛珂芙咬緊牙根說：「放我過去，我要把她殺了，你不要攔我。殺害艾梅．莫加璐的就是她。」

夏洛蒂．布萊克抬起頭吸著鼻子。

「我並不想殺她，我並不想殺任何人，我是迫不得已的。可是我真的很愛朵拉。朵拉死後，我變得孤苦零丁，自從她死了以後，我便孑然一身了。噢，朵拉，朵拉……」
她又用手捂住臉，哀哭起來。

23 牧師家夜談

瑪波小姐坐在高背扶手椅上。圓圓在火爐前席地而坐，雙手抱住膝蓋。朱利安牧師身子前傾，不像個大人，倒像個學童。蓋達克警官嘴含菸斗，慢慢喝著威士忌，顯然一派悠閒。圍坐在外圈的有茱莉亞、派屈克、艾德蒙和妃麗柏。

「我想這故事該由你來講，瑪波小姐。」蓋達克說。

「啊，不，我親愛的孩子，我只是零零星星的幫了一點小忙而已。負責的人是你，你指揮了整個過程，而且你知道很多我不了解的情況。」

「那麼你們就一塊說吧，」圓圓迫不及待地說，「一人講一點。只不過要讓瑪波阿姨開頭，因為我喜歡她那種亂糟糟的思考方式。你是在什麼時候開始想到這一切都是布萊克設的圈套？」

「唉，親愛的圓圓，這很難說清楚。從一開始我就覺得，安排那場搶劫最適合或最明顯的人，應該就是布萊克小姐本人。她是唯一和魯迪．謝爾茲有過接觸的人，而且在自己家裡執行這種事容易多了……比如說開暖氣而捨火爐這件事。因為生了火，房間裡就會有光線。而能安排讓屋裡沒有火的人，就只有房子的女主人。

「然而當時我並不是那樣想……我覺得事情沒那麼簡單！不，我也和別人一樣上當了，因為我真的以為有人想殺死麗迪亞．布萊克。」

「我想還是先弄清楚到底發生什麼事吧，」圓圓說，「這個瑞士男孩認出她了嗎？」

「是的。他曾經在……」她遲疑了一下，看著蓋達克。

「曾經在伯尼的阿道夫．科赫醫生的診所工作過，」蓋達克表示，「科赫是世界知名的甲狀腺外科專家。夏洛蒂．布萊克去那兒摘除過甲狀腺，而魯迪．謝爾茲是醫院裡的雜工。謝爾茲到了英格蘭後，在飯店認出了這位女患者，一時衝動，跑去和她搭訕。要是他肯三思而後行，就不會那麼做了，因為他是被趕出診所的。不過那是在夏洛蒂走後一段時間才發生的事，所以她對此一無所知。」

「這麼說，他從沒說過他是什麼蒙特勒飯店業主之子的事？」

「啊，沒有，是夏洛蒂自己編的，以解釋為什麼他會和她說話。」

「夏洛蒂見到他一定大吃了一驚，」瑪波小姐若有所思地說，「本來她覺得很安全，結果竟殺出一個認識她的程咬金，而且還不只是大略知道她是兩位布萊克小姐中的一個——這她倒是有所準備——而是指名道姓認出她是夏洛蒂．布萊克，也就是那個做過甲狀腺手術的病人。

「不過你們應該希望我能從頭到尾講一遍。好吧，一開始我想，如果蓋達克警官同意我的看法的話，要從夏洛蒂．布萊克這個漂亮無憂的女孩患了甲狀腺腫大說起。這個病毀了她的生活，因為她是一個非常敏感的女孩，也是一個極看重外貌的女孩。少女階段的女孩對自己十分敏感。如果她有個母親或有位通情達理的父親，我想她絕對不會陷入那種病態的心理。然而她陷進去了。沒有人能帶她超越自己，強迫她與他人接觸，過正常的生活，讓她別耽溺於自己的病痛中。當然，若換是別的家庭，她可能早就被送去做手術了。

「但我想布萊克大夫是個守舊的人，他心胸狹窄、暴戾成性，又冥頑不靈。他不相信手術，他一定是告訴夏洛蒂說她的病除了用碘劑和一些藥物外，沒有別的辦法可救。夏洛蒂也相信了父親，而且我想，她姐姐對父親的看法也不敢有所懷疑。

「夏洛蒂脆弱地全心依賴父親，她認為沒有人比父親更懂她的病了。只是她愈將自己封閉起來，甲狀腺就愈腫愈大，她拒不見人。其實夏洛蒂是個心地善良而極富感情的人。」

「這樣描述一個凶手，真是奇怪。」艾德蒙說。

「我卻不這樣認為，」瑪波小姐說道，「怯懦善良的人往往最容易背信棄義。一旦他們對生活產生憤恨，原有的一點道德力量便會被怨恨所吞噬。

「而麗迪亞．布萊克的性格則迥然相異。蓋達克警官跟我說過，蓓兒．戈德勒把她描述得實在太好了，而我也認為麗迪亞確實很優秀。她是位品德高尚的人，無法理解——照她自己的說法——人們為什麼不知道何謂欺罔的行為。無論受什麼誘惑，麗迪亞．布萊克絕不會有欺騙的念頭。

「麗迪亞對妹妹很忠誠。她給她寫信，不厭其煩地詳述發生的每件事，力圖使妹妹振作。她很擔心夏洛蒂的病態心理。

「布萊克大夫終於死了。麗迪亞毫不猶豫地捨棄了在藍道．戈德勒那裡的工作，全心照顧妹妹。她把妹妹帶到瑞士，找權威諮詢動手術的可能性。手術來得極遲，但我們知道手術非常成功。畸形除去了，而手術留下的傷疤，用一條珍珠或短項鍊便能輕易地全部遮蓋了。

「後來戰爭爆發，她們很難返回英格蘭，姐妹倆便留在瑞士，在紅十字會及其他機構做事。是這樣吧，警官？」

「是的，瑪波小姐。」

「她們偶爾會聽到英格蘭傳來的消息，我想除了一般事物外，她們還聽說蓓兒．戈德勒將不久人世。我想，兩人出於本能會去計畫、談論等繼承那一大筆錢後，將來要如何過日子。請了解一點，這個前景對夏洛蒂的意義大於她姐姐。夏洛蒂這一生中，頭一回能像個正常女人一樣到處走動，而不再招致厭惡或憐憫的眼光。她終於可以自由自在地享受生活了，她要在餘生中將失去的歲月全部奪回來。她要旅行，要買房子和美麗的花園，要穿戴漂亮的衣服和閃亮的珠寶，要去戲院和音樂廳，要滿足每一個奇思妙想。對夏洛蒂來說，這一切有如美夢成真。

「然而後來，身體健壯的麗迪亞得了流行性感冒，而感冒又轉成肺炎，結果短短一週便客死他鄉！夏洛蒂不僅失去了姐姐，她自己計畫的美夢也化為泡影。我想她幾乎對麗迪亞感到怨恨，她們才接到信說蓓兒．戈德勒將不久人世，麗迪亞卻在這個節骨眼死了。也許再過一個月，錢就屬於麗迪亞了；等麗迪亞一死，錢就是她的了……

「我想，她們兩人的差別這時便顯現出來，夏洛蒂根本不覺得她的念頭是錯的，錢原本就是要給麗迪亞的，只要幾個月就會落到麗迪亞的名下，而她將麗迪亞和自己看成了同一個人。

「也許直到那位醫生或某人問起她姐姐的教名時，夏洛蒂才生出了這個念頭。她忽然意識到，大家眼裡的兩位布萊克小姐——都是上了年紀、很有教養的英國婦人——穿戴幾乎一樣，相貌亦極為相似（我跟圓圓說過，上了年紀的女人看起來都差不多）。那麼死的為什麼不能是夏洛蒂，活下來的為什麼不能是麗迪亞？

「我想，與其說是計畫，不如說是一時衝動。麗迪亞是以夏洛蒂的名義下葬的。『夏洛蒂』死了，『麗迪亞』回到了英國。所有蟄伏多年的活力與熱情都升騰起來。當夏洛蒂時，她只是個配角，如今，換她來支配別人了……那種屬於麗迪亞的支配權。姐妹兩人的心智其實差異不大，但我認為她們的道德感有天壤之別。

「夏洛蒂自然要採取一些防範措施，她在一處陌生的英格蘭小鎮買了房子，她唯一要避開的，只有家鄉坎伯蘭的少數幾個人（反正她在家裡也是離群索居），再來就是蓓兒．戈德勒了。後者與麗迪亞太熟了，因此不可能不識破她。她的手患有風溼，因此寫信的問題就克服掉了。這一切做來輕而易舉，因為真正認識夏洛蒂的人沒幾個。」

「可是假如她遇見麗迪亞認識的人呢？」圓圓問，「這樣的人一定很多呀。」

「同樣不成問題。有人可能會說：『那天我碰見了麗迪亞。她的變化真大，連我都認不出來了。』但他們還是不會懷疑她不是麗迪亞，十年時間，人的確是會產生變化。而她認不出他們，卻可以用近視作為藉口。你們一定還記得，她對麗迪亞在倫敦的生活細節瞭若指掌，包括認識的人、去過的地方。她可以參考麗迪亞寫給她的信，她可以提到一些事件，或問及雙方都認識的朋友，從而打消任何疑慮。她唯一需要擔心的，是被人認出是夏洛蒂。

「她在小圍場安頓下來，認識了鄰近的人。後來她接到一封信，請她發發善心，她也愉快地接受了自己未曾謀面的兩位年輕表兄妹來訪。他們把她當作麗迪阿姨，這更增加了她的安全感。

「一切進展得天衣無縫。然而接著她犯了一個大錯，這個錯來自於她的慈悲心懷和仁慈。她接到時運不濟、生活潦倒的老友來信，於是趕去相救。也許部分原因是儘管她擁有一切，卻非常孤獨吧。因為她的這份祕密，她不敢與人交往。她以前就很喜歡朵拉．邦妮，把她當作自己兒時的好友。總之，她立即親自回信給朵拉。朵拉一定欣喜若狂！她寫信給麗迪亞，而回信的卻是她妹妹夏洛蒂。要在朵拉面前假扮麗迪亞是絕無可能的，朵拉是夏洛蒂在孤獨鬱悶的歲月裡，少數得以見到她的友人之一。

「由於夏洛蒂知道朵拉對這件事的想法會和她一樣，她便將自己的安排告訴了朵拉，朵拉全心表示贊同。糊塗的朵拉認為，不該因為麗迪亞死了，夏洛蒂就白白放掉那筆錢，因為夏洛蒂勇敢地承受了一切病痛與折磨，所以應該得到報償。倘若那筆錢落入一個從未聽說過的人的手中，那才有失公允。

「朵拉知道此事絕不能洩漏出去。就像額外得到的一磅奶油，運氣雖不錯，卻不能走漏風聲。於是，朵拉來到了小圍場，不久，夏洛蒂便發現自己犯了一個可怕的錯誤。一來，朵拉腦眼昏聵，笨拙得一塌糊塗，和她生活實在令人跳腳。不過這點夏洛蒂還能夠忍受，因為她真的很喜歡朵拉，而且醫生也告訴過她，朵拉的日子不多了。儘管夏洛蒂和麗迪亞彼此互稱全名，但朵拉總是用暱稱來叫人。對她而言，這對姐妹就叫麗迪與洛蒂，雖然她訓練自己只能叫她朋友麗迪，卻常會說漏嘴。此外，往事也容易脫口而出……夏洛蒂得耳提面命才能制止她因健忘而失言。這件事開始令她感到坐立難安。

「不過，誰也不太可能注意到朵拉的語病。我想，魯迪．謝爾茲在皇家溫泉飯店認出了夏洛蒂，並上前和她搭話，對夏洛蒂才是真正的威脅。

「我想，魯迪．謝爾茲用來賠償飯店虧空的錢，可能就是來自夏洛蒂．布萊克。蓋達克警官相信——我也同意——魯迪．謝爾茲請她施捨錢財的時候，並未動過訛詐的念頭。」

「他壓根不知道該拿什麼去訛詐她，」蓋達克警官說，「他很清楚自己是個英俊的年輕人，而他從經驗得知，只要故事編得夠潦倒、夠生動，英俊的年輕人有時是可以從老太太身上騙到錢。

「但夏洛蒂的看法不一樣，也許她認為對方在訛詐她，以為他在懷疑什麼……而且她還想到，日後一旦蓓兒．戈德勒的死訊登在報上，他可能會意識到她是座金礦。

「她已經決心假冒姐姐了，並視自己為麗迪亞．布萊克，無論是對銀行還是對戈德勒太太，都以此種身分相對。唯一的障礙就是這個可疑的瑞士人，此人極不牢靠，說不定還是個騙子。只要把他除掉，她便可以高枕無憂。

「也許她一開始僅止於幻想，她渴望生活中有風浪、有情感的波動，她自得其樂地擬定了種種細節。她該如何才能除掉他呢？

「夏洛蒂訂出計畫，最後終於決定付諸行動。她告訴魯迪．謝爾茲假搶案的構想，還解釋說，需由一個陌生人扮演『匪徒』的角色，並答應給他一大筆錢。

「謝爾茲毫不猶豫地同意合作，這更使我確信謝爾茲並未掌握到夏洛蒂的把柄。在謝爾茲看來，她只是個急著花錢的蠢老太婆罷了。

「她拿了啟事，叫謝爾茲去登，安排他探訪小圍場，以便研究宅邸的地形，還帶他去看了會面的地點……案發那天晚上她會到這個地點來接他，並把他領進家門。當然，朵拉．邦妮對這一切一無所知。那天終於到了……」

蓋達克頓了頓。

瑪波小姐用她那溫柔的聲音接著往下講。

「那天她一定過得很痛苦，懸崖勒馬，為時未晚哪……朵拉．邦妮告訴我們，那天麗迪很害怕，她當然害怕了。害怕她要做的事，害怕計畫出錯，卻沒害怕到懂得懸崖勒馬。

「也許，從伊德布上校的抽屜裡把槍偷出來、拿著雞蛋果醬溜到樓上的空房間裡、給第二道門上油好讓門能無聲地開闔、叫人搬走門外的桌子好讓妃麗柏的插花看起來更醒目，這一切都很好玩，就好像一場遊戲。然而接下來要發生的事就絕不是遊戲了。啊，是的，她很害怕……朵拉．邦妮並沒說錯。」

「但她還是去做了，」蓋達克說，「而且一切按計畫進行。六點剛過，她出去『關鴨子』，並放謝爾茲進來，給他面具、披風、手套和手電筒。等到六點三十分敲鐘之際，她已在拱道附近的桌邊站妥，伸手拿桌上的菸盒，一切都顯得相當自然。男主人派屈克去拿酒，而她——女主人——正要取香菸。她推斷鐘聲一敲響，大家都會把目光盯在鐘上，事實上也是如此。只有一個人，也就是忠實的朵拉，她的眼睛一直盯著她的朋友。她在第一份口供中，說出了布萊克小姐當時的所作所為，她說布萊克小姐拿起了裝紫羅蘭的花瓶。

「她事先已弄破檯燈的電線，銅絲幾乎裸露出來。整個過程只需一秒鐘，菸盒、花瓶、小開關都近在手邊，她拿起花瓶，把水濺到裸線上，打開檯燈開關。水易於導電，於是保險絲就燒壞了。」

「就像那天下午在牧師家，」圓圓說，「你真的被嚇一大跳呢，不是嗎，瑪波阿姨？」

「對，親愛的。我一直弄不懂燈的事，我發現有兩盞檯燈，是一對的，其中一盞被調換成另一盞……大概是在夜裡掉包的。」

「沒錯，」蓋達克說，「第二天早上佛萊哲檢查了檯燈，發現它和其他地方的燈一樣毫無損壞，既沒有破損也沒有燒壞。」

「我知道朵拉·邦妮想說，案發前一晚，檯燈還是牧羊女的那盞，」瑪波小姐表示，「但我和她一樣想錯了，以為是派屈克動的手腳。朵拉·邦妮這人很有趣，她在重述聽說的事時很不牢靠，因為她總是會去誇大或扭曲事實，而且她的想法往往是錯的，但她對看過的事卻描述得很準確。她看見麗迪亞拿起紫羅蘭的花瓶……」

「而且她看見了閃光和劈啪亂響的東西。」蓋達克插話道。

「當然了。當親愛的圓圓把玫瑰花瓶裡的水灑在檯燈的電線上時，我立刻發現，只有布萊克小姐本人才能把燈弄壞，因為只有她離那張桌子最近。」

「我實在該死，」蓋達克說，「朵拉·邦妮甚至還叨唸過桌子被燒到了，因為有人『把香菸放在桌上』，但實際上沒人點菸……而且由於花瓶裡沒水，紫羅蘭枯死了，這是麗迪亞的百密一疏，她本來應該重新將花瓶灌滿水的。我想她沒料到會有人注意到這個。事實上，邦妮小姐也以為自己一開始就忘了放水。」

他接著說：「邦妮小姐很容易接受暗示。而布萊克小姐不只一次利用她這一點，我想邦妮會懷疑派屈克，也是受到布萊克的誘導。」

「她為什麼要挑上我？」派屈克委屈地問。

「我想她不是刻意要做暗示，但這樣可以阻止邦妮懷疑主謀是布萊克小姐。接下來發生的事我們都知道了。燈一滅，大家便開始驚叫，布萊克從事先上過油的門溜出去，來到謝爾茲的身後，而這時謝爾茲正拿著手電筒往房間裡晃來晃去地亂照，興致勃勃地扮演他的角色。我想他絲毫沒意識到布萊克小姐就在他身後，而且手上戴著園藝手套，握著左輪槍。她等電光照到她必須瞄準的地方，也就是她原本靠站的那堵牆上時，便飛快地開了兩槍。等謝爾茲吃驚地轉過身來，她用槍抵住他，又開了一槍。她把槍扔到謝爾茲的屍體旁，將手套甩到走廊的桌子上，再從那扇門回來，來到她燈滅前所站的地方。她割破了自己的耳朵，但我不是很清楚她是怎麼……」

「我想是用指甲剪，」瑪波小姐說，「只要把耳垂剪一下就會流很多血了。當然這是一種很好的心理戰術，血流到她的白衣服上，讓人以為她被槍射中了，而且險些喪命。」

「本來應該可以進行得很順利，」蓋達克表示，「朵拉．邦妮堅持是謝爾茲向布萊克小姐開槍這點非常有效，這雖然不是她的本意，但朵拉．邦妮讓人以為她真的看見布萊克小姐受傷的過程。本案原可以自殺或意外死亡來結案，案子之所以未結，得歸功於瑪波小姐。」

「啊，不，不。」瑪波小姐使勁地搖頭說，「我是不小心才幫到一點小忙，不滿意的人是你呀，蓋達克先生。不肯結案的人是你。」

「我對調查結果極感不安，」蓋達克說，「我知道某個地方弄錯了，可是又搞不清究竟錯在哪裡，直到你來為我指路。此後，布萊克小姐便真的厄運當頭了。我發現第二扇門被動過手腳，在此之前，我們的看法都只是一種推論而已，但那扇門是一個鐵證。而且我是歪打正著才發現的，因為我拉錯了門把。」

「我覺得那是老天有眼，警官。」瑪波小姐說，「不過，這只是我這種老太婆的想法。」

「於是我又開始重新調查，」蓋達克說，「但這次略有不同。這次我找的是對麗迪亞·布萊克有謀殺動機的人。」

「想殺她的人確實是有的，布萊克小姐心裡有數，」瑪波小姐說，「我想她幾乎第一眼就認出妃麗柏了，因為索妮雅·戈德勒是少數見過夏洛蒂的人。人老了以後……這一點你還不知道，蓋達克先生，對年輕時見過的臉孔，比一兩年前才見過的人要記得更清楚。妃麗柏和夏洛蒂印象中的索妮雅年齡相仿，而事實上，她長得也很像她的母親。奇怪的是，我覺得夏洛蒂很高興認出了妃麗柏，她很喜歡妃麗柏，這點下意識地撫平了她焦躁的心情。也許她心想，等繼承了那筆錢後，她會善待妃麗柏，待她如女兒般，妃麗柏和哈里應該和她一塊生活。她對此感到很高興，覺得自己在做善事。可是，一旦警官開始詢問並發現有『皮普和艾瑪』的存在時，夏洛蒂便坐臥難安了。她不願讓妃麗柏當代罪羔羊，她原本打算把整件事弄得像搶案，而搶匪死於意外。然而由於門上過油的事被發現了，計畫也有了改變。何況除了妃麗柏外——據我所知，她對茱莉亞的真實身分毫無所悉——沒有任何人有殺她的動機。她竭力掩蓋妃麗柏的真實身分。你問她的時候，她腦子動得很快，跟你說索妮雅個子矮、皮膚黑，然後她在取走麗迪亞照片的同時，還從相簿裡抽走索妮雅的照片，這樣你就無法注意到妃麗柏與索妮雅有任何相似之處了。」

「而且還讓我懷疑司威頓太太就是索妮雅。」蓋達克厭惡地說。

「我可憐的老媽，」艾德蒙小聲地說，「生活原本平靜無波……或者說，我一向相信如此。」

「但是，」瑪波小姐繼續說道，「真正的威脅當然還是朵拉．邦妮了。朵拉一天比一天健忘，一天比一天多話。我還記得那天我們在喝茶時，布萊克小姐看她的那種眼神。你們知道為什麼嗎？朵拉又管她叫洛蒂了。在我們看來，那本來應該是口誤，可是夏洛蒂嚇壞了。後來我們繼續談話，可憐的朵拉說個不停。那天我們一起在藍鳥喝咖啡，我有種非常奇怪的印象，覺得朵拉談的是兩個人，而不是一個人……其實她真的是在講兩個人。一會兒說她的朋友不漂亮，但很有性格，一會兒又說她是個漂亮而無憂無慮的女孩。她說麗迪如何聰明、如何成功，一會兒又說她生活得多麼悲戚，還引用了『勇敢地承受起痛苦的折磨』這句詩，這點似乎有違麗迪亞的一生。我想那天早上夏洛蒂走進咖啡屋時，一定偷聽到許多話，她八成聽到朵拉提到檯燈被調換的事，比如談到牧羊人、牧羊女之類的話。於是，她立刻發現可憐忠實的朵拉威脅到她的安全了。

「朵拉在咖啡屋與我談話，等於為自己宣判了死罪……請恕我如此危言聳聽，但我想，結果反正是一樣的……因為只要朵拉．邦妮活著，夏洛蒂就沒有安全可言。她愛朵拉，不願殺死朵拉，但她找不到別的出路。而且據我判斷……圓圓，就像我跟你提過的護士案件一樣，夏洛蒂說服自己，殺害朵拉是一種仁慈的舉動。反正可憐的邦妮也活不久了，說不定還會死得很痛苦。怪異的是，她盡力使邦妮高高興興地度過最後一天，那場生日晚宴，那塊特別的蛋糕……」

「可口死了。」妃麗柏不寒而慄地說。

「是的，大概就是那樣……她盡力讓她的朋友死得心滿意足……派對、一切她愛吃的東西、不讓別人說惹她生氣的話。然後是裝在阿斯匹靈藥瓶裡的藥片，姑且不論那到底是什麼，夏洛蒂把藥片放到自己的床頭，等邦妮找不到剛買的那瓶藥後，只得去她房間拿一些了。這樣一來，那些藥看起來就像是特地為麗迪亞準備的……

「結果邦妮於睡夢中恬靜地死去，夏洛蒂又感到安全了。然而她很想念朵拉．邦妮，思念她的愛與忠誠，思念兩人在一起暢談過往的歲月……我送牧師的紙條到小圍場那天，就見她哭得很傷心，她的悲痛是情真意切，因為她殺害了自己最愛的朋友……」

「這太可怕了，」圓圓說，「太可怕了。」

「但很有人性，」朱利安．哈蒙說，「人們往往忘記了殺人犯也具有人性。」

「我知道，」瑪波小姐說，「人往往是可悲又危險的。尤其像夏洛蒂．布萊克這樣內心軟弱又善良的人。因為軟弱的人一旦害怕起來，往往會因為恐懼而變得殘忍，而且毫無自制能力。」

「那莫加璐呢？」

「是的，可憐的莫加璐小姐。夏洛蒂一定是去木屋時，偷聽到她們排演謀殺的情景。窗戶是開著的，很方便偷聽。在此之前，她怎麼也沒料到還有一個人是她的威脅。辛珂芙小姐鼓勵莫加璐回想當時看見的情形，夏洛蒂之前以為不可能有任何人看見當時的實情。她以為每個人都會不由自主地望著魯迪．謝爾茲。她一定是在窗外屏息傾聽。到底會不會出問題？突然，就在辛珂芙小姐衝出門去警察局的那一瞬間，莫加璐小姐說出實情了，她在辛珂芙小姐的身後喊道：『她當時不在「那兒」。』……

「我問過辛珂芙小姐，莫加璐小姐說這句話的方式……因為如果她說的是『「她」當時不在那兒』，那麼意義就不一樣了。」

「這點我就沒弄懂了。」蓋達克說。

瑪波小姐轉頭紅著臉對他說：「只要設想一下莫加璐小姐在想些什麼就好了……人們往往視而不見，見而不知。有一次發生了一起鐵路交通事故，可是我偏偏只記得車廂邊的一攤油漆，事後我還可以把它畫下來。還有一次是在倫敦，一顆炸彈從天上掉下來，碎玻璃飛得到處都是，嚇死人了，但我記得最清楚的是站在我前面的一名婦女，她腿上長筒襪的半截處有個洞，而且兩隻襪子不相配。所以只要莫加璐小姐不去胡思亂想，只回想當時所見的情形，她就會記起很多情況了。

「我想她是從壁爐開始回憶的，手電筒的光線一定是先射向那邊，然後沿著兩扇窗戶照去，在窗戶與她之間還有別人，比如哈蒙太太用雙手蒙住眼睛。莫加璐的記憶隨手電筒的光線遊走：邦妮小姐目瞪口呆、一堵空牆、一張擺著檯燈和菸盒的桌子、接著是槍響……然後，她突然記起一件最不可思議的事。她看到了那面牆，後來牆上出現兩個彈孔，就是布萊克小姐被槍射中時所靠著的那面牆，但槍響而麗迪中彈之際，麗迪竟然不在那兒……

「明白我的意思了嗎？辛珂芙小姐叫莫加璐回想當時三個女人的位置，她就往這上面去想。要是其中一個不在場，那人就有嫌疑了，那她應該會說：『就是她了！「她」不在那裡！』然而她腦海裡浮現的是地方。有個人該待在什麼地方，但那地方是空的，沒人在那裡。地方還在，人卻不見了。莫加璐一時不敢相信。『太怪了，辛珂芙，』她說，『她當時不在「那兒」……』」

「而你在這之前就知道了，是不是？」圓圓說，「檯燈燒掉的時候，你在紙上寫下那些字句的時候就知道了。」

「是，親愛的。一切都湊齊了，你知道，所有支離破碎、毫無聯繫的事都串起來了。」

圓圓輕聲說道：「檯燈？解決了。紫羅蘭？解決了。裝阿斯匹靈的瓶子……你是指那天邦妮才新買了一瓶，所以她沒必要拿麗迪亞的？」

「除非她自己的那一瓶被別人拿走或藏起來。一定得弄成有人想殺害麗迪亞・布萊克的樣子。」

「對，我明白了。接著是『可口死了』，那蛋糕不只是蛋糕而已，整個派對就是一場陷阱，讓邦妮高高興興地度過一天，然後再死去，像善待一隻即將被處死的狗一樣。我覺得最可怕的就是這一點……假意的慈悲。

「她本來是個很善良的女人。她最後在廚房說的是實話：『我不想殺害任何人。』但她貪求並不屬於自己的財富！在這種欲望之前（這欲念變成一種迷戀，她想用這筆錢補償生活帶給她的痛苦），其他一切都無足輕重。憤世的人往往是危險的，他們覺得生活虧欠他們太多。我知道有很多殘疾人士的遭遇比夏洛蒂更慘，而且被剝奪的東西更多……但他們卻能過著自足而幸福的日子。不過，噢，天啊，我這是扯遠了，我們剛才講到哪兒了？」

「我們在談你的那份單子，」圓圓說，「你寫的『查詢』是指什麼？」

瑪波小姐向蓋達克警官頑皮地搖搖頭。

「這你一定看過，蓋達克警官。你給我看了麗迪亞寫給她妹妹的那封信，上面出現兩次『查詢』的字眼，兩次使用的都是e開頭的『查詢』（enquiry）。但在我讓圓圓交給你的紙條上，布萊克小姐寫的『查詢』卻是用i開頭的（inquiry）。人上了年紀就不會輕易改變自己的拼字習慣，因此這點對我來說十分重要。」

「是的，」蓋達克同意道，「我本來應該注意到這點。」

圓圓繼續說道：「『勇敢地承受起痛苦的折磨』。這是邦妮在咖啡屋對你說的話，麗迪亞當然沒受過什麼痛苦囉。還有『碘』，你是據此查到甲狀腺的事嗎？」

「對，親愛的。我想到了瑞士，另外，布萊克小姐讓人以為她『妹妹』是死於肺癆。可是我當時想起來，甲狀腺腫大方面的權威以及最精於這種手術的外科醫生是瑞士人。這就與麗迪亞．布萊克小姐那從不離身的怪項鍊串聯起來，那鍊子不像是她會戴的東西……但用來遮掩疤痕十分合用。」

「我現在才明白項鍊斷掉那晚，為什麼她那麼激動不安了。」蓋達克表示，「當時我只覺得無此必要。」

「再來，你寫的其實是洛蒂，而不是我們所想的麗迪。」圓圓道。

「沒錯，我記得妹妹的名字是夏洛蒂，而朵拉．邦妮有一次還是兩次把布萊克小姐叫成了洛蒂，而且一這樣叫了以後，她相當忐忑不安。」

「那麼『伯尼』和『養老金』又是怎麼回事呢？」

「謝爾茲在伯尼的一家醫院做過雜工。」

「養老金呢？」

「噢，親愛的圓圓，我在藍鳥跟你提過這個了，儘管當時只是隨便說說，並沒有想到可以用上。沃瑟普太太除了領取自己的那份，又取走了巴特勒太太的養老金，但巴特勒太太已經死了好多年了，能成功是因為老太太的樣子看起來大都差不多，是的，這讓人很有得聯想。當時我覺得很疲累，所以出去讓自己冷靜一會兒，考慮怎麼來證明這一切。後來辛珂芙小姐在半途載了我，結果我們發現莫加璐小姐……」

瑪波小姐一沉，原本的興奮愉快消失無蹤，只剩下無盡的肅穆。

「我知道必須做點什麼，而且要快！可是我仍然沒有真憑實據。於是我想出一個可行的計畫，並對佛萊哲警佐說了。」

「可是佛萊哲被我狠狠訓了一頓！」蓋達克說，「他不該不先向我報告，就同意你的計畫。」

「他並不喜歡這樣，是我說服他的。」瑪波小姐表示，「我們去了小圍場，找到米姬。」茱莉亞倒抽一口冷氣，說道：「我無法想像你是如何說服她合作。」

「我研究過她那個人，親愛的，」瑪波小姐道，「她只是太在意自己罷了，讓她為別人做點事也不錯。當然啦，我先恭維她一番，說如果她留在自己的國家，一定會參加反抗運動，她說『那是當然了』。我又說看得出她有從事那種工作的氣質，她很勇敢，不怕危險，可以扮演一個角色。我對她說了一些女性從事反抗運動的故事，其中有些是真的，有些則是我瞎編的。她聽得興奮極了！」

「太妙了。」派屈克說。

「於是我說服她扮演她的角色。我教她排練，直到說得分毫不差。然後我讓她上樓回自己房間，等蓋達克警官來了之後再下來。像米姬這樣的人，最怕的是她太興奮，時間未到就倉卒行事。」

「她表演得很好呀。」茱莉亞說。

「我是不清楚啦，」圓圓說，「當然，我不在場……」她帶著歉意補充道。

「計畫有點複雜，而且相當驚險。我的計畫是這樣的：米姬假裝不經意地透露自己曾有過詐的念頭，但她現在實在太害怕了，寧可說出真相……她從飯廳門的鑰匙孔裡，看見布萊克小姐拿著槍來到魯迪·謝爾茲的背後。也就是說，她目睹了真實發生的情況。現在唯一的風險是，夏洛蒂可能識破這個騙局，因為當時鑰匙孔裡插了鑰匙，米姬根本什麼也不可能看見。不過我想，突然受驚的人不可能想到這種細節，她一定會相信米姬確實看見她了。」

蓋達克接過來繼續講道：「然後……這一點至關重要，我假裝不相信這件事，緊接著便突發奇招，轉而指控以前沒被懷疑過的人——艾德蒙。」

「我的戲也演得不錯，」艾德蒙說，「我矢口否認，一切照腳本演出。唯一出狀況的地方是妃麗柏，我的寶貝，你中途殺進來承認自己就是『皮普』。警官和我根本沒料到你就是皮普，我本來還想充當皮普哩！害我和警官一時不知如何是好，不過警官又重整旗鼓，發出一記妙招，惡毒地指控我是想娶有錢的老婆。我看哪，他的話八成鑽進了你的潛意識裡，總有一天我們一定會為這件事吵架。」

「我倒看不出他有何必要那樣指控你？」圓圓問。

「是嗎？按夏洛蒂的看法，唯一懷疑並知道真相的人只有米姬。警方懷疑的是別人，因為他們覺得米姬在騙人。然而如果米姬一味地堅持下去，警方可能就會聽她的，並認真調查她說的話，因此得將米姬滅口。

「米姬大搖大擺地走出去，回到廚房……完全按我教她的去做，」瑪波小姐說，「布萊克小姐幾乎馬上就跟著她出去了。表面上，米姬是一個人待在廚房裡，其實佛萊哲早就藏在洗滌室的門後，我則躲在掃帚櫃裡，幸好我很瘦。」

圓圓看著瑪波小姐。

「你料到還會發生什麼，瑪波阿姨？」

「有兩種可能。一是夏洛蒂會用錢來堵米姬的嘴，那麼佛萊哲警佐就是交易的見證人了。另一種……我想她會設法殺掉米姬。」

「但她不可能逃掉吧？她會立刻受到懷疑呀。」

「噢，親愛的，她已經失去理智。她只是一隻擔驚受怕、走投無路、見人便咬的瘋狗啊。想想那天發生的事，就是辛珂芙小姐與莫加璐小姐的那一幕。辛珂芙小姐開車去警察局，等她一回來，莫加璐小姐就會說出當晚麗迪亞不在客廳的事。要使莫加璐小姐住口，只有短短幾分鐘可以下手，沒有時間去籌畫或演一齣戲，只能殘酷地謀殺。她和莫加璐打完招呼，接著就勒死她。然後匆匆回家換衣服，坐在火爐邊等別人進來，好像她根本不曾出門。

「後來茱莉亞的身分曝光了，麗迪亞扯斷了項鍊，又害怕被人看見傷疤。接著，警官來電說要把大家帶來，她根本無暇思考、喘息，滿腦子只想到謀殺，沒有時間去經營任何陷阱，只有嘗試冷血的謀殺一途。她安全嗎？是的，目前還是。但後來又冒出個米姬——另一個危機。殺掉米姬，讓她住口！夏洛蒂怕到理智全失，不再有絲毫的人性，變成了一個徹頭徹尾的危險動物。」

「可是你為什麼要躲到掃帚櫃裡呢，瑪波阿姨？」圓圓問，「這你不能交給佛萊哲警佐來做嗎？」

「我們兩個在一起很安全，親愛的。此外，我會模仿朵拉．邦妮的聲音，若說有什麼能擊垮夏洛蒂．布萊克，那就是這個了。」

「而她果真……」

「是的，她崩潰了。」

眾人沉默半晌，回憶在他們胸臆間迴盪。為了緩解這緊張的氣氛，茱莉亞說道：「這對米姬產生了很好的影響呢。昨天她跟我說，她在南安普敦附近找到了一個工作。而且她說（茱莉亞維妙維肖地學著米姬的口音）：『「我去那裡，如果他們跟我說，因為我是外國人，我得去警察局登記，我就對他們說：「對，我會登記！警察和我可熟咧，我幫過他們喔！要不是我，他們根本不可能抓到兇手。我冒著生命危險，因為我很勇敢，勇敢得像頭獅子。我不在乎危險。」「米姬，」他們會跟我說，「你是個女英雄，你真了不起。」我就說：「啊呀，沒什麼啦。」」』茱莉亞停下來。「而且還有很多其他的話。」她補充道。

「我想，」艾德蒙若有所思地說，「不久米姬還會幫警方破更多案子呢！」

「她對我也變客氣了，」妃麗柏說，「實際上，她還把可口死了的食譜送給我作為結婚禮物。她叫我絕不能把祕方透露給茱莉亞，因為她毀了她煎蛋捲的鍋子。」

艾德蒙說：「自從蓓兒．戈德勒去世，妃麗柏和茱莉亞繼承了戈德勒的數百萬家產後，盧卡斯太太現在一天到晚纏著妃麗柏，還送給我們一些夾蘆筍用的銀鉗作為結婚禮物。如果能夠不用邀請她來參加婚禮，我會很高興！」

「所以，從此以後他們就過著幸福快樂的日子了，」派屈克說，「艾德蒙和妃麗柏，還有茱莉亞和派屈克？」他臨時加了一句。

「要是和我，就休想永遠過幸福快樂的日子。」茱莉亞說，「蓋達克警官臨時想出來罵艾德蒙的那番話，其實更適合你。你就是那種喜歡靠有錢太太吃軟飯的年輕人！」

「喂，我為你做了那麼多的事，你竟然這樣來答謝我。」派屈克說。

「是，你的壞記性，害我差點被人以謀殺的罪名關進監獄。」茱莉亞說，「我絕不會忘記你妹妹來信的那天晚上。我真的以為自己完了，我看不到任何生路。而現在呢，」她取樂地補了一句：「我想我應該去演演戲。」

「什麼？你也想去演戲？」派屈克呻吟道。

「是啊。我可能去佩斯，看看能不能在那兒的劇團弄個角色來演，等學會演戲了，再去當製作人，說不定把艾德蒙的劇本搬上舞台。」

「你不是寫小說的嗎？」朱利安・哈蒙問道。

「沒錯，我一開始寫的是小說，還滿好看的，寫了好幾頁，講一個不刮鬍子的男人起床時身上的氣味、灰濛濛的街道、一個罹患浮腫的老女人、一個垮著臉的惡毒年輕妓女……這些人不斷談著人間事，都想弄清楚自己究竟為何而活。結果，突然之間，我自己也開始想弄個明白。接著我心中閃過一個滑稽的念頭，我把它寫下來，還據此編了一小段戲……全是些很淺白的東西。可是不知怎麼的，我興趣突然濃厚起來……結果就不知不覺地完成了一部三幕滑稽劇了。」

「劇名叫什麼？」派屈克問，「是《男管家的見聞》嗎？」

「這個嘛，可能會叫……實際上我把它取名叫《大象會健忘》。再說吧，反正劇本已被接受了，而且即將上演！」

「《大象會健忘》，」圓圓唸唸有詞。「我還以為大象的記憶可以維持很久呢！」

朱利安．哈蒙突然大叫一聲。

「天哪。我聽得太入迷，都忘了要布道了！」

「又是偵探故事害的，」圓圓說，「這回可是真人真事哪。」

「這次布道可以講『汝不可謀殺』。」派屈克建議說。

「不，」朱利安．哈蒙平靜地說道，「我不會把這個當成我的布道內容。」

「對，」圓圓說，「你說得很對，朱利安。我知道有很多更好、更快樂的經文。」她聲音一變，引用了一句：「『大地春回，在田野間已可聽到烏龜的聲音』……我唸得不完全正確，不過你明白我說的是哪一段。但我實在不明白為什麼會是烏龜，烏龜根本不會唱歌嘛。」

「『龜』這個字，」朱利安．哈蒙解釋說，「其實並沒有譯對。它指的並不是爬行的烏龜，而是指雉鳩。希伯來的原文是……」

圓圓給他一個擁抱，打斷他的話說：「我知道一件事……你認為《聖經》中的亞哈隨魯王就是亞達薛西王二世，可是我告訴你，那其實是亞達薛西王三世。」

朱利安還是不懂，為什麼他太太會覺得那個故事特別有趣。

「阿泰想幫你忙呢，」圓圓說，「阿泰應該會很感驕傲，就是牠向我們展示檯燈的保險絲是怎麼燒斷的。」

尾聲

「我們應該訂一些報紙，」有一天艾德蒙對妃麗柏說，這天他們剛度完蜜月回到奇平村。「我們一塊去托特曼那兒。」

動作遲緩、喘氣粗重的托特曼先生親切地接待他們。

「很高興看見你們回來了，先生，還有夫人。」

「我們想訂些報紙。」

「當然，先生。希望令堂身體安好。伯恩茅斯那邊都安頓好了嗎？」

「她很喜歡那裡。」艾德蒙說。

但他其實不清楚他母親的感覺，他大多數做兒子的一樣，寧願相信可敬又煩人的爸媽一切均好。

「沒錯，先生，那是個非常愜意的地方。去年我去度過假，托特曼太太也很喜歡那邊。」

「我很高興。對了，關於報紙，我們想……」
「聽說你有個劇本在倫敦上演，先生，他們說非常好笑。」
「是啊，戲賣得很好。」
「我聽說是叫《大象會健忘》，對吧。請恕我這麼問，先生，可是我總覺得大象應該不會……我的意思是，不會忘事。」
「對，是啊，我也開始覺得取這個名字不太對，不少人都跟我說過同樣的話。」
「這是一個眾所周知的事實吧，我一向是這樣以為的。」
「對，對。就像蠼很會照顧孩子一樣。」
「真的嗎，先生？哦，這我倒是不知道。」
「關於報紙……」
「我想是《泰晤士報》，沒錯吧？」托特曼先生拿起鉛筆，又中途停下。
「《工人日報》。」艾德蒙堅定地說。
「《每日郵報》。」妃麗柏說。
「還有《新政治家》。」艾德蒙表示。
「《無線電時代》。」妃麗柏說。
「《觀察家》。」艾德蒙說。
「還有《園丁記事》。」妃麗柏道。

兩人都停下來喘口氣。
「謝謝，先生，」托特曼先生說道，「我想還有《消息報》吧？」
「不要。」艾德蒙表示。
「千萬不要。」妃麗柏說。
「你們真的不要《消息報》啊？」
「不要。」
「真的不要。」
「你們是說，」托特曼先生喜歡把事情弄清楚。「你們確定真的不要《消息報》？」
「對，我們不要。」
「絕對不要。」
「你們不訂《奇平村消息報》和《北本罕新聞》……」
「不訂。」
「你們不要我每週幫你們送去一份？」
「不要。」艾德蒙補充說，「這樣夠清楚了嗎？」
「啊，是的，先生，很清楚了。」
艾德蒙和妃麗柏走了出去，托特曼先生拖著步子走進後面的客廳。
「有鉛筆嗎，孩子的媽？」他問，「我的鉛筆用完了。」

「拿去，」托特曼太太一把將訂報簿抓過去。「我來寫吧。他們訂了些什麼？」

「《工人日報》、《每日郵報》、《新政治家》、《無線電時代》、《觀察家》，呃，讓我想想，《園丁記事》。」

「他們不要《消息報》。」

「《園丁記事》，」她重複道，一面忙著寫。「還有《消息報》吧。」

「為什麼？」

「他們不要《消息報》，他們是這麼說的。」

「胡說，」托特曼太太說，「你一定沒聽清楚。他們怎麼會不要《消息報》？人人都訂《消息報》，否則他們如何知道這裡發生了什麼事？」

專文推薦

藏在日常細節中的冒險

楊照（作家）

一開始，就都在那裡了。

一九二〇年，阿嘉莎．克莉絲蒂出版了《史岱爾莊謀殺案》，神探白羅就已經退休了。而且在這個案子裡，藉由敘述者海斯汀的轉述，就鋪陳出克莉絲蒂小說最基本的偵探原則：

「那些看來或許無關緊要的小細節……它們才是重要的關鍵，它們才是偉大的線索！」

「豐富的想像力就像洪水一樣，既能載舟亦能覆舟，而且，最簡單直接的解釋，往往就是最可能的答案。」

「沒有任何謀殺行為是沒有動機的。」

還有，一個不討人喜歡的死者，一群各有理由不喜歡死者、因而也就都有殺人動機的人，這些人彼此之間構成複雜的關係，有的互相仇視，有的互相愛戀，麻煩的是，有些愛人其實貌合神離，有些仇人其實私下愛慕；更麻煩的是，不論是愛或是仇，都有可能是扮演出來的。

一個外來的偵探必須周旋在這些嫌疑者之間，從他們口中獲取對於案情的了解，換句話說，他必須在很短的時間內，搞清楚誰是誰、誰跟誰吵架、誰跟誰偷情，然後判斷誰說的哪一句是實話、哪一句是謊言。常常謊言比實話對於破案更有幫助。

再偷偷透露一下，如果要和小說裡的凶手及小說背後的作者鬥智，就像克莉絲蒂對英國社會的了解，祕訣就在於要去追究小說裡的人物背景，尤其是他們的階級地位。基本上，階級地位愈高、權力愈大、愈有錢者，說的話就愈不要相信。例如在《史岱爾莊謀殺案》中，僕人、園丁說的話遠比有頭有臉的人說的要可信多了。就算要說謊，他們的謊言也比較天真，而且往往出於善良動機。當你歸納線索時，就會知道他們並非故意說謊，那是因為他們的認知受到蒙蔽或誤導，而你慢慢就從這蒙蔽或誤導中被引導到真相。

《史岱爾莊謀殺案》出版那年，克莉絲蒂三十歲，但書稿其實早在五年前就寫好了，畢竟要找到有人願意出版一個看來再平凡不過的家庭主婦寫的小說，並不是那麼容易。

所有和克莉絲蒂接觸過的人，都對於她的「正常」留下深刻印象。她看起來就和她那個年紀的典型英國家庭主婦一樣，害羞、靦腆，只能在社交場合勉強跟人聊些瑣事話題，完全無法演講，甚至連只是站起來對眾賓客說幾句客套話，請大家一起舉杯，她都做不到。她不演講，也很少答應接受採訪，就算採訪到她也很難從她口中得到有趣的內容。她會講的，幾乎都是記者本來就知道、或者自己就可以想得出來的。

例如說白羅這個神探的來歷。克莉絲蒂回答：他應該是個外國人，這樣就能在英國日常生活中看出英國人自己看不出的線索。她自己碰過的外國人，只有第一次大戰剛爆發時到英國避難的比利時人。比利時警察怎麼能跑到英國來？那一定是因為他已經退休了。他有潔癖，所以對於現場會有特殊的直覺，馬上感受到不對勁的地方。一個有潔癖的人，好像應該長得矮小些才相稱，一個矮小有潔癖的人最適當的名字，就是希臘神話裡的大力士「赫丘勒斯（Hercules）」，製造出荒唐的對比趣味。那白羅這個姓是怎麼來的呢？克莉絲蒂很誠實地說：「我不記得了。」

一切都如此順理成章，一切都如此合邏輯，不是嗎？有記者問她怎麼看自己的舞台劇〈捕鼠器〉，創下了英國劇場、甚至全世界劇場連演最多場紀錄的名劇？克莉絲蒂的回答也還是中規中矩，合理合節：那是一齣小戲，在一個小劇院演出，成本很低，任何人想到了都可以帶家人或朋友去看，老少咸宜，並不恐怖，也不特別荒謬打鬧，可是又什麼都有一點，包括恐怖和荒謬打鬧的成分。

她的身上找不出一點傳奇、怪誕色彩，那她為什麼能在五十年間持續寫偵探小說，創造了那麼多謀殺，還創造了那麼多詭計？

首先因為她是女性，以及她的身世，包括她的階級身分，使得她在描寫故事場景時比一般男性作者來得敏感。因為在她之前的偵探推理小說男性作家的階級身分都是高高在上，基本上他們會從較高的角度看社會，比較看不到底層的感受。

而她的婚變以及婚變中遭逢的痛苦，都使她更能體會與觀察，將英國社會的複雜細節融入小說的核心情節，讓探案與線索分析結合在一起。

克莉絲蒂一生結過兩次婚，第一次在一九一四年，婚後不久，丈夫就參加了歐戰，是英國皇家空軍最早一批飛行員。一九二六年，這個丈夫有了外遇，直率地向克莉絲蒂要求離婚，在那之前，克莉絲蒂的媽媽才剛過世，雙重打擊之下，又遇到車子無法發動，克莉絲蒂崩潰了，她棄車而走，忘記了自己究竟是誰，躲進一家鄉間旅館，登記時寫了她心裡唯一有印象的名字——她丈夫情婦的名字。

離婚後，一次在晚宴中，有人提起近東烏爾考古的最新收穫，克莉絲蒂就取消了原定要去西印度群島的計畫，改訂了跨越歐洲到君士坦丁堡的「東方快車」，是的，就是這趟旅程給了她寫《東方快車謀殺案》的靈感。不過更重要的是，在烏爾，她認識了一位年輕的考古學家，比她小十四歲，這個人後來成了她的第二任丈夫。

這位考古學家陪她去參觀在沙漠中的烏克海迪爾城，卻在沙漠中迷路困陷了。幾小時中克莉絲蒂卻沒有一點驚慌不安，當下考古學家就決定要向她求婚。

原來，克莉絲蒂的內心是有這種冒險成分的。要不然她不會兩次選到的，都是喜愛冒險的丈夫，而她本身大概也不會吸引一個在各種危險情境下挖掘古代寶藏的人，讓他願意向一個大他十四歲的女人求婚。

這樣說吧，維多利亞時代後期的英國環境，壓抑限制了克莉絲蒂冒險、追求傳奇的內在衝動，她只好將這樣的衝動寄託在丈夫和寫作上。她一邊陪著第二任丈夫在近東漫走，一邊在小說中寫各式各樣的謀殺與探案。謀殺和探案都是冒險，還有，偵探偵查中做的事——蒐集線索，還原命案過程——其實和考古學家的考掘，如此相似！

克莉絲蒂寫得最好的，正是「藏在日常中的冒險」。她個性中的雙面成分，造就了特殊的偵探魅力。既嚮往非常傳奇，卻又有根深柢固的日常邏輯信念，兩者都在克莉絲蒂的小說中扮演了重要角色。她的謀殺案幾乎都和日常習慣緊密編織在一起，日常環境成了凶手最重要的掩護。有些日常規律明顯地被破壞了，讓我們很自然以為那會是謀殺的線索，沿著這些線索形成了閱讀中的推理猜測，然而白羅早就提醒了，真正重要的反而是那些「細節」，也就是看來像是依隨日常邏輯進行的事，或說藏在日常邏輯中因而不被看重的事，那裡要嘛藏著凶手的核心詭計、煙幕，要嘛藏著凶手致命的破綻。

凶案的構想，就是如何讓異常蓋上日常、正常的面貌，又如何故意將日常、正常予以扭曲，製造假象；那麼偵探要做的，就是如何準確地在日常中分辨出真正的異常，將假的、明顯的異常撥開來，找出細節堆疊起來的異常真相。

此外，克莉絲蒂的小說裡隱藏著極其曖昧的情感價值觀，最典型、最有名的就是《東方快車謀殺案》。透過追查過程，讓讀者知道為什麼凶手要訴諸於這種手段，其動機具有可同情之處，再加上克莉絲蒂對身分階級的觀察，她比較相信或讓讀者相信那些沒有權力、地位的人，隨著偵查節奏去認識可能或必須懷疑的人。克莉絲蒂最擅長營造「多重嫌疑犯」的小說特質，因為讀者在閱讀時必須被迫去認識很多不一樣的人。在她最受歡迎的作品，大概都具備這樣的特質。

當然，她的作品中還有兩個最突出的神探，即白羅和瑪波。白羅是比利時人，但為什麼必須是外國人？這是因為英國人具有高度階級意識，這種觀念一路滲透到所有互動細節，包括人與人之間如何說話。而白羅因為不是英國人，他會發現一般英國人不太看得出來的東西，以及兩個人互動的方法哪裡不正常。至於瑪波為什麼得是老太太？她一如那個年代的老人家，總是靜靜坐著打毛線，因為不起眼，自然讓人放鬆防備，所以瑪波探案的線索都是來自於這樣的互動模式。

然而，白羅有很明顯的優勢，瑪波的身分使她基本上只能進行「靜態」的辦案，案子的空間受到侷限，白羅卻可以跨越各種空間，恣意揮灑。而且白羅擁有警官身分，可以合理出現在各種犯罪現場，瑪波能出現的地方，相形之下就勉強、不自然多了。白羅是明白的outsider，在英國，只要他出現，就會覺得有外人在而感到緊張，於是很容易露出平常不會表現的行為；瑪波則看起來是insider，但實質上是outsider，因為總是沒人發現她、當她空氣人。這兩人的探案，是兩個極端。雖然讀者最愛白羅，但克莉絲蒂自己偏愛瑪波勝於白羅。

不管後來的偵探、推理小說發展了多少巧妙詭計，克莉絲蒂卻不會過時，因為她的推理如此密切地和日常纏繞在一起；活在日常中，我們就無可避免被克莉絲蒂的「日常細節推理」吸引，隨時讀來都充滿驚奇趣味。

名家盛讚克莉絲蒂（依推薦時間排序）

金庸（作家）

克莉絲蒂的寫作功力一流，內容寫實，邏輯性順暢，也很會運用語言的趣味。閱讀她的小說，在謎底沒有揭露之前，我會與作者鬥智，這種過程非常令人享受。其作品的高明之處在於：布局的巧妙完全意想不到，而謎底揭穿時又十分合理，讓人不得不信服。

詹宏志（作家、PChome 網路家庭董事長）

推理小說在從先輩柯南・道爾等人的發明中出現力量時，誕生了一位《天方夜譚》故事中每天說故事說個不停的王妃薛斐拉・柴德，也就是「謀殺天后」克莉絲蒂，整個世界對聽這些故事才有如此的熱情。他們捨不得睡覺，每天問後來還有嗎、還有嗎，永遠不肯離去，這就是克莉絲蒂對推理小說的最大貢獻。

可樂王（藝術家）

所謂「克莉絲蒂式」的推理小說，就是一場和一個天才的寫作者或高明的恐怖份子在紙上捕掠捉殺的戰事。即便是一列火車、一處飯店或一間酒吧，在克莉絲蒂寫來皆充滿神祕和猜謎。在人生適合的下午裡，我總是一面嚼著口香糖，一面跟著矮子偵探白羅穿梭謀殺現場，克莉絲蒂的推理作品無疑是推理世界中最充滿「魔術性」的小說。

吳若權（作家、節目主持人）

我從小就對推理小說情有獨鍾，克莉絲蒂一系列的作品尤其令我愛不釋手。多年來，閱讀推理小說的經驗讓我覺悟：讀者在文字情節中推展開來的驚嘆，不只是因緣於故事的本身，而是自我性格的投射。從這個觀點來看克莉絲蒂一系列的作品，她簡直就是洞徹人性的算命師。而讀者，在她的文字中，發現了自己無可奉告的命運。

藍祖蔚（國家電影及視聽文化中心董事長）

做過藥劑師，難免懂得毒藥；嫁給考古學家，難免也就嫻熟文明的神祕；再加上曾經失蹤九天，一切不復記憶的離奇經驗，的確提供了寫作靈感，但若少了想像力，那些片羽靈光縱使辛辣如辣椒，卻不足以成菜。

推理小說重布局、重人物描寫，克莉絲蒂最厲害的卻是犀利的人性觀察，她一手創造的白羅探長，潔癖個性完全和她相反，更將她所憎厭的人格特質集於一身，殊不知，唯有不對著鏡子寫作，才能夠跳出框架與制式反應，開闢無限寬廣的新世界，建構多面向的詭異迷宮。

看完她的小說，你只會更加訝異，到底是什麼樣的心靈才能成就這般視野？

李家同（作家、前暨南大學校長）

克莉絲蒂的整體布局十分細膩，最後案情也都講解得非常詳細，回頭去看，在書中都找得到線索。故事的情節與內容也很好看，不是像一個流氓在街上被殺掉那麼單調。……看小說應該要花腦筋、要思考，從小就要養成思辨的能力，看她的小說，就是對邏輯思考能力極佳的訓練。

袁瓊瓊（作家）

雖然被公認是冷靜理性的謀殺天后，但是在理性之下，克莉絲蒂的底色依舊是感情。克莉絲蒂很明白，所有的慾望之後，都無非是某種愛情。在以性命相搏的犯罪世界裡，凶手以終結他人的性命來遂私欲，不過是為了成全自己的愛，或者是成全自己的恨。

鄧惠文（精神科醫師）

以推理小說作家而言，克莉絲蒂的風格相當獨樹一格。她的偵探在辦案時，靠的不光是科學證據的搜集，而是大量運用犯罪心理學，及對人性的深刻了解。例如在《五隻小豬之歌》中，白羅便是藉由聽取嫌疑犯訴說案情時所不自覺顯露的主觀意識及中心思想，而看出其中破綻，找出真凶。白羅是靠腦袋辦案，以心理層面去剖析案情，即使人們敘述的是同一件事，他可以聽出不同角色因出發點及看待角度不同所透露的情緒觀感，從而抽絲剝繭，還原事實真相。

克莉絲蒂所塑造的人物也生動且各具特色，不同個性所出現的情緒反應描寫，皆細膩而準確，讓讀者產生豐富的想像空間，一展卷便欲罷而不能。

吳曉樂（作家）

克莉絲蒂使用的語言平易近人，主要是以角色與情節的對應來斧鑿出故事的深度，堆疊出讓讀者回味的迂迴空間。而她筆下的角色往往性別、階級、性格、族群各異，塑造出多元又豐富的人物群像。

文學作品不問類型，若要流傳於世，最終仍得上溯至「人性」的理解與反思。而阿嘉莎．克莉絲蒂的作品中，我們可以看到人類屢屢得和自己的人生討價還價，或千方百計讓主觀意識與客觀條件達成某種程度的整合，讀者在重建人物的心理軌跡時，也見識到自身的是非成敗，我認為，這也是克莉絲蒂的作品能夠璀璨經年、暢銷不衰的主因。

許皓宜（心理學作家）

克莉絲蒂筆下的故事看似在談人性的醜惡，實則像一位披著小說家靈魂的心靈引導者，用她的文字訴說著人們得不到「愛」時的痛苦。於是在故事終了的剎那，你不得不對人生多了幾分「看透感」：原來，我們心裡的那些痛苦、報復與自我折磨的慾望，不是因為「憤恨」，而是起於對「愛的失落」。這或許是我們在情感世界中最珍貴且深刻的一種覺察了。

推理小說荒謬驚悚嗎？不，它其實很寫實。它幫我們說出心裡的苦、怨、醜陋的慾望，於是，我們可以重新學習愛了。

一頁華爾滋 Kristin（影評人）

從有記憶以來，閱讀克莉絲蒂最迷人之處往往不在真正的凶手是誰，而是在於「Why」（為什麼）與「How」（如何進行），在於人性與心理描摹的故事肌理。依循其書寫脈絡，會發覺不只是邏輯清晰、布局縝密、著重細節，她總能完美掌握敘事節奏，書中人物彷彿真實存在般鮮明躍然紙上，讀者情緒會隨精準文字保持流轉、跳動、收放，掩卷時並無太多真相水落石出的暢快，反倒淡淡的惆悵化為餘韻襲上心頭，原來還是種種意料之外，卻屬情理之中的人性盲目使然。私以為，那成就了克莉絲蒂的推理故事之所以無比迷人的主因之一。

冬陽（推理評論人）

雖然阿嘉莎·克莉絲蒂的作品並非我的推理閱讀啟蒙，卻是養成閱讀不輟的重要推手。首先，她無庸置疑是個說故事能手，打開我名為好奇的開關；其次是設計犯罪事件的巧妙多元，既日常又異常，凶手更是叫人意想不到。沒錯，我相信每個當讀者的都忍不住想破案，想早偵探一步識破詭計，或者像考試結束鈴響前一秒，瞎猜都要指著某個角色大喊「你就是犯人」！然後會忍不住作弊——不是翻到最後幾頁窺探真凶身分，而是往前翻查讓人起疑的段落、偵探顯然掌握重要線索的時刻，直到忍不住豎白旗投降，看神探（我知道啦，真正把我耍得團團轉的聰明人是作者）頭頭是道地分析我遺漏錯置的片片拼圖，終於看清真相全貌。這，就是偵探推理，我因此熟悉遊戲規則、沉醉在每一場迷人故事裡，成為這個類型書寫的俘虜，享受至今不疲的美好滋味。

石芳瑜（作家、永樂座書店店主）

布局細膩、處處留下線索，破案解說詳細，說明了這位安靜、害羞的推理小說女王心思縝密，且充滿想像力。密室殺人，完美犯罪，《東方快車謀殺案》不愧為古典推理小說的經典。再加上神祕的東方色彩，隨著火車抵達的迫切時間感，連非推理小說迷都會神經拉緊，讀完大呼過癮。

家庭主婦缺少人生經驗？處女座的阿嘉莎．克莉絲蒂充分展現她過人的寫作天分，靠得是從小開始的閱讀，以及對偵探小說的著迷。三十歲寫下第一本偵探小說《史岱爾莊謀殺案》的克莉絲蒂，在那個時代並不能說是「早慧」，但寫作生涯五十五年中，共創作了八十部偵探小說，卻令人難以企及。這位害羞靦腆的小說女神，大概是相信只要有足夠的理由，每個人都有殺人的可能！

余小芳（暨南大學推理研究社指導老師、台灣推理作家協會常務理事）

學生時代加入推理社團，社課指定讀物便是經典作品《一個都不留》，成為我對克莉絲蒂的初步印象，自此沉浸於推理小說的世界。隔年寒假陪同學參與轉學考，在斜風細雨的走廊中，滿足讀完《東方快車謀殺案》。隨著歲月遠走，已昇華成趣味回憶。

踏入推理文學領域需要認識的作家，阿嘉莎．克莉絲蒂絕對名列其中，她的作品常有英國小鎮風光、莊園式的謀殺、設備豪華的交通工具等，還有特色鮮明的偵探活躍其中。書中少有血腥、暴力的橋段，布局巧妙且結構嚴密，手法純粹、知性，故事內容與人物性格融為一體，以高超的想像力結合說好故事的能耐，為推理小說開創新局面。克莉絲蒂推理全集重編改版，值得新舊讀者一起探索。

林怡辰（國小教師、教育部閱讀推手）

多年後，還是難忘第一次閱讀阿嘉莎．克莉絲蒂作品的感動和激動。

這套將近一世紀的作品，文筆流暢，邏輯縝密，過程中不斷與作者較量、猜出凶手，直到最後解答不禁佩服，蛛絲馬跡處處展現作者的精妙手法，於是又拿起另一部作品，再次沉溺在謀殺天后所編織的日常世界中的奇幻，無可自拔。犯罪動機和手法穿越時空限制，如今讀來合理且依舊令人感動，閱讀中趣味橫生，難怪成為後來諸多偵探小說的原型。

克莉絲蒂創作生涯中產出的八十部推理作品，至今多部躍上大銀幕，無怪乎被稱之為「經典」，喜愛推理偵探作品的人不可不讀，你會驚異於她在文字中施展的魔法！

張東君（推理評論家、科普作家）

我愛克莉絲蒂！這位在台灣有時會被稱為克奶奶的超級暢銷推理小說家，即使是自認沒讀過她的書的人，也都會在各種書籍或影視作品中看到對她致敬的片段。由於她喜歡旅行和冒險，那些經驗與體驗都成為書中的場景，因此閱讀她的作品時，不只是雀躍地跟著偵探推理，也有了虛擬的旅行體驗。或者當成旅遊導覽書，在出發去尼羅河、去英國鄉間、去搭船搭火車時，就塞一本克奶奶的作品到隨身背包中。

我還是大學新生時，就聽學姐說她哥哥經常看克奶奶的小說，而且邊看邊狂笑。於是我跟著效仿，在某次搭飛機之前買了第一本小說當旅伴，不只看得超開心，看完後還到處找尋書中出現的那種有兜帽的斗篷，當成出門時的必備用品。克奶奶的作品是跨越文字、國界的。只要看過一本，就會不停地追下去。還好，真的是還好只有八十本。何況這次是全新校訂的紀念珍藏版，當然不能錯過！

發光小魚（呂湘瑜）（文史作家、助理教授）

一部好的偵探小說，除了情節設計巧妙之外，還需要洞悉人性，如此方能合理地交代人物的言行舉止與動機。阿嘉莎．克莉絲蒂便是其中翹楚，她的作品不管是偵探、愛情小說或戲劇，必要元素都是謎題與人性。在寧靜無波的場景下暗潮洶湧，永遠都有意料之外，讀者的情緒也會隨著劇情的進行起伏糾結。克莉絲蒂觀察到時代的變化，將犯罪心理融入作品中，於是，看她的小說不只能得到解謎的快樂，同時對人性也能夠有所省思。

此外，克莉絲蒂豐富的人生歷練及旅行經歷，例如一九二二年的環球之旅、居住過也旅行過的巴黎和埃及，甚至是追隨考古學家丈夫前往的中東，都讓她的小說讀來更加充滿異國情調。如果你也愛旅行，不如就讓我們一同搭上那一班南法的藍色列車，或由伊斯坦堡出發的東方快車，跟著白羅鑽進一樁奇案，一嘗旅程中破解謎題的快感吧。

盧郁佳（作家）

國小時，家裡買了一套阿嘉莎．克莉絲蒂全集，從此成了我的毒品，在白癡課本將我的腦袋啃嚙成海綿般空洞時，撫慰受創的心靈，那時我仍對人心險惡一無所知。

數學課教你列算式，樂趣遠不如克莉絲蒂教你住宅平面圖、偷換時序的密室魔術，你從庭園長窗進房間，我從房門直通鄰房，他從走廊進房……從而學會故事是建構邏輯。她文風多變，時而《四大天王》中讓神探白羅向助手海斯汀大賣關子，眉頭緊皺，山雨欲來，預示天翻地覆，只能靠他拯救世界；時而用維吉尼亞．吳爾芙《自己的房間》中俏皮的語言，讓貧苦村姑安妮在《褐衣男子》中回憶南非出生入死的冒險，竟源於她耽讀村裡圖書館爛舊的冒險愛情小說，還有戲院每週末放映〈帕米拉歷險記〉，帕米拉每集從飛機跳落高空、搭潛艇、爬上摩天大樓，每次被黑幫老大抓到總不一刀斃命，卻老要用瓦斯毒死她，暗示續集又會逃出生天。

長大才發現，克莉絲蒂小說就是我的〈帕米拉歷險記〉：它以歌劇般輝煌龐大的天真陰謀、精細的人際觀察（一句話重音放在哪個字、從膝蓋鑑定女人的年齡等），召喚年輕讀者抱持浪漫精神投入未知的壯遊，瘋魔、衝撞、冒犯，傷痕累累毫無懼色。正如瓦斯在冒險片中太多、現實中卻太少；陰謀在現實中沒有克莉絲蒂寫得那麼複雜，但她刻畫的心理卻是現實中解謎的試金石。

賴以威（臺灣師範大學電機系副教授）

或許可以為經典下幾個定義：該領域的愛好者更都讀過；不是這個領域的愛好者，許多人也都聽過；影響後續的作品，在很多著作中都可以看到它的影子；值得反覆再三閱讀，每隔一陣子再讀都可以獲得閱讀的樂趣，有更多的體悟。我永遠記得第一次讀《東方快車謀殺案》時，被那宛如嚴謹設計數學謎題的鋪陳、推進給深深吸引、震撼。從這幾個角度來說，克莉絲蒂的推理小說被稱之為「經典」，可說是當之無愧。

謝哲青（作家、旅行家、知名節目主持人）

克莉絲蒂小說的魅力在於透過每個角色的對白，藉由不斷的說話來表現人物的個性，以彰顯其人格特質中一些無法被忽略的事實。我們從他們的言語、講話的過程和字裡行間，竟然就能知道誰是兇手。

我從克莉絲蒂的小說學到很多，除了推理小說有趣的事實之外，最重要的是，我在工作的職場跟人應對的時候，如何從語言和對話裡去捕捉某些隱而不顯的事實。許多人們欲蓋彌彰的東西，無論心事也好、祕密也好，克莉絲蒂都會用文學的手法，讓你理解語言的奧妙和魅力。

克莉絲蒂的書寫會讓你覺得彷彿自己也在現場，你可以從聽到的對話當中，學會如何理解人心的一些小技巧，這是小說家最出色、最偉大的地方。我們必須學習傾聽別人說話——這些人講話是真誠的嗎？他想要跟你分享什麼資訊？這些資訊可靠嗎？——這是我在閱讀推理小說時，最大的收穫和理解。

阿嘉莎・克莉絲蒂大事記

1890		• 九月十五日出生於英格蘭德文郡托基鎮。
1894	4 歲	• 開始在家自學，父母親、姐姐教導閱讀、寫作、算術和彈鋼琴。
1895	5 歲	• 家中經濟走下坡，舉家搬至法國，學會流利的法語。
1905	15 歲	• 在巴黎寄宿學校學鋼琴和聲樂，但生性極度害羞，未成為職業鋼琴家，最終回到英國。
1907	17 歲	• 陪同母親前往埃及調養身體，對社交活動充滿興趣，但尚未對日後感興趣的埃及古物點燃熱情。 • 回英國後繼續寫作、參與業餘戲劇表演。
1908	18 歲	• 寫出第一篇短篇小說〈麗人之屋〉，同時也寫出第一部愛情小說《白雪黃漠》，以筆名向出版社投稿，但屢遭退稿。
1912	22 歲	• 與英國皇家軍官亞契・克莉絲蒂（Archibald Christie）熱戀。 • 八月爆發第一次世界大戰，亞契奉派到法國作戰。
1914	24 歲	• 耶誕夜結婚，亞契隨即返回戰場。克莉絲蒂參與紅十字會工作，在醫院擔任護士和藥劑師，因此對藥理和毒物非常熟悉，造就後來多部推理小說情節都以毒藥殺人。
1916	26 歲	• 開始嘗試寫推理小說，寫出第一部小說《史岱爾莊謀殺案》，主角偵探赫丘勒・白羅的靈感，來自於大戰期間英國鄉間的比利時難民營。本書歷經數家出版社退稿後，終獲柏德雷・海德（The Bodley Head）圖書公司的出版機會，之後並簽下另五本小說的合約。
1919	29 歲	• 前一年亞契返回英國，八月生下女兒露莎琳。

1920	30 歲	• 出版《史岱爾莊謀殺案》。
1922	32 歲	• 出版第二部小說《隱身魔鬼》，主角是夫妻檔偵探湯米和陶品絲。 • 與亞契至南非、澳洲、紐西蘭、夏威夷和加拿大等國旅行十個月，在南非得到《褐衣男子》的靈感。
1923	33 歲	• 三月出版第三部小說《高爾夫球場命案》，白羅再度登場。
1926	36 歲	• 四月母親過世，克莉絲蒂陷入憂鬱。 • 六月在「威廉・柯林斯父子出版社」出版《羅傑艾克洛命案》。 • 八月亞契因外遇提出離婚，十二月初一次爭吵後，克莉絲蒂離家棄車失蹤，消息登上全國新聞。
1927	37 歲	• 一月在悲痛心情中寫出《藍色列車之謎》，第一次創造出聖瑪莉米德村，即後來瑪波小姐居住的村子。 • 分居期間在雜誌刊登以白羅為主角的短篇小說，後來集結出版《四大天王》。 • 十二月在雜誌刊登短篇小說〈週二夜間俱樂部〉，瑪波小姐初登場，後來收錄在一九三二年出版的短篇小說集《十三個難題》。
1928	38 歲	• 十月正式離婚，仍保留「克莉絲蒂」姓氏。 • 秋天搭乘「東方快車」前往土耳其的伊斯坦堡，再轉往伊拉克首都巴格達，參觀考古現場烏爾，認識考古學家伍利夫婦（Leonard and Katharine Woolley）。
1930	40 歲	• 二月應伍利夫婦之邀再訪烏爾，認識考古學家麥克斯・馬龍（Max Mallowan），九月於英國愛丁堡結婚。這段婚姻開啟克莉絲蒂旺盛的創作生涯，兩人到中東考古現場的旅行為許多作品帶來靈感。

		• 婚後克莉絲蒂開始維持固定的寫作行程。十月出版《牧師公館謀殺案》，是第一部以瑪波小姐為主角的小說。 • 出版第一部以「瑪麗 · 魏斯麥珂特」（Mary Westmacott）為筆名的《撒旦的情歌》，並陸續發表了五部非犯罪小說。
1932	**42 歲**	• 出版《危機四伏》。
1934	**44 歲**	• 出版《東方快車謀殺案》，是白羅海外辦案三部曲之一，故事靈感來自中東的旅行經歷。一九七四年第一次改編成電影大獲好評。
1936	**46 歲**	• 出版《美索不達米亞驚魂》，白羅海外辦案三部曲之二。
1937	**47 歲**	• 出版《尼羅河謀殺案》，白羅海外辦案三部曲之三，故事背景是年輕時與母親同遊的埃及。一九七八年第一次改編成電影大受歡迎。
1939	**49 歲**	• 二次大戰期間，克莉絲蒂在大學學院醫院擔任義務藥師，學習到最新的毒藥知識，對於推理小說寫作大有助益。 • 出版《一個都不留》，是克莉絲蒂最著名作品之一。
1941	**51 歲**	• 出版《密碼》，呈現出克莉絲蒂對戰爭的看法。 • 出版《豔陽下的謀殺案》。
1942	**52 歲**	• 出版《藏書室的陌生人》、《五隻小豬之歌》等名作。
1944	**54 歲**	• 以「瑪麗 · 魏斯麥珂特」為筆名出版第三部作品《幸福假面》，被美國書評人發現是克莉絲蒂的作品，讓她從此失去匿名創作的自在樂趣。

1950 60歲 • 獲選為皇家文學學會的會員。

1953 63歲 • 出版《葬禮變奏曲》。

1956 66歲 • 一月獲頒大英帝國爵級大十字勳章（GBE）。
• 十一月以「瑪麗．魏斯麥珂特」為筆名出版《愛的重量》，是這個筆名的最後一部作品。

1958 68歲 • 成為「偵探作家俱樂部」主席。

1960 70歲 • 馬龍獲頒大英帝國爵級大十字勳章。

1961 71歲 • 獲得艾克塞特大學頒發榮譽文學博士學位。

1968 78歲 • 馬龍獲封為爵士，克莉絲蒂亦被稱為馬龍爵士夫人。

1971 81歲 • 獲頒大英帝國爵級司令勳章（DBE），獲封為女爵士。

1973 83歲 • 出版最後一部創作《死亡暗道》，亦為湯米和陶品絲最後一次辦案。

1974 84歲 • 最後一次公開露面，出席電影《東方快車謀殺案》首映會。

1975 85歲 • 八月六日，白羅成為有史以來第一次在《紐約時報》頭版刊出訃聞的小說主角，宣傳九月即將出版的《謝幕》，這也是白羅最後一次辦案。

1976 86歲 • 一月十二日去世。
• 十月出版《死亡不長眠》，瑪波小姐的最後一次辦案。

克莉絲蒂推理原著出版年表

1920 史岱爾莊謀殺案 The Mysterious Affair at Styles（神探白羅系列）
1922 隱身魔鬼 The Secret Adversary（神探湯米＆陶品絲系列）
1923 高爾夫球場命案 The Murder on the Links（神探白羅系列）
1924 白羅出擊 Poirot Investigates（神探白羅系列）
1924 褐衣男子 The Man in the Brown Suit（神探雷斯上校系列）
1925 煙囪的祕密 The Secret of Chimneys（神探巴鬥主任系列）
1926 羅傑艾克洛命案 The Murder of Roger Ackroyd（神探白羅系列）
1927 四大天王 The Big Four（神探白羅系列）
1928 藍色列車之謎 The Mystery of the Blue Train（神探白羅系列）
1929 七鐘面 The Seven Dials Mystery（神探巴鬥主任系列）
1929 鴛鴦神探 Partners in Crime（神探湯米＆陶品絲系列）
1930 牧師公館謀殺案 The Murder at the Vicarage（神探瑪波系列）
1930 謎樣的鬼豔先生 The Mysterious Mr. Quin（神探鬼豔先生系列）
1931 西塔佛祕案 The Sittaford Mystery
1932 十三個難題 The Thirteen Problems（神探瑪波系列）
1932 危機四伏 Peril at End House（神探白羅系列）
1933 十三人的晚宴 Lord Edgware Dies（神探白羅系列）
1933 死亡之犬 The Hound of Death
1934 三幕悲劇 Three Act Tragedy（神探白羅系列）
1934 李斯特岱奇案 The Listerdale Mystery
1934 帕克潘調查簿 Parker Pyne Investigates（神探帕克潘系列）
1934 東方快車謀殺案 Murder on the Orient Express（神探白羅系列）
1934 為什麼不找伊文斯？ Why Didn't They Ask Evans?
1935 謀殺在雲端 Death in the Clouds（神探白羅系列）
1936 ABC 謀殺案 The A.B.C. Murders（神探白羅系列）
1936 底牌 Cards on the Table（神探白羅系列）
1936 美索不達米亞驚魂 Murder in Mesopotamia（神探白羅系列）

1937 巴石立花園街謀殺案 Murder in the Mews（神探白羅系列）
1937 尼羅河謀殺案 Death on the Nile（神探白羅系列）
1937 死無對證 Dumb Witness（神探白羅系列）
1938 白羅的聖誕假期 Hercule Poirot's Christmas（神探白羅系列）
1938 死亡約會 Appointment with Death（神探白羅系列）
1939 一個都不留 And Then There Were None
1939 殺人不難 Murder Is Easy/Easy to Kill（神探巴鬥主任系列）
1940 一，二，縫好鞋釦 One, Two, Buckle My Shoe（神探白羅系列）
1940 絲柏的哀歌 Sad Cypress（神探白羅系列）
1941 密碼 N Or M?（神探湯米＆陶品絲系列）
1941 豔陽下的謀殺案 Evil Under the Sun（神探白羅系列）
1942 五隻小豬之歌 Five Little Pigs（神探白羅系列）
1942 藏書室的陌生人 The Body in the Library（神探瑪波系列）
1942 幕後黑手 The Moving Finger（神探瑪波系列）
1944 本末倒置 Towards Zero（神探巴鬥主任系列）
1945 死亡終有時 Death Comes as the End
1945 魂縈舊恨 Remembered Death（神探雷斯上校系列）
1946 池邊的幻影 The Hollow（神探白羅系列）
1947 赫丘勒的十二道任務 The Labours of Hercules（神探白羅系列）
1948 順水推舟 Taken at the Flood（神探白羅系列）
1949 畸屋 Crooked House
1950 謀殺啟事 A Murder Is Announced（神探瑪波系列）
1951 巴格達風雲 They Came to Baghdad
1952 殺手魔術 They Do It with Mirrors（神探瑪波系列）
1952 麥金堤太太之死 Mrs. McGinty's Dead（神探白羅系列）
1953 黑麥滿口袋 A Pocket Full of Rye（神探瑪波系列）
1953 葬禮變奏曲 After the Funeral（神探白羅系列）

1954　未知的旅途 Destination Unknown
1955　國際學舍謀殺案 Hickory, Dickory, Dock（神探白羅系列）
1956　弄假成真 Dead Man's Folly（神探白羅系列）
1957　殺人一瞬間 4:50 from Paddington（神探瑪波系列）
1958　無辜者的試煉 Ordeal by Innocence
1959　鴿群裡的貓 Cat Among the Pigeons（神探白羅系列）
1960　哪個聖誕布丁？ The Adventure of the Christmas Pudding（神探白羅系列）
1961　白馬酒館 The Pale Horse
1962　破鏡謀殺案 The Mirror Crack'd from Side to Side（神探瑪波系列）
1963　怪鐘 The Clocks（神探白羅系列）
1964　加勒比海疑雲 A Caribbean Mystery（神探瑪波系列）
1965　柏翠門旅館 At Bertram's Hotel（神探瑪波系列）
1966　第三個單身女郎 Third Girl（神探白羅系列）
1967　無盡的夜 Endless Night
1968　顫刺的預兆 By the Pricking of My Thumbs（神探湯米＆陶品絲系列）
1969　萬聖節派對 Hallowe'en Party（神探白羅系列）
1970　法蘭克福機場怪客 Passengers to Frankfurt
1971　復仇女神 Nemesis（神探瑪波系列）
1972　問大象去吧 Elephants Can Remember（神探白羅系列）
1973　死亡暗道 Postern of Fate（神探湯米＆陶品絲系列）
1974　白羅的初期探案 Poirot's Early Cases（神探白羅系列）
1975　謝幕 Curtain: Hercule Poirot's Last Case（神探白羅系列）
1976　死亡不長眠 Sleeping Murder（神探瑪波系列）
1979　瑪波小姐的完結篇 Miss Marple's Final Cases（神探瑪波系列）
1991　情牽波倫沙 Problem at Pollensa Bay
1997　殘光夜影 While the Light Lasts

國家圖書館出版品預行編目（CIP）資料

謀殺啟事 / 阿嘉莎・克莉絲蒂（Agatha Christie）
著 ; 何克勇譯. -- 二版.-- 臺北市 : 遠流出版
事業股份有限公司, 2023.10
面 ; 公分. -- (克莉絲蒂繁體中文版20週年
紀念珍藏 ; 39)
譯自 : A Murder Is Announced
ISBN 978-626-361-249-5(平裝)

873.57 112014621

克莉絲蒂繁體中文版 20 週年紀念珍藏 39

謀殺啟事

作者 / 阿嘉莎・克莉絲蒂
譯者 / 何克勇

主編 / 陳懿文、余式恕　校對 / 呂佳眞
封面、內頁設計 / 謝佳穎　排版 / 連紫吟、曹任華
行銷企劃 / 舒意雯　出版一部總編輯暨總監 / 王明雪

發行人 / 王榮文
出版發行 / 遠流出版事業股份有限公司
地址 / 104005臺北市中山北路一段11號13樓
電話 / (02)2571-0297　傳眞 / (02)2571-0197　郵撥 / 0189456-1
著作權顧問 / 蕭雄淋律師

2003年2月1日 初版一刷
2023年10月1日 二版一刷
定價 / 新臺幣380元 (缺頁或破損的書，請寄回更換)

ISBN 978-626-361-249-5

遠流博識網 http://www.ylib.com　E-mail: ylib@ylib.com
遠流粉絲團 https://www.facebook.com/ylibfans